लोगों को सर्वश्रेष्ठ कैसे बनायें

लोगों को सर्वश्रेष्ठ कैसे बनायें

एलन लॉय मैक्गिनिस

अनुवाद : डॉ. सुधीर दीक्षित

MANJUL
मंजुल पब्लिशिंग हाउस

MANJUL

मंजुल पब्लिशिंग हाउस

कॉरपोरेट एवं संपादकीय कार्यालय

द्वितीय तल, उषा प्रीत कॉम्प्लेक्स, 42 मालवीय नगर, भोपाल-462003

विक्रय एवं विपणन कार्यालय

7/32, अंसारी रोड, दरियागंज, नई दिल्ली-110002

वेबसाइट : www.manjulindia.com

वितरण केन्द्र

अहमदाबाद, बेंगलुरू, भोपाल, कोलकाता, चेन्नई,
हैदराबाद, मुम्बई, नई दिल्ली, पुणे

एलन लॉय मैक्गिनिस द्वारा लिखित मूल अंग्रेजी पुस्तक
ब्रिंगिंग आउट द बेस्ट इन पीपल : हाउ टु एन्जॉय हेल्पिंग अदर्स एक्सेल
का हिन्दी अनुवाद

यह हिन्दी संस्करण 2004 में पहली बार प्रकाशित
9वीं आवृत्ति : 2017

ISBN 978-81-86775-75-2

हिन्दी अनुवाद : डॉ. सुधीर दीक्षित

मुद्रण व जिल्दसाज़ी : न्यूटेक प्रिंट सर्विसिज़-इंडिया

समर्पण

इस पुस्तक का लक्ष्य है लोगों को सफल होना सिखाना और यह उस व्यक्ति को समर्पित है, जिसे इसे पढ़ने की ज़रूरत ही नहीं है – विलियम बी. कैरुथ को।

जब कैरुथ फ्रेंड्सवुड सितंबर 1949 के एक बेहद गर्म दिन को स्कूल में आये थे, तो उन्हें वहाँ पर मिलने वाले बच्चों के अटपटे समूह को देखकर थोड़ा अजीब लगा होगा। सभी 12 क्लासें एक ही बिल्डिंग में लगती थीं और लाइब्रेरी में 200 से कम पुस्तकें थीं। विद्यार्थी इतने कम थे कि नये आने वाले टीचर को बहुत से विषय दिये जाते थे : इतिहास, भूगोल, नागरिक शास्त्र, अँग्रेजी।

कैरुथ उन बहुत से लोगों में से एक थे, जो युद्ध से लौटे थे। और वे वहाँ बिताये समय की जल्दी से जल्दी पूर्ति कर लेना चाहते थे। वे ठीक-ठीक जानते थे कि वे क्या बनना चाहते थे – एक शिक्षक। इसका मतलब यह था कि कॉलेज वापस जाना पड़ेगा। इसका मतलब यह था कि अपनी पहली क्लास पढ़ाने से पहले वे 33 साल के हो जायेंगे। और मैं सोचता हूँ कि उन्हें कोई मुग़ालते नहीं थे कि वे टैक्सॉस

के छोटे कस्बों में पढ़ाकर कभी ज़्यादा पैसे कमा पायेंगे। परंतु जब वे हमारे सामने उस दिन पहली बार आये, तो हमें यह साफ़ दिख रहा था कि वे शुरू करने के लिये बेताब हैं और सचमुच काम करने के लिये उत्सुक हैं। परंतु उनकी आँखों में शरारत की चमक भी थी, जिससे उनका सही आकलन करना मुश्किल था। शायद यह उनके आकर्षण का हिस्सा था। उनके अतीत और उनके व्यक्तित्व में हमेशा कुछ रहस्यपूर्ण था, जिससे हमारे अनुमान गड़बड़ा जाते थे। इसका रहस्य शायद उनकी ऊर्जा और उत्साह था, जो उनकी टीचिंग में था। या शायद यह वह तरीक़ा था, जिस तरह से वे स्कूल के बाद अपनी कुर्सी में पीछे टिककर, अपने सिर के पीछे दोनों हाथ बाँधकर खेती करने वाले बच्चों के छोटे से समूह की बातें सुनते थे; उनके सपनों और डरों के बारे में सुनते थे। चाहे जो हो, पहले महीने के बाद मैं उनका दीवाना हो गया और हर जगह उनके पीछे जाने लगा। यह 35 साल पहले की बात है, परंतु मुझे आज भी उनके साथ हुई कई चर्चायें याद हैं - हम कहाँ खड़े थे, उन्होंने क्या कहा था, मैंने कैसा महसूस किया था।

कैरुथ ने बहुत पहले ही पढ़ाना छोड़ दिया है और अब वे ह्यूस्टन में शांत रिटायरमेंट का आनंद ले रहे हैं। मुझे आशा है कि उन्हें इस याद से सुख मिलता होगा कि कुछ बच्चों में उन्होंने अपने जीवन के सर्वश्रेष्ठ वर्षों का निवेश किया था।

विषय-वस्तु

आभार 11

प्रस्तावना 13

1. प्रेरणा का मनोविज्ञान 17

2. सर्वश्रेष्ठ की आशा करें 31

3. प्रेरणा की नपी–तुली योजना 49

4. उत्कृष्टता के प्रति वचनबद्धता 67

5. असफलता का मैनेजमेंट 85

6. आंतरिक उत्साह पैदा करना 95

7. सफलता की कहानी की शक्ति 113

8. छोटी सफलताओं को महान उपलब्धियों में बदलना 125

9. कब प्रशंसा करें और कब डाँट लगायें 145

10. जीतने की इच्छा 155

11. लोगों को आपस में सहयोग करने के लिये प्रेरित कैसे करें 167

12. लगातार मुश्किलें पैदा करने वालों से कैसे निबटें 187

13. प्रेरक व्यक्तित्व 197

14. दूसरों के विकास में मदद करना जीवन का महानतम आनन्द क्यों है 213

लोगों को सर्वश्रेष्ठ बनाने के 12 नियम

1. जिनका आप नेतृत्व करते हैं, उनसे सर्वश्रेष्ठ की आशा करें।
2. सामने वाले व्यक्ति की आवश्यकताओं का पूरा अध्ययन करें।
3. उत्कृष्टता के ऊँचे मानदंड स्थापित करें।
4. एक ऐसा माहौल बनायें, जहाँ असफलता घातक न हो।
5. अगर दूसरे किसी ऐसी जगह जा रहे हैं जहाँ आप जाना चाहते हैं, तो उनके बैंडवेगन पर चढ़ जायें।
6. सफलता को प्रोत्साहित करने के लिये उदाहरण दें।
7. उपलब्धि को पहचानें और उसकी सराहना करें।
8. सकारात्मक और नकारात्मक प्रेरणा के मिश्रण का प्रयोग करें।
9. थोड़ी सी प्रतियोगिता की इच्छा पैदा करें।
10. सहयोग को महत्व दें।
11. समूह में तूफ़ानों के लिये तैयार रहें।
12. अपनी ख़ुद की प्रेरणा को ऊँचा बनाये रखने के लिये क़दम उठायें।

आभार

मैं निम्नलिखित व्यक्तियों को धन्यवाद देता हूँ, जिन्होंने इस पुस्तक को पढ़ा और इसके बारे में बहुत उपयोगी सुझाव दिये : डेल और मर्लीन बेनेक, डेविड बॉवर, बिल कैरुथ, रेवरेंड एडवर्ड डैंक्स, डॉ. डेनिस डेनिंग, थॉमस एड्वर्ड्स, पैट और जेन हेनरी, डॉन और चेरी हेनरिक्स, रॉबर्ट ह्यूज, डॉ. टैज़ किनी, ट्रिसिया किनी, रिचर्ड लास्किन, डेविड लीक (इसके कई वर्ज़न्स में, हमेशा बहुत सावधानी से), एलन मैक्गिनिस जूनियर, केंट और शेरी नेवेल, डॉ. वाल्टर रे, जॉर्ज राइबैक, थियोडोर सैंगर, माइक स्क्रॉगी, नैन्सी स्मिथ, मैरी एलिस, स्पैंगलर, डॉ. रॉबर्ट स्वाइनी, सैंड्रा स्वाइनी, और वेंडेल विल।

माइक सोमडेल को विशेष धन्यवाद, जो एक बहुमूल्य मित्र तो हैं ही, उनमें भाषा की भी अच्छी समझ है और वे ख़राब भाषा को झट से पकड़ जाते हैं। निम्न व्यक्तियों ने शोध में बहुत ज़्यादा मदद की : मैरी एलन ड्रेपर, न्यूरी गोडोय, रेना इन्मैन, शेरी कर्टली और लीज़ा वुड।

सबसे बढ़कर मैं डियान के प्रति कृतज्ञ हूँ। लेखक बनना आनंददायक है, परंतु मैं किसी को नहीं जानता, जिसने यह दावा किया हो कि लेखक से शादी होना भी आनंददायक है। किसी तरह से डियान इस चोगे को गरिमा और शांति से धारण किये हुए है।

मेरी प्रैक्टिस के कई केस पर्याप्त रूप से उलट-पुलट दिये गये हैं, ताकि मरीज़ अपने आपको पहचान न पायें। बहरहाल उनके जीवन का लेखा-जोखा बिलकुल सही है।

प्रस्तावना

मेरी पहली पुस्तक **द फ्रेंडशिप फैक्टर (मित्रता का महत्त्व)** के प्रकाशन के बाद लोग मुझसे कुछ अजीब आग्रह करने लगे। कंपनियों के प्रमुख फोन करते थे और कहते थे, "हमें अपने कर्मचारियों को प्रेरित करने में कठिनाई हो रही है – ख़ासकर युवा कर्मचारियों को – और हमें आपकी ज़रूरत है कि आप आयें और हमारे एक्ज़ीक्यूटिव्ज़ के सामने भाषण दें।" पहले तो यह धृष्टता लगी कि एक पारिवारिक मनोचिकित्सक, जो बिज़नेस के बारे में लगभग कुछ नहीं जानता था, ऐसे लीडर्स को यह बताने की कोशिश करे कि उन्हें अपनी कंपनी किस तरह चलाना चाहिये। परंतु चूँकि मेरा अधिकांश शोध और लेखन इस बारे में था कि किस तरह लोग आपस में बेहतर तालमेल स्थापित कर सकें, इसलिये मैंने उन तरीक़ों की खोज शुरू की, जिससे बिज़नेस में इन सिद्धांतों को लागू करने में लोगों को मदद मिल सके।

संज्ञानात्मक (cognitive) मनोवैज्ञानिक प्रेरणा के बारे में कुछ अच्छी खोजें कर रहे हैं, परंतु मुझे विश्वास है कि लोगों को प्रेरित करने या सर्वश्रेष्ठ बनाने के बारे में सबसे दमदार सुझाव इतिहास में मिलेंगे। इसलिये मैंने इतिहास में पीछे जाकर सिकंदर तक की जीवनियाँ पढ़ीं, यह सीखने के लिये कि किस तरह प्रभावशाली लीडर्स दूसरों को अतिरिक्त प्रयास करने के लिये प्रेरित करते थे। मेरे शोध ने उजागर किया कि प्रेरणा के सिर्फ़ लगभग एक दर्जन सिद्धांत हैं और लोग

उनका प्रयोग बहुत पहले से कर रहे हैं, तब से जब मनोविज्ञान नाम का विषय था ही नहीं। यही नहीं, मैंने यह भी खोजा कि हालाँकि ईसा मसीह पर बहुत कुछ लिखा जा चुका है, परंतु इस पहलू से उनका शायद ही कभी अध्ययन किया गया है। यह एक रोचक तथ्य है, क्योंकि सब यह जानते हैं कि स्पष्ट रूप से वे अपने समय के सबसे सफल प्रेरक थे।

इसलिये "लोगों को सर्वश्रेष्ठ कैसे बनायें" का जन्म हुआ और यह लोकप्रिय भी हुआ। पहले तो मैं यह लेक्चर आई बी एम जैसी कंपनियों के शीर्षस्थ एक्ज़ीक्यूटिव्ज़ के सामने देता था। मैंने मैनेजमेंट के साथ जितने लंबे समय तक काम किया, मैंने यह देखा कि हमारे हाई-टेक जगत में सबसे ज़्यादा ज़रूरत ऐसे मैनेजरों की थी, जिनमें लोगों से संबंधित योग्यतायें हों, जो यह जानते हों कि ऑफ़िसों में संघर्ष को समाप्त कैसे किया जाये और अपने स्टाफ में उत्कृष्टता को कैसे प्रेरित किया जाये।

और फिर इस शीर्षक का अधिक व्यापक उपयोग समझ में आया। हमने पाया कि ऑफ़िस में हम प्रेरणा की जिन तकनीकों का प्रयोग करते थे, घर पर भी हममें से ज़्यादातर लोग उन्हीं तकनीकों का प्रयोग करते थे। यह पता चला कि मातायें इस विषय में सबसे ज़्यादा रुचि ले रही थीं। मैंने खोजा कि लगभग हर व्यक्ति किसी न किसी स्थिति में प्रेरक होता है - जब हम किसी मित्र को वज़न कम करने के लिये राज़ी करते हैं, अपने बच्चों को प्रेरणादायी भाषण देते हैं या किसी बुरे फॉर्म वाले खिलाड़ी को प्रोत्साहित करने की कोशिश करते हैं। इन स्थितियों में हम सभी प्रेरक होते हैं। और या तो हम इस काम को अच्छी तरह से करते हैं या फिर बुरी तरह से।

इस पुस्तक का लक्ष्य आपको ऐसे सिद्धांत बताना है, जिनकी मदद से आप प्रेरित करने के इस काम को अच्छी तरह से करने में समर्थ बन पायेंगे। अगर आप लोगों के साथ रोज़मर्रा के व्यवहार में इनका समावेश करेंगे, तो मुझे विश्वास है कि आप अपने आपको आश्चर्यजनक गति से आगे बढ़ते हुए पायेंगे। इससे भी .ज्यादा महत्वपूर्ण बात यह है कि आपके आसपास के लोग आपके प्रति बहुत कृतज्ञ होंगे। क्योंकि जैसा इमर्सन ने कहा था, हमारी मुख्य आवश्यकता है कोई ऐसा व्यक्ति, जो हमें वैसा बनने के लिये प्रेरित कर सके, जैसा हम जानते हैं कि हम बन सकते हैं।

"इस पृथ्वी पर सबसे शक्तिशाली हथियार है
मानवीय आत्मा की आग।"

✸ *फर्डिनन्ड फोक*

अध्याय एक

प्रेरणा का मनोविज्ञान

क्या आपने कभी सोचा है कि कुछ लोग दूसरों के सर्वश्रेष्ठ गुणों को किस तरह बाहर निकाल लेते हैं ? ऐसा लगता है जैसे वे यह जानते हैं कि अपने अनुयायियों से अतिरिक्त प्रयास कैसे करवाये जायें। हम सब ऐसे सफल लीडर्स को जानते हैं। इनमें से कुछ शिक्षक होते हैं, तो कुछ कंपनियों के प्रमुख; कुछ बेसबॉल मैनेजर होते हैं, तो कुछ मातायें। अक्सर न तो वे सुंदर होते हैं, न ही उनमें असाधारण बुद्धि होती है। बहरहाल, यह साफ़ नज़र आता है कि उनमें लोगों को प्रेरित करने की, उन्हें सर्वश्रेष्ठ बनाने की प्रतिभा है। प्रेरित करने की उनकी इस उल्लेखनीय योग्यता की वजह से वे लगभग हर काम में बहुत सफल होते हैं।

दूसरी तरफ़, कुछ ऐसे लोग भी होते हैं, जो हमारे अंदर के निकृष्टतम स्वरूप को बाहर निकालते हैं। जब हम कुछ लोगों के आसपास होते हैं, तो हम ख़ुद को अयोग्य और फूहड़ समझने लगते हैं। हम इतने नकारात्मक तरीक़े से काम करते हैं कि बाद में हमें ख़ुद

हैरानी होती है। इन लोगों की प्रेरणादायक चर्चायें कुछ समय के बाद उबाऊ लेक्चर में बदल जाती हैं। हालाँकि उनका मूल लक्ष्य हमें प्रेरित करना होता है, परंतु वे दरअसल हम पर हावी हो जाते हैं।

प्रेरणा के स्रोत

मनोचिकित्सक के रूप में काम करते समय मुझे यह देखने का बहुत अवसर मिला है कि हम एक-दूसरे को किस तरह से प्रभावित करते हैं। प्रेरणा के स्रोतों पर विचार करने के भी मुझे पर्याप्त अवसर मिले हैं। बेहद सफल लोगों से मिलने पर मैं उनसे अक्सर यह पूछता था, "किस चीज़ ने आपको प्रेरित किया? कौन आपको सबसे पहले सही राह पर लाया? और ऐसा उसने किस तरह किया?" इस जानकारी को इकट्ठा करने और महान लीडर्स की जीवनियाँ पढ़ने के बाद मैं इस निष्कर्ष पर पहुँचा कि बिज़नेस, राजनीति, परिवार - या दरअसल जीवन के हर क्षेत्र में - प्रेरणा कुछ बेहद सशक्त सिद्धांतों की वजह से आती है। मैंने यह पाया कि बियर ब्रायंट जैसे कोच, ली आयाकोका जैसे बिज़नेसमैन और मदर टेरेसा जैसे धार्मिक लीडर अपने अनुयायियों को प्रेरित करने में लगभग एक से साधनों का प्रयोग करते हैं और उनके अनुयायी अपेक्षा के अनुरूप लगभग एक सी प्रतिक्रिया देते हैं। आने वाले अध्यायों में हम दर्जनों सफल लीडर्स के उदाहरण देखेंगे और यह भी देखेंगे कि उन्होंने साधारण लोगों से असाधारण प्रयास करवाने के लिये कौन से तरीक़े आज़माये। मैं आशा करता हूँ आप यह जान लेंगे कि आप अपने दिन-प्रतिदिन के संबंधों में इन सिद्धांतों का किस तरह इस्तेमाल कर सकते हैं।

इस पुस्तक में जो 12 मार्गदर्शक सिद्धांत दिये गये हैं, वे बेहद आसान हैं। इन सिद्धांतों में हर वह आदमी निपुण हो सकता है, जिसमें

दूसरों को प्रेरित करने की पर्याप्त इच्छा है। मेरे कहने का मतलब यह नहीं है कि इन्हें सीखना आसान है। इसलिये, क्योंकि हमारे व्यवहार की आदतों को बदलना बहुत मुश्किल होता है और प्रेरणा की कला में पारंगत होने के लिये बहुत कड़ी मेहनत की ज़रूरत होती है। लेकिन पर्याप्त लगन हो, तो कोई भी इस क्षेत्र में विशेषज्ञ बन सकता है। प्रेरणा देने वाले लोग जन्मजात नहीं होते – वे बनते हैं। और वे लगभग हमेशा स्वनिर्मित (self-made) होते हैं।

प्रेरक की शक्ति

हमें तत्काल एक ग़लत विचार को दूर हटाना होगा, जो आजकल बहुत लोकप्रिय हो रहा है। इस विचार के अनुसार कोई भी किसी को प्रेरित नहीं करता और हर प्रेरणा इंसान के भीतर से ही आती है। लेकिन ज़रा उस दौर को, उस घटना को याद कीजिये जब आप अपने सर्वश्रेष्ठ रूप में थे। क्या ऐसा काफ़ी हद तक किसी प्रेरणादायी व्यक्ति के प्रभाव की वजह से नहीं हुआ था ? शायद वह कोई टीचर थी, जिसे मालूम था कि आपसे किस तरह अतिरिक्त प्रयास करवाया जाये। शायद उसने आपको किसी प्रोजेक्ट के बारे में इतना रोमांचित कर दिया था कि आप आधी रात के बाद भी पढ़ते रहे। या शायद वह प्रेरित करने वाला व्यक्ति आपका वह बॉस हो, जो काम को आनंददायक अनुभव में बदल देता था। उस बॉस में टीम को एकजुट करने की वह कला थी, जिसकी वजह से लोग अपनी सामान्य क्षमता से अधिक परिणाम देते थे। वेलिंगटन ने कहा था कि नेपोलियन के युद्ध के मैदान में होने से उसकी सेना में 40,000 सैनिक बढ़ जाते थे, यानी कि वह अकेला 40,000 सैनिकों के बराबर होता था। सच्चाई तो यह है कि सही लीडर हमें बहुत प्रेरित कर सकता है।

जब फ्रांस जून 1940 में हिटलर के कब्ज़े में आ गया, तो ऐसा लग रहा था कि 25 वर्ष के दौरान पूरे यूरोप की बत्तियाँ दूसरी बार गुल होने वाली हैं। जर्मनी ने तत्काल ब्रिटेन पर आक्रमण की तैयारियाँ शुरू कर दीं। सफल प्रतिरोध की संभावना बहुत क्षीण नज़र आ रही थी। सोवियत संघ अलग-थलग था। अमेरिका किसी युद्ध में भाग लेने के लिये तैयार होने से कोसों दूर दिख रहा था। और अधिकांश मिलिटरी विशेषज्ञ भविष्यवाणी कर रहे थे कि इंग्लैंड कुछ ही सप्ताह में आक्रमण के सामने घुटने टेक देगा, क्योंकि उसके पास न तो आधुनिक हथियार हैं, न ही उसकी तैयारी ज़ोरदार है। परंतु विशेषज्ञों ने जब यह भविष्यवाणी की थी, तो उन्होंने उस 65 साल के राजनेता के बारे में विचार नहीं किया था, जो असफलताओं से भरे कुंठित कैरियर के बाद अंततः 10 मई को प्रधानमंत्री के पद पर बैठा। 1940 के सात बचे हुये महीने आधुनिक इतिहास के केंद्रबिंदु हैं। इंग्लैंड - और शायद पूरा पश्चिमी जगत - इसलिये अस्तित्व में है क्योंकि उन महीनों के दौरान विंस्टन चर्चिल में एक हताश और भयभीत राष्ट्र में आशा जगाने की योग्यता थी।

प्रेरक (motivator) की शक्ति को समझने के लिये हमें सिर्फ़ ब्रिटेन के परिवारों की तस्वीर देखने की ज़रूरत है, जब वे अपने ड्रॉइंग रूम में इकट्ठे होकर रेडियो पर चर्चिल को गरजते हुए सुनते थे :

फ्रांस का युद्ध ख़त्म हो गया है। मुझे लगता है कि ब्रिटेन का युद्ध शुरू होने वाला है। इस युद्ध पर ईसाई सभ्यता का अस्तित्व निर्भर करता है। दुश्मन का पूरा क्रोध और शक्ति हम पर बहुत जल्दी बरसने वाले हैं। हिटलर जानता है कि उसे हमें इस टापू पर हराना होगा वरना वह युद्ध हार जायेगा...

इसलिये हमें अपने कर्तव्यों को करने के लिये अपनी कमर कस

लेना चाहिये और ऐसे काम करना चाहिये, ताकि यदि ब्रिटिश साम्राज्य और इसका कॉमनवेल्थ एक हज़ार वर्ष तक ज़िंदा रहे, तो लोग तब भी यही कहें: "यह उनका सबसे महान क्षण था।"

इंग्लैंड ने जिस बहादुरी से हिटलर का सामना किया, उसे देखते हुए अधिकांश लोग इस बात से सहमत हो जायेंगे कि यह सचमुच इंग्लैंड का महानतम क्षण था। परंतु अगर चर्चिल ब्रिटिश जनता की इच्छाशक्ति को जाग्रत करने में इतने सफल नहीं होते, तो यह वीरता जाग्रत नहीं हो पाती और सोयी रहती।

प्रेरणा की आकांक्षा

इतिहास बताता है कि लगभग हर क्षेत्र में एक ख़ाली स्थान होता है। यह ख़ाली स्थान किसी ऐसे व्यक्ति का इंतज़ार करता है, जो भविष्यदृष्टि (vision) दे सके और लोगों की ऊर्जा को सर्वश्रेष्ठ कार्यों की ओर मोड़ सके।

कुछ लीडर्स यह मानते हैं कि लोग मूलतः आलसी होते हैं और वे प्रेरित नहीं होना चाहते। यह मान्यता सेल्स मैनेजरों की आवाज़ में साफ़ सुनायी देती है, जब वे कहते हैं कि उनके सेल्समैनों में ज़रा भी आग नज़र नहीं आती; या फिर टीचर की शिकायत में, "हैरी क़तई उत्साहित नहीं है!"

"परंतु अनुत्साहित व्यक्ति जैसी कोई चीज़ नहीं होती," युनिवर्सिटी ऑफ विस्कॉन्सिन के शिक्षा विभाग के प्रोफ़ेसर आर. जे. व्लॉडकोवस्की कहते हैं। "यह कहना ज़्यादा सही होगा, 'हैरी मेरे साथ सीखने के लिये उत्साहित नहीं है।' " क्योंकि जब हैरी फिशिंग ट्रिप पर जाता है, तो

उस दिन वह सुबह तीन बजे ही बिस्तर से उछलकर बाहर आ जाता है, और उसमें बहुत सा उत्साह नज़र आता है। पाली ख़त्म होने के बाद फ़ैक्टरी के कर्मचारी पार्किंग से गाड़ियाँ बाहर निकालते समय जितनी फुर्ती दिखाते हैं, उसे देखकर हमारे मन से यह विचार तत्काल ग़ायब हो जायेगा कि वे मूलतः आलसी हैं। वे शाम की गतिविधियाँ जल्दी से जल्दी शुरू करने के लिये बेताब हैं। और मज़े की बात यह है कि इनमें से कुछ गतिविधियाँ तो उस काम से भी ज़्यादा थकाने वाली होंगी, जो वे फ़ैक्टरी में करते हैं।

इसलिये लीडर की चुनौती यह नहीं है कि उसे आलसी लोगों को मेहनती लोगों में बदलना है। उसकी चुनौती तो यह है कि उसे पहले से मौज़ूद ऊर्जा को सही मार्ग पर ले जाना है और उसे सबसे महत्वपूर्ण प्रयासों की दिशा में मोड़ना है। लोग आलस और बोरियत को पसंद नहीं करते। वे उस मैनेजर का स्वागत करेंगे, जो उन्हें काम में आनंद लेने का तरीक़ा सिखा सके। वे उस टीचर का भी स्वागत करेंगे, जो उनमें सीखने का प्रेम भर दे, जिससे स्कूल में दिन तेज़ी से गुज़र जाये।

किस तरह एक माँ ने अपने बच्चों को प्रेरित किया

द लेज़ी बी रैंच न्यू मैक्सिको और एरिजोना की सीमा पर स्थित 260 वर्ग मील का वीरान इलाक़ा है, जो डे परिवार के स्वामित्व में 1881 से है। जब हैरी और एडा मे डे को पहला बच्चा होने वाला था, तो उन्हें डिलिवरी के लिये 200 मील दूर एल पासो जाना पड़ा। एडा अपनी बच्ची सांड्रा को मुश्किल भरी ज़िंदगी जीने के लिये घर लेकर आयी। चार कमरों के इस कच्ची ईंटों के मकान में न तो पानी आता था, न ही बिजली थी। आसपास कोई स्कूल भी नहीं था। यह माहौल

देखकर कोई भी यह सोच सकता था कि इतने सीमित संसाधनों में सांड्रा का बौद्धिक भविष्य बहुत उज्जवल नहीं था।

परंतु हैरी और एडा स्वप्नदर्शी थे, जिन्होंने अपने परिवेश की सीमाओं में बँधने से इनकार कर दिया। अपने पिता की मौत के बाद हैरी को स्टैनफोर्ड युनिवर्सिटी में पढ़ने के बजाय मजबूरन रैंच सँभालना पड़ा। बहरहाल, उसने यह आशा कभी नहीं छोड़ी कि उसकी पुत्री एक दिन वहाँ पढ़ने जायेगी। एडा *वोग* और *न्यूयॉर्कर* जैसे शहरी अख़बार और पत्रिकायें ख़रीदती रही। जब सांड्रा चार साल की हुई, तो उसकी माँ ने घर पर ही कैल्वर्ट अध्ययन प्रणाली अपनायी और बाद में यह सुनिश्चित किया कि वह सबसे अच्छे बोर्डिंग स्कूलों में जाये। सांड्रा के भाई एलन कहते हैं कि एक बार गर्मियों में उनके माता-पिता ने उन्हें कार में बिठाया और मिसिसिपी के पश्चिम में सभी राज्यों की विधानसभाओं का भ्रमण करवाया। "हम हर इमारत के गुंबद तक चढ़े, जब तक कि आख़िरकार घर वापस लौटने का वक़्त नहीं हो गया।"

सांड्रा स्टैनफोर्ड गयी, फिर लॉ कॉलेज गयी और आख़िरकार अमेरिकी सुप्रीम कोर्ट की पहली महिला न्यायाधीश बनी। जिस दिन उसे शपथ दिलाई जा रही थी, ज़ाहिर है पूरा डे परिवार वहाँ मौज़ूद था। समारोह के दौरान जब वह अपनी न्यायाधीशों वाली पोशाक पहनकर न्यायाधीशों के बीच में रखी अपनी कुर्सी की तरफ़ बढ़ रही थी, तो एलन ने उसे ग़ौर से देखा। "सांड्रा ने चारों तरफ़ नज़र घुमाकर अपने परिवार को देखा और अपनी आँखों को हमारी आँखों में गड़ा दिया," एलन ने कहा। "इसके बाद हमारी आँखों से आँसू बहने लगे।"

किस वजह से सांड्रा डे ओ कॉनर जैसी महिला इतनी दूर तक जा पायी? बुद्धिमानी, ज़ाहिर है। और बहुत सा आंतरिक उत्साह। परंतु बहुत सा श्रेय रैंच में रहने वाली उस संकल्पवान नाटी महिला को

भी जाता है, जो कच्ची ईंटों के अपने घर में रात को बैठकर अपने बच्चों को घंटों पढ़ाती थी। उन माता-पिता को भी, जो अपने बच्चों को साथ लेकर विधानसभाओं के गुंबद की सीढ़ियों पर चढ़े थे।

प्रेरणा स्वार्थ सिद्धि नहीं है

आगे कुछ कहने से पहले मैं यह स्पष्ट करना चाहूँगा कि मैं स्वार्थ सिद्धि के बारे में बात नहीं कर रहा हूँ। पिछले दशक में ऐसी बहुत सी पुस्तकों की बाढ़ आयी है, जो हमें बताती हैं कि लोगों को कुचलकर आगे कैसे बढ़ा जाये और अपने अधीनस्थों के शरीर पर चढ़कर सफलता की सीढ़ियाँ कैसी चढ़ी जायें। अगर आप किसी ऐसी पुस्तक की तलाश में हैं, जिससे आप अपने स्वार्थ सिद्ध करने हेतु लोगों से मनमाफिक काम करवाने की तकनीक सीख सकें, तो यह पुस्तक ख़रीदकर आपने अपने पैसे बर्बाद किये हैं। इसलिये हमारी यह नेक सलाह है कि आप तत्काल इसे अपने पुस्तक विक्रेता को लौटा दें। यह पुस्तक प्रेरणा के बारे में है, स्वार्थसिद्धि के बारे में नहीं है। इनमें यह अंतर है कि जब आप लोगों को कोई ऐसा काम करने के लिये राज़ी करते हैं, जो उनके सर्वश्रेष्ठ हित में न होकर आपके सर्वश्रेष्ठ हित में होता है, तो आप स्वार्थ साध रहे हैं। परंतु जब आप ऐसे लक्ष्य पूरे करना चाहते हैं, जो दोनों ही पक्षों के लिये अच्छे हों, तो आप एक सफल और मनोबल भरी टीम बनाकर उन लक्ष्यों को हासिल करते हैं।

हर बिज़नेसमैन को मनोवैज्ञानिक क्यों होना चाहिये

किसी की आर्थिक सफलता लोगों का नेतृत्व करने की योग्यता पर जितना निर्भर करती है, उतना कड़ी मेहनत और ज्ञान पर नहीं

करती। कई प्रतिभाशाली लोग अपने तकनीकी ज्ञान की बदौलत अपने कैरियर में तेज़ी से ऊपर उठते हैं। परंतु एक बार जब वे उस स्तर पर पहुँच जाते हैं, जहाँ उन्हें दूसरों के प्रयासों से सफल होना होता है, तो उनकी प्रगति रुक जाती है। और ऐसा सिर्फ़ इसलिये होता है, क्योंकि उन्होंने स्वयं को बहुगुणित (multiply) करने की कला नहीं सीखी। औद्योगिक क्षेत्र के विशेषज्ञ एक मनोवैज्ञानिक का कहना है कि निचले स्तर के किसी कर्मचारी को 90 प्रतिशत प्रमोशन तकनीकी ज्ञान के आधार पर मिलते हैं। सुपरवाइज़र के पद के लिये तकनीकी ज्ञान 50 प्रतिशत और मानवीय संबंध 50 प्रतिशत महत्वपूर्ण होते हैं, जबकि एक्ज़ीक्यूटिव के पद पर प्रमोशन के लिये तकनीकी योग्यता 20 प्रतिशत और मानवीय संबंध 80 प्रतिशत महत्वपूर्ण होते हैं। जब लोग मैनेजमेंट की सीढ़ी पर .ज्यादा ऊपर पहुँच जाते हैं, तो अपेक्षित योग्यताओं के प्रतिशत में लगभग पूर्ण बदलाव हो जाता है।

जर्मन कवि गेटे ने कहा था, "महानतम प्रतिभा के स्वामी का भी अधिक मूल्य नहीं होगा, यदि वह लगभग पूरी तरह अपने ही संसाधनों के प्रयोग का अभिनय करे।" यह हैरानी की बात है कि कड़ी मेहनत करने वाले बहुत से लोग इस नियम को नज़रअंदाज़ कर देते हैं। यही वजह है कि सफलता उनके कैरियरों को नहीं चूमती। वे बड़े काम करने में इसलिये असफल रहते हैं, क्योंकि वे दूसरों को प्रेरित करने की कला में निपुण नहीं होते। जो लोग आगे निकल जाते हैं, कई बार तो उनकी व्यक्तिगत प्रतिभा सीमित होती है, परंतु उनके कर्मचारी लगातार बेहतर प्रदर्शन करते हैं। ऐसा इसलिये होता है क्योंकि चाहे यह लीडर्स हमेशा .ज्यादा घंटे काम न भी करें, परंतु काम करते समय वे अपने समय का प्रयोग लोगों को संगठित और प्रेरित करने में करते हैं।

हॉलिडे इन्स इन्क के एक्ज़ीक्यूटिव वाइस-प्रेसिडेन्ट जेम्स स्कॉर

कहते हैं, "महान (कॉरपोरेट) लीडर्स किसी प्रक्रिया के तकनीकी पहलू के बजाय मानवीय व्यवहार की ज़्यादा समझ रखते हैं।" इसका मतलब यह है कि जो व्यक्ति लोगों को प्रेरित करने में सफल होगा, वह प्रतिभाशाली व्यक्ति से पहले चोटी पर पहुँच जायेगा। जब एन्ड्रयू कारनेगी ने चार्ल्स श्वाब को अपने विशाल स्टील साम्राज्य की देखरेख के लिये नौकरी पर रखा, तो श्वाब इतिहास में पहले आदमी बन गये, जिन्हें एक साल में दस लाख डॉलर तनख़्वाह मिल रही थी। श्वाब से एक बार पूछा गया कि किस वजह से उन्हें औसतन 3000 डॉलर प्रति दिन तनख़्वाह मिल रही है। क्या ऐसा इसलिये था क्योंकि वे स्टील बनाने के बारे में सबसे ज़्यादा जानते थे? "बकवास," श्वाब ने नाक-भौं सिकोड़ते हुए कहा। "मेरे अधीन बहुत से ऐसे लोग काम कर रहे हैं, जो स्टील के बारे में मुझसे ज़्यादा जानते हैं।" श्वाब को इतनी बड़ी तनख़्वाह देने का प्रमुख कारण यह था कि उनमें दूसरे लोगों को प्रेरित करने की अद्‌भुत योग्यता थी। उनका कहना था, "मैं लोगों में उत्साह जगाने की अपनी योग्यता को अपनी सबसे बड़ी पूँजी मानता हूँ।" और जो लीडर यह काम कर सकता है, वह लगभग कहीं भी जा सकता है और वह जितनी तनख़्वाह माँगेगा, उसे मिलेगी।

मनोबल को ऊँचा उठाना

अब तक हम प्रेरणा की कला के बारे में व्यक्तिगत विचार कर रहे थे यानी कि आमने-सामने के संप्रेषण की कला (one-to-one skill) में एक व्यक्ति का दूसरे व्यक्ति पर क्या प्रभाव पड़ता है। परंतु हम जिन लोगों के साथ काम करते हैं, उनमें से ज़्यादातर पर बहुत से प्रभाव काम करते हैं और जब तक प्रेरित करने वाला इन प्रभावों को नियंत्रित करना नहीं सीख लेता, तब तक आमने-सामने की लीडरशिप बहुत

सफल नहीं हो सकती। मैं पियर ग्रुप या साथियों की शक्ति के बारे में बात कर रहा हूँ।

जब आप तीन या तीन से .ज़्यादा लोगों को इकट्ठा करके परिवार, क्लास या कॉरपोरेशन बनाते हैं, तो एक अजीब सी रासायनिक क्रिया होने लगती है : लोग एक-दूसरे पर सूक्ष्म और जटिल प्रभाव डालने लगते हैं। उदाहरण के लिये कुछ समूहों में विनाशकारी भावना उत्पन्न करने की आदत होती है। अगर समय रहते स्थिति को न संभाला जाये, तो कुछ असंतुष्ट कर्मचारी या क्लब में आलोचकों का समूह बहुत जल्दी ही एक प्रबल नकारात्मक माहौल बना सकते हैं। अगर लीडर में इन नकारात्मक प्रभावों को बेअसर करने की योग्यता नहीं है, तो पूरे संगठन में विस्फोट हो सकता है।

कोई व्यक्ति किस तरह ऐसी नकारात्मक भावनाओं को बलवान होने से रोक सकता है? इसके दो रास्ते हैं। पहला रास्ता वह रहस्य है जिसका प्रयोग सभी मनोबल बढ़ाने वाले करते हैं : वे समूह में वाद-विवाद की अनुमति देते हैं। जब नकारात्मक भाव सामने आता है, तो वे घबराते नहीं हैं - वे इसकी उम्मीद करते हैं और इसके लिये तैयार रहते हैं। मनोबल की समस्यायें इन लीडर्स के लिये शायद ही कभी बड़ी समस्यायें बनती हैं, क्योंकि उन्होंने असंतुष्ट विद्यार्थी या दुखी कर्मचारी के लिये संप्रेषण के गलियारे तैयार कर रखे हैं, जिनका वह प्रयोग कर सकता है। बाद वाले अध्यायों में हम संघर्ष से निबटने की कला के बारे में विस्तार से चर्चा करेंगे और इस बारे में भी, कि किस तरह समूह में न्यूनतम संघर्ष की स्थितियाँ निर्मित हों।

जब किसी समूह में प्रबल समूह-भावना उत्पन्न हो

कुशल प्रेरकों द्वारा प्रयोग किया जाने वाला यह दूसरा रहस्य है।

वे सावधानी से लोगों की ऐसी टीम बनाते हैं जिससे शुरुआत से ही सकारात्मक मानसिकता सुनिश्चित हो जाये। सिद्धांत यह है : उत्साह संक्रामक है और जब हम लोगों को दूसरे प्रेरित लोगों के संपर्क में रखते हैं, तो वे प्रेरित होते हैं। अंत में, जब आशावाद पर्याप्त रूप से बढ़ जाता है, तो अंदर ही आग जलने लगती है। इसलिये समझदार लीडर अपने सर्वश्रेष्ठ और सफल लोगों को छाँटने के बाद उन्हें तत्काल एक-दूसरे के संपर्क में रख देते हैं। जलते हुए कोयले की तरह, एक उत्साही व्यक्ति दूसरों के अंदर आग भर सकता है और इससे धधकती हुई आग सुलग जायेगी। अगर इस जलते हुए कोयले को अकेले ही छोड़ दिया जाये, तो लौ अंत में बुझ जायेगी।

आइये अब हम कंपनी प्रेसिडेंट्स या बड़े स्वयंसेवी संगठनों के प्रमुखों का उदाहरण लें। अगर वे लोगों में उत्साह फूँकने के काम में अपने ही उत्साह का सहारा लेते हैं, तो उन्हें अपने संगठनों में तूफ़ानी गति से घूमना पड़ेगा। परंतु समझदार लीडर मीटिंगों में भीड़ के मनोविज्ञान का प्रयोग करते हैं। वे जानते हैं कि आमने-सामने की 10 चर्चाओं में वे लोगों को जितना प्रेरित कर सकते हैं, आवाज़ की सही टोन से वे मीटिंग में 10 लोगों को उससे ज़्यादा प्रेरित कर सकते हैं। इसलिये वे सकारात्मक चिंतकों का एक समूह बनाते हैं और उन्हें एक-दूसरे के नियमित संपर्क में रखते हैं, ताकि वे एक-दूसरे की आस्था को बनाये रखें। किसी बिंदु पर, प्रबल समूह-भावना उत्पन्न हो जाती है। जब समूह इस प्रबल समूह-भावना पर पहुँच जाता है, तो एक अजीब और अद्भुत चीज़ होती है : उनका सम्मिलित उत्साह उन सबके व्यक्तिगत उत्साहों के योग से बहुत ज़्यादा होता है।

इस समूह भावना की शक्ति पर हाल में हुए कई अध्ययनों में ज़ोर दिया गया है, जो 3 एम, फ्रिटो-ले, प्रॉक्टर एंड गैम्बल और आई बी एम जैसी कंपनियों में किये गये। शोध से पता चलता है कि यह

कंपनियाँ अच्छे और बुरे दोनों ही समय में सफल होने में इसलिये समर्थ रहीं, क्योंकि उन्होंने अपने संगठनों में अपनी विशिष्ट "संस्कृति" बना ली थी। इस तरह की कंपनियों में नया कर्मचारी यह सीखता है कि "यहाँ हमारे काम करने का एक अलग अंदाज़ है।" प्रबल सामूहिक लक्ष्यों और जीवनमूल्यों का यह माहौल लोगों को सही दिशा में ले जाता है, दुविधा समाप्त करता है और समय भी बचाता है।

इस तरह की समूह-भावना सभी सफल परिवारों में भी होती है। कुछ परिवारों में मनोबल उत्पन्न करने की ऐसी क्षमता दिखती है, कि बच्चे औसत से ऊँचे स्तरों पर प्रदर्शन करते हैं। बाहरी लोग इन बच्चों की सफलता का श्रेय विरासत में मिले आई क्यू को देने की ग़लती कर सकते हैं, जबकि दरअसल इसका संबंध सिर्फ़ बुद्धिमानी से नहीं है। यह सफलता परिवार के भीतर की ऊर्जा और उत्साह से उत्पन्न होती है। सर्वश्रेष्ठ कॉरपोरेशन्स की ही तरह इन परिवारों में भी एक आम संस्कृति बनती है। वे साझे लक्ष्यों की प्राप्ति के लिये एकजुट होते हैं और एक-दूसरे की महानता को प्रेरित करते हैं।

प्रेरणा की जटिलता

कोई भी उन सारे कारणों को नहीं जानता, जिनकी वजह से एक समूह सफल टीम के रूप में उभरता है, जबकि दूसरा समूह आत्मघाती भीड़ में बदल जाता है। न ही हम यह जानते हैं कि कुछ लोगों में श्रेष्ठ बनने की इच्छा क्यों होती है, और बाक़ी लोगों में क्यों नहीं होती। ऊर्जा और मानवशरीर, मनोवैज्ञानिक इतिहास, तथा समय और स्थान परिवर्तनशील होते हैं। यह पुस्तक यह दावा नहीं करती कि इसमें दी गयी जादुई तकनीक से आप किसी मंदबुद्धि बच्चे को जीनियस में बदल सकते हैं, या किसी कामचोर कर्मचारी को अलादीन

के चिराग़ में। यह सिद्धांत आपकी मदद करेंगे कि आप लोगों से ज़्यादा बड़े प्रयास करवा सकें, जो वे आपके बिना नहीं कर पाते।

12 वर्षों से ग्रीन बे पैकर्स ने अपने सिर्फ़ 30 प्रतिशत मैच जीते थे और 1958 तक उनका रिकॉर्ड दस प्रतिशत तक गिर चुका था। फिर 1959 में एक नया कोच आया - विन्स लॉम्बार्डी। लॉम्बार्डी के नौ साल के कार्यकाल में पैकर्स ने नौ सीज़न में जीत हासिल की। उन्होंने अपने विरोधियों को 75 प्रतिशत बार हराया, और वे पाँच एन एफ एल चैंपियनशिप जीत ले गये, जिसमें पहले दो सुपर बॉउल शामिल थे।

इस तरह के चमत्कारी उलटफेर का कारण क्या हो सकता है? फ्रैंक गिफर्ड कहते हैं कि इसकी वजह लॉम्बार्डी का ज्ञान नहीं था, क्योंकि कई अन्य कोच भी रणनीति और व्यूह रचना के बारे में लॉम्बार्डी जितना जानते थे। इसके बजाय, खिलाड़ियों को प्रेरित करने की उनकी योग्यता की वजह से चमत्कार हुआ। गिफर्ड कहते हैं, "वे हर खिलाड़ी में से दस प्रतिशत अतिरिक्त बाहर निकलवा सकते थे। टीम के चालीस लोगों को दस प्रतिशत बार गुणा कर दीजिये और ऐसा एक सीजन में चौदह मैचों से कीजिये - तो आप जीतकर ही रहेंगे।"

इस पुस्तक में हम कई लोगों की सफलता की कहानियाँ देखेंगे, जो लॉम्बार्डी की तरह ही जानते थे कि किस तरह अपने आसपास के लोगों से अतिरिक्त प्रयास करवाये जायें। उनके सिद्धांतों का प्रयोग करके आप अपने समूह से 10 प्रतिशत अतिरिक्त हासिल कर सकेंगे। और यह अंतर आपकी जीत का कारण बन सकता है।

"अपने लंबे जीवन में मैंने सबसे बड़ा सबक़ यह सीखा है कि
किसी आदमी को विश्वसनीय बनाने का इकलौता तरीक़ा
उस पर विश्वास करना है, जबकि उसे अविश्वसनीय बनाने का
सबसे अचूक तरीक़ा उस पर अविश्वास करना और
उस अविश्वास को उसके सामने प्रदर्शित करना है।"

❋ *हेनरी एल. स्टिमसन*

"नज़रिये तथ्यों से ज़्यादा महत्वपूर्ण हैं।"

❋ *कार्ल मेनिंजर, एम.डी.*

अध्याय दो

सर्वश्रेष्ठ की आशा करें

एक डायरेक्ट-सेल्स कंपनी में 25 साल तक काम करने के बाद मैरी के ऐश रिटायर हुईं। इसके तीन महीने बाद ही उन्होंने अपनी ख़ुद की कंपनी शुरू करने का फ़ैसला किया। उनके वकील और कई दोस्तों ने उन्हें समझाया कि 5000 डॉलर की अपनी ज़िंदगी भर की बचत को एक कॉस्मेटिक्स फ़र्म जैसे मूर्खतापूर्ण विचार में लगाना पागलपन है। परंतु मिसेज़ ऐश के विश्वास प्रबल थे और उन्हें उम्मीद थी कि उनके विश्वास कॉरपोरेट जगत में अवश्य सफल होंगे।

सिर्फ़ 20 साल बाद उनकी कंपनी ने 1983 में 323.8 मिलियन डॉलर की सेल दर्ज़ की। पिछले पाँच सालों से यह इक्विटी पर औसतन 40 प्रतिशत लाभ दे रही है। *यह अमेरिकी उद्योग की सर्वाधिक लाभ देने वाली कंपनियों में से एक है।* उनकी कंपनी के बारे में एक बात पूरी तरह अनोखी है : मैरी के कॉस्मेटिक्स में प्रति वर्ष जितनी महिलायें पचास हज़ार डॉलर से ज़्यादा कमा रही हैं, उतनी दुनिया की किसी दूसरी कंपनी में नहीं कमा रही हैं।

इस तरह की सफलता का रहस्य क्या है? कुछ हद तक तो इसका कारण वह उल्लेखनीय सकारात्मक नज़रिया है, जो मिसेज़ ऐश अपने स्टाफ के हर व्यक्ति के प्रति प्रदर्शित करती हैं। वे कहती हैं, "मैं एक ऐसी कंपनी बनाना चाहती थी, जो महिलाओं को हर वह चीज़ हासिल करने का अवसर दे जिसे हासिल करने की उनमें योग्यता है।" स्पष्ट रूप से उनका विचार है कि जो महिलायें उनके लिये काम करती हैं, वे इतनी योग्य हैं कि कुछ भी कर सकती हैं। जब आप काँच की उस सुनहरी इमारत में घुसते हैं जिसमें फ़र्म का हेड ऑफ़िस है, तो राष्ट्रीय सेल्स डायरेक्टरों की जीवन-से-बड़ी तस्वीरें साफ़ नज़र आती हैं। इसकी वजह बताते हुए मैरी कहती हैं, "हालाँकि कुछ कंपनियाँ अपना संदेश व्यक्त करने के लिये पेंटिंग्स, प्रतिमायें या शायद अपने प्रॉडक्ट्स की तस्वीरें लगाती हैं, परंतु हम चाहते हैं कि हमारा संदेश होः 'हम लोगों की कंपनी हैं।'"

दुर्भाग्य से, जब कई लोग लीडर बनते हैं तो वे एक अलग ही राह पकड़ते हैं और जल्दी ही अपने आपको पुलिस अफ़सर की भूमिका में पाते हैं। श्रेष्ठ ज्ञान और अनुभव के कारण वे यह सोच लेते हैं कि लोगों के कंधों पर से झाँककर उनकी निगरानी करना उनका कर्तव्य है, ताकि वे ग़लतियों को देख सकें और धोखेबाज़ी को हतोत्साहित कर सकें। वे असफलता रोकने के लिये यह काम करते हैं।

परंतु रखवाले कुत्ते जैसी भूमिका निभाने की वजह से वे जल्दी ही अपने अधीनस्थों से विरोधी या शत्रुतापूर्ण संबंध बना लेते हैं। लोग इस तरह के बॉस के पीछे चलना उतना ही पसंद करते हैं जितना कि दाँत उखड़वाना! दूसरी ओर, अच्छे मैनेजर और अच्छे शिक्षक अपने स्टाफ़ की असफलताओं का पोस्टमार्टम करने में .ज्यादा समय बर्बाद नहीं करते। इसके बजाय वे उन शक्तियों की तलाश करते हैं, जिन्हें दूसरों ने नज़रअंदाज़ कर दिया है और ऐसे तरीक़े भी खोजते हैं, जिनसे उनके स्टाफ़ की प्रतिभा को प्रोत्साहित किया जा सके।

किसी भी अन्य चीज़ से बढ़कर, अपने क्लासरूम या ऑफ़िस में लोगों के प्रति हमारा नज़रिया ही प्रेरणा के बारे में हमारी असफलता या सफलता निर्धारित करता है। अगर लोग यह जानते हैं कि हम उनसे अच्छी चीज़ों की आशा करते हैं, तो वे .ज्यादातर मामलों में हमारी आशायें पूरी करने के लिये जी-जान लगा देंगे। अगर हम ख़राब प्रदर्शन की उम्मीद करते हैं, तो वे हमारी भविष्यवाणियों को निराशाजनक ढंग से पूरा करेंगे।

इसलिये लोगों को सर्वश्रेष्ठ बनाने का पहला नियम यह है :

जिनका आप नेतृत्व करते हैं, उनसे सर्वश्रेष्ठ की आशा करें।

कुछ समय पहले टोरंटो में मैंने एक एक्ज़ीक्यूटिव क्लब में भाषण दिया। मीटिंग के बाद एक बुज़ुर्ग आदमी बोलने के लिये खड़ा हुआ। वह लंबा, दुबला और अच्छी पोशाक पहने था। 74 वर्ष की उम्र में वह अपने बिज़नेस से रिटायर हो रहा था। उसने जीवन भर लेड

पेंसिल का निर्माण किया था। मैंने सोचा, "पैसे कमाने का कितना बोरिंग तरीक़ा है," और मैंने उससे कहा, "मैं शर्त लगा सकता हूँ कि आप इस बिज़नेस से रिटायर होने पर ख़ुश होंगे, है ना?"

"अरे नहीं," उसने जवाब दिया। "दरअसल, मुझे इस सबकी बहुत याद आयेगी। और आप जानते हैं मुझे किस चीज़ की सबसे ज़्यादा याद आयेगी? उन दोस्तों की, जो मैंने बिज़नेस करने के दौरान बनाये हैं। मेरे कुछ सप्लायर्स और ग्राहक 40 साल से मेरे सबसे अच्छे दोस्त हैं। और हमारे ऊपरी स्तर के कुछ मैनेजर तो ऐसे युवक थे, जिन्हें मैंने कॉलेज से निकलते ही नौकरी दी थी। सफल होने में उनकी मदद करने में मुझे बहुत संतुष्टि मिली।"

चर्चा के दौरान मुझे पता चला कि इस आदमी ने एक मल्टीमिलियन डॉलर कंपनी बनायी थी, जिसे उसने हाल ही में बहुत अच्छे दामों पर बेचा था। उसकी सफलता पर मुझे बिलकुल भी आश्चर्य नहीं हुआ, क्योंकि उसे लोगों में गहरा विश्वास था। वह हर एक के अच्छे पहलू को खोजने की कला में पारंगत हो गया था और उसी के आधार पर वह सफल हुआ था। सफल होने में दूसरे लोगों की मदद करने की प्रक्रिया में उसने बहुत सा धन भी कमाया था।

किसी भी बिज़नेस में, जिसमें दूसरे - या तो आपके कर्मचारी या आपके ग्राहक - शामिल हों, नज़रिया सब कुछ है। सरल शब्दों में कहा जाये तो वे लोग, जो दूसरों को पसंद करते हैं और विश्वास करते हैं कि उनके सहयोगियों के इरादे सर्वश्रेष्ठ हैं, अपने सहयोगियों से सर्वश्रेष्ठ प्रदर्शन करवा लेते हैं। दूसरी तरफ़ नीतियों पर बहुत ज़्यादा ज़ोर देने वाला लीडर, जो लगातार हर एक के बुरे पहलू पर नज़र रखता है, यह पाता है कि लोग रक्षात्मक मुद्रा में आ गये हैं और उनकी आंतरिक संभावनाओं के द्वार जल्द ही बंद हो जाते हैं।

अपने बच्चे को चोर कैसे बनायें

अधिकाधिक संख्या में मनोवैज्ञानिक अध्ययन दर्शाते हैं कि हममें अपनी अपेक्षाओं के द्वारा लोगों के सर्वश्रेष्ठ या निकृष्टतम स्वरूप को बाहर निकालने की शक्ति होती है। वह एक्ज़ीक्यूटिव जिसे विश्वास होता है "आपको आजकल अच्छे कर्मचारी नहीं मिल सकते" और वह टीचर जिसे विश्वास होता है कि "ज़्यादातर बच्चे आलसी हैं", उल्लेखनीय नकारात्मक शक्ति का प्रयोग करते हैं।

मनोवैज्ञानिक सी. नाइट एल्ड्रिच ने अपराधी बच्चों के विषय पर वर्षों काम किया। उन्होंने कुछ समय पहले एक मनोवैज्ञानिक जरनल में एक रोचक लेख लिखा कि माता-पिता किस तरह अपने बच्चों को जल्दी ही चोरों में बदल सकते हैं। ऐसा करने का तरीक़ा यह है। मान लीजिये आपके बच्चे ने - जैसा अधिकांश बच्चे कभी न कभी करते हैं - कोई छोटी सी चीज़ चुरा ली। शायद उसने चॉकलेट का एक पैकेट चुरा लिया। अगर आप उससे कहते हैं, "अब हम जान गये हैं कि तुम क्या हो - तुम एक चोर हो! आगे से हमें तुम पर नज़र रखना होगी," तो यह संभव है कि वह और चीज़ें चुराये तथा जल्दी ही वह चॉकलेट चुराने से बहुत आगे निकलकर कार चुराने लगे।

दूसरी तरफ़, आप दृढ़ता परंतु नम्रता से उससे यह कह सकते हैं, "टॉम, यह तुम्हारे स्वभाव के अनुरूप नहीं है। हमें स्टोर वापस जाकर इस मामले को निपटाना होगा, परंतु हम इस बात का बतंगड़ नहीं बनायेंगे। तुमने जो किया वह ग़लत था, तुम जानते हो कि यह ग़लत काम था, और हमें विश्वास है कि तुम दुबारा ऐसा नहीं करोगे।" इस तरह के व्यवहार के बाद अधिकांश बच्चों का चोरी का कैरियर वहीं पर ख़त्म हो जायेगा। यह सिद्धांत बहुत पुराना है : नकारात्मक

नज़रिया रखकर और लोगों की कमज़ोरियों के आँकड़ों पर ध्यान केंद्रित करके आप उन्हें उनके दोषों के संपर्क में लाते हैं और उनका व्यवहार ज्यादा बुरा बन जाता है। सकारात्मक नज़रिया रखकर और उनके सुदृढ़ पहलुओं पर ध्यान एकाग्र करके आप उन्हें उनके अच्छे गुणों के संपर्क में लाते हैं और उनका व्यवहार बेहतर बन जाता है।

सर्वश्रेष्ठ इरादों में विश्वास करना

कुछ समय पहले 17 वर्ष का एक मरीज़ मेरे ऑफ़िस में बैठा था। उसने ग़ुस्से से कहा, "मैं यह सुनते-सुनते थक चुका हूँ कि मैं अपनी क्षमता के अनुरूप प्रदर्शन नहीं करता। हर बार जब भी कोई टीचर यह घिसी-पिटी बात कहना शुरू करता है, तो मेरा जी मचलाने लगता है। मेरे डैडी हर महीने यह बात ज़रूर कहते हैं।"

यह युवक सफल माता-पिता (उसके पिता एक डॉक्टर हैं) का पुत्र है। इस तरह के सफल लोगों को अपने कर्मचारियों और अपने बच्चों दोनों के साथ बहुत मुश्किलें आती हैं, क्योंकि वे हर एक में उसी तरह के उत्साह की उम्मीद करते हैं, जिस तरह का उत्साह उनमें होता है। वे अपने पुत्र को प्रेरित करने की कोशिश कर रहे हैं, परंतु परिणाम यह होता है कि पुत्र अवज्ञा करने लगता है। इसका कारण यह है। "तुममें बहुत क्षमता है," कहना उसकी योग्यता की प्रशंसा है, परंतु वे यह टिप्पणी करके इसे तत्काल हटा देते हैं, "तुम अपनी क्षमता के अनुरूप प्रदर्शन नहीं करते।" इस प्रक्रिया में वे उसके चरित्र पर हमला करते हैं, जो ज्यादा गंभीर बात है। हममें से हर एक, चाहे वह कितना ही लापरवाह क्यों न हो, यह विश्वास करना चाहता है कि हमारे इरादे सर्वश्रेष्ठ हैं और हम चाहते हैं कि दूसरे भी इस बात पर यक़ीन करें।

पिग्मैलियन प्रभाव

जॉर्ज बर्नार्ड शॉ के नाटक *पिग्मैलियन* में एक प्रोफ़ेसर एलिज़ाबेथ डूलिटिल नाम की फूहड़ स्त्री को संभ्रांत महिला बना देता है। वह ऐसा मुख्य तौर पर इस तरह से करता है कि वह उससे हमेशा एक संभ्रांत महिला की तरह व्यवहार करता है, जब तक कि वह उसकी उम्मीदों के अनुरूप व्यवहार नहीं करने लगती। गेटे ने इस सिद्धांत को इस तरह से कहा था : "यदि आप किसी व्यक्ति के साथ उस तरह व्यवहार करेंगे जैसा वह दिखता है, तो आप उसे .ज्यादा बुरा बना देंगे। परंतु अगर आप किसी व्यक्ति से उस तरह व्यवहार करते हैं जैसा होने की उसमें क्षमता और संभावना है, तो आप उसे वह बना देंगे जो उसे होना चाहिये।"

हार्वर्ड के मनोवैज्ञानिक रॉबर्ट रॉसेन्थाल और सैन फ्रांसिस्को स्कूल के प्रिंसिपल लेनोर जैकबसन द्वारा किये गये क्लासरूम के एक प्रसिद्ध अध्ययन में हमें इस बात का अच्छा उदाहरण मिलता है। उन्होंने यह सवाल पूछा : क्या कुछ बच्चों का प्रदर्शन स्कूल में इसलिये ख़राब रहता है, क्योंकि उनके शिक्षक उनसे ऐसे ही प्रदर्शन की उम्मीद करते हैं? उन्होंने सोचा कि अगर ऐसा है, तो शिक्षक की उम्मीदों को बढ़ाने से बच्चों के प्रदर्शन को भी बेहतर बनाया जा सकता है। इसलिये पाँचवीं कक्षा के कुछ बच्चों का टेस्ट लिया गया, जिसमें उनकी सीखने की योग्यता की परीक्षा ली गयी। अगले शिक्षा सत्र में नये शिक्षकों को नयी क्लास के पाँच या छह बच्चों के नाम बता दिये गये, जिन्हें "प्रतिभाशाली" की श्रेणी में रखा गया था, क्योंकि टेस्ट से यह साबित हुआ था कि उनमें सीखने की असाधारण योग्यता थी।

शिक्षक यह नहीं जानते थे कि टेस्ट के परिणामों में छल किया

गया था और "प्रतिभाशाली" बच्चों के नाम बेतरतीब तरीक़े से चुने गये थे। शिक्षा सत्र की समाप्ति पर सभी बच्चों का दुबारा टेस्ट लिया गया, जिसके आश्चर्यजनक परिणाम आये। जिन बच्चों को शिक्षकों ने सर्वाधिक क्षमता वाला माना था, उनका स्कोर सचमुच सबसे ज़्यादा था और उन्होंने 15 से 27 अधिक आई क्यू पॉइंट हासिल किये। शिक्षकों ने इन बच्चों को सामान्य से.ज्यादा सुखी,.ज्यादा जिज्ञासु,.ज्यादा सहृदय बताया और यह भी कहा कि भावी जीवन में इनके पास सफलता के बेहतर अवसर हैं। *उस साल सिर्फ़ एक ही चीज़ बदली थी – शिक्षकों का नज़रिया।* चूँकि उन्हें कुछ विद्यार्थियों के बेहतर प्रदर्शन का विश्वास दिलाया गया था, इसलिये वे विद्यार्थी भी ख़ुद से बेहतर की उम्मीद करने लगे। "इसका कारण शायद शिक्षक और विद्यार्थियों की सूक्ष्म अंतर्क्रिया में मिलता है," रॉसेनथाल का अनुमान है। "आवाज़ की टोन, चेहरे के भाव, स्पर्श और मुद्रा वे साधन हो सकते हैं, जिनके द्वारा शिक्षक अक्सर अनजाने में अपनी आशाओं को अपने विद्यार्थियों तक संप्रेषित कर देते हैं। इस तरह के संप्रेषण से बच्चे को अपने बारे में अनुभूतियों को बदलने में मदद मिल सकती है।"

कमज़ोरियों के बजाय शक्तियों पर ध्यान केंद्रित करें

हमारे प्रभाव में आने वाले.ज्यादातर लोगों के भीतर अच्छाई और बुराई, महत्वाकांक्षा और उदासीनता, शक्तियों और कमज़ोरियों का मिश्रण होता है। हम यह चुनाव कर सकते हैं कि हम उनकी शक्तियों के आधार पर निर्माण करेंगे या उनकी कमज़ोरियों को ही कोसते रहेंगे। मैंने एक बार एक बहुत सफल चर्च में एक आम आदमी से बात की। 20 साल से उस धार्मिक समुदाय का नेतृत्व करने वाले पादरी में कुछ बहुत स्पष्ट दोष थे, परंतु लोग उनसे प्रेम करते थे और

धार्मिक समुदाय समृद्ध हुआ था। मैंने उस व्यक्ति से पूछा कि उसकी समझ से इसका कारण क्या है। जवाब में उसने यह समझदारी भरी बात कही : "हमारे पादरी में कुछ सशक्त गुण हैं और उनमें कुछ कमज़ोरियाँ भी हैं। इसलिये हम उन क्षेत्रों पर .ज्यादा ध्यान देते हैं, जिनमें वे सशक्त हैं और उनकी कमज़ोरियों के बारे में भूलने की कोशिश करते हैं।"

इस तरह का नज़रिया रखकर धार्मिक समुदाय ने दो बातें कीं : (1) उन्होंने पीठ पीछे आलोचना और परनिंदा के उस माहौल से ख़ुद को बचाया, जो अक्सर सतत आलोचना वाले किसी चर्च या बिज़नेस में होता है, और (2) इस उदार नज़रिये से उन्होंने निस्संदेह अपने पादरी को प्रेरित किया कि वे अपनी पूरी क्षमता से प्रदर्शन करने के लिये हरसंभव प्रयास करें। परिणाम ? एक उल्लेखनीय पार्टनरशिप, जिसने हर साल बेहतर परिणाम हासिल किये।

छुपी हुई प्रतिभा को खोजने का सुख

जब हम इस तरह के सकारात्मक नज़रिये का चुनाव करते हैं, तो बहुत सी छुपी हुई प्रतिभा सतह पर आने लगती है। अल्बर्ट हबार्ड कहते हैं, "एक चीज़ ऐसी है जो योग्यता से भी अधिक दुर्लभ, अधिक श्रेष्ठ और अधिक कम है। यह है योग्यता को पहचानने की योग्यता।" औसत लोग किसी तरह से उन शिक्षकों और लीडर्स के लिये असाधारण चीज़ें हासिल करते हैं, जो धैर्य से तब तक इंतज़ार करते हैं, जब तक कि योग्यता साफ़ नज़र नहीं आने लगती।

इतिहास की पुस्तकें उन प्रतिभाशाली व्यक्तियों की कहानियों से भरी हैं, जिनके गुणों को बहुत से लोगों ने अनदेखा कर दिया था, जब

तक कि किसी व्यक्ति ने उनमें विश्वास नहीं किया। आइंस्टीन चार साल की उम्र तक बोलना नहीं सीख पाये थे और सात साल की उम्र तक वे पढ़ना भी नहीं सीख पाये थे। आइज़ैक न्यूटन ने ग्रेड स्कूल में ख़राब प्रदर्शन किया था। एक अख़बार के संपादक ने वाल्ट डिज़नी को नौकरी से निकाल दिया था, क्योंकि उसके पास "एक भी अच्छा विचार" नहीं था। लियो टॉल्स्टॉय कॉलेज से बाहर निकाले गये थे और वर्नर वॉन ब्रॉन नवीं क्लास में बीजगणित में फ़ेल हो गये थे। हैडन ने बीथोवन को संगीतज्ञ बनाने के प्रयास में हार मान ली थी, क्योंकि बीथोवन एक धीमे और मेहनती युवक नज़र आते थे, जिनमें कोई स्पष्ट प्रतिभा नहीं थी - सिवाय संगीत में विश्वास के।

इस तरह की कहानियों में एक सबक़ छुपा हुआ है : भिन्न लोग भिन्न गति से विकास करते हैं, और सर्वश्रेष्ठ प्रेरणा देने वाले लोग हमेशा छुपी हुई क्षमताओं की तलाश में रहते हैं।

एक प्रमुख सी.ई.ओ. से जब पूछा गया, "आप इस बिज़नेस में किस वजह से हैं ?" तो उसका जवाब था, "मैं लोगों को विकसित करने के बिज़नेस में हूँ - उन लोगों को, जो अधिक सशक्त, अधिक स्वायत्त, अधिक आत्मनिर्भर, अधिक योग्य हैं। लोग जो चीज़ें ख़रीदना चाहते हैं, हम उन चीज़ों को बनाते और मुनाफ़े के साथ बेचते हैं, ताकि हम इस काम के लिये धन निकाल सकें।" यह संयोग नहीं है कि उसके कर्मचारी, जिन्होंने सिर्फ़ रोटी, कपड़े और मकान के लिये दिन में आठ घंटे काम करने में शिकायतें की होतीं, ख़ुशी-ख़ुशी उस लीडर के लिये 10 से 12 घंटे काम करते हैं, जो इस तरह के लक्ष्यों को उनके सामने स्पष्ट रूप से रखता है।

विकास का माहौल

हम अपने चारों तरफ़ के लोगों की बहुत बड़ी सेवा कर सकते हैं, यदि हम उन्हें एक ऐसा माहौल मुहैया करा सकें, जिसमें वे न सिर्फ़ अपनी प्रतिभाओं को खोज सकें, बल्कि उन्हें विकसित भी कर सकें। थियोडोर रूज़वेल्ट ने लिखा था, "सफलतायें दो तरह की होती हैं। एक तो बहुत दुर्लभ क़िस्म की होती है, जो उस व्यक्ति को मिलती है जिसमें वह करने की शक्ति है, जो करने की शक्ति किसी दूसरे में नहीं है। वह आदमी जीनियस होता है। परंतु सफलता हासिल करने वाला औसत आदमी जीनियस नहीं होता; वह तो ऐसा व्यक्ति है जिसमें सिर्फ़ साधारण गुण हैं, जो उसके सभी साथियों में होते हैं, परंतु जिसने उन साधारण गुणों को असामान्य हद तक विकसित कर लिया है।"

लोगों को एक ऐसे माहौल की ज़रूरत होती है, जिसमें वे विशेषज्ञता हासिल कर सकें, अपनी योग्यताओं को पैना कर सकें और अपनी विशिष्ट पहचान बना सकें। महान लोगों की जीवनियों में ऐसे ढेरों उदाहरण हैं कि किस तरह किसी टीचर या किसी दयालु बॉस ने उन्हें क़रीब से देखा और उनके अंदर एक ऐसी चिंगारी देखी, जो किसी और ने नहीं देखी थी। साथ ही लंबे समय तक उनकी उस प्रतिभा को विकसित करने की योग्यता में विश्वास किया, जब किसी और ने ऐसा नहीं किया था। उदाहरण के लिये, टैफ़्ट परिवार अपने गुणों के विकास के लिये अपने बच्चों को प्रेरित करने में विशेष निपुण था – कोई ऐसी विशेषता जिसके लिये वे स्वयं पर गर्व कर सकें। जब मार्था टैफ़्ट सिनसिनाटी में एलिमेंट्री स्कूल में थीं, तो उससे स्वयं का परिचय देने के लिये कहा गया। उसने कहा, "मेरा नाम मार्था बॉवर्स टैफ़्ट है। मेरे परदादा अमेरिका के राष्ट्रपति थे। मेरे दादाजी अमेरिका के सीनेटर

थे। मेरे पिताजी आयरलैंड के राजदूत हैं। और मैं एक ब्राउनी (छोटी स्वयंसेविका) हूँ।"

मानवीय आत्मा का स्वभाव

यह समझना बहुत महत्वपूर्ण है कि वह नज़रिया, जिससे हम लोगों के साथ व्यवहार करते हैं, काफ़ी हद तक इस बात से तय होता है कि मानव जाति के स्वभाव के बारे में हमारा विश्वास क्या है। औद्योगिक मनोविज्ञान के क्षेत्र में अग्रणी विशेषज्ञ डगलस मैकग्रेगर ने मानवीय स्वभाव का जितना अधिक अध्ययन किया, वे उसके बारे में उतने ही .ज्यादा आशावादी होते चले गये। उन्होंने उस सिद्धांत पर आक्रमण किया, जिसे उन्होंने "सिद्धांत एक्स" कहा – मैनेजमेंट का सत्तावादी पहलू, जो मानता है कि कर्मचारी मंदबुद्धि होते हैं, जिन्हें यह बताये जाने की ज़रूरत है कि क्या करना है। इसके बजाय उन्होंने "सिद्धांत वाय" को बताया, जो इंसानों से इंसानों की तरह व्यवहार करता है और उनके मानवीय अधिकारों का सम्मान करता है। अब्राहम मास्लो के शोध ने मैकग्रेगर के मैनेजमेंट के सिद्धांतों को सही साबित किया। ब्रान्डीय युनिवर्सिटी के मनोवैज्ञानिक मास्लो ख़ास तौर पर चरम अनुभवों (peak experiences) में रुचि रखते थे – जिन्हें उन्होंने "मानवीय स्वभाव की बहुत ऊँची छतें" कहा था। उन्होंने इस बारे में जितना शोध किया, उन्हें उतना ही .ज्यादा विश्वास होता गया कि लोगों को जितनी क्षमता का श्रेय दिया जाता है, लोगों में उससे बहुत .ज्यादा क्षमता होती है। उन्होंने लिखा था, "बहुत से लोगों में पारलौकिक, परोपकारी, आदर्शवादी स्वरूप मेरे अनुमान से कहीं अधिक था।"

स्नातक कॉलेज में मानव जाति के स्वभाव के बारे में मेरा कई

निराशाजनक सिद्धांतों से सामना हुआ। मैंने उन दार्शनिकों का अध्ययन किया, जो मानव जाति को पूरी तरह से भ्रष्ट मानते थे। परंतु अपने परामर्शदात्री कक्ष में मैं लोगों से जितने लंबे समय तक बात करता हूँ - ख़ासकर जब वे सम्मोहन में होते हैं या मुझे अपने सपने बताते हैं - उतना ही .ज्यादा मुझे विश्वास होता जाता है कि मानवीय स्वभाव को अक्सर कम आँका जाता है। मैं हज़ारों लोगों के निकृष्टतम पहलुओं को देखता हूँ, इसके बावज़ूद मानवीय स्वभाव की क्षमताओं और संभावनाओं में मेरा विश्वास पहले से बहुत .ज्यादा बढ़ चुका है।

मैं .ज्यादातर लोगों के प्रति .ज्यादा सहनशील हो सकता हूँ। इसका एक कारण यह है कि मनोचिकित्सक के रूप में मेरे पास अपने मरीज़ों के बारे में ऐसी जानकारी का लाभ है, जो .ज्यादातर लोगों के पास नहीं होता। और मैंने पाया है कि हम सामान्य सामाजिक संपर्क के दौरान किसी व्यक्ति को शायद ही कभी उसके समग्र रूप में देख पाते हैं। जब कोई व्यक्ति घटिया और आलसी नज़र आता है, तो हम उस व्यक्ति का सिर्फ़ एक हिस्सा देख रहे हैं, जो किसी विशेष दिन, विशेष परिस्थितियों द्वारा उत्पन्न हुआ है। बेहतर होगा कि इस निष्कर्ष पर पहुँचने से पहले हम कुछ समय इंतज़ार कर लें कि जो हम देख रहे हैं क्या वह सम्पूर्ण व्यक्ति है।

जब लोग बदलते हैं

कुछ निराशावादी लोग कहेंगे कि कोई नहीं बदलता, कि तेंदुआ कभी अपने धब्बे नहीं बदलता। परंतु दरअसल हर व्यक्ति हर दिन बुरे के लिये या भले के लिये बदल रहा है। एक युवा सी पी ए मेरे ऑफ़िस में बैठकर अपनी माँ के बारे में पूछ रहा था, जो हमारे क्लीनिक में

मरीज़ हैं। उसकी बातों से मुझे पता चला कि उसका कैरियर परवान चढ़ रहा है और वह हाल ही में बिग एट अकांउटिंग फ़र्म्स में से एक में पार्टनर बन गया है। "ज़्यादातर लोगों को यह विश्वास करने में बहुत कठिनाई होगी कि मैंने लगभग चार साल पूरी तरह नशे (ड्रग्स) में बर्बाद कर दिये थे," उसने कहा, "परंतु यह सच है।" उसने आगे बताया कि किस तरह वह दौर ख़त्म हुआ। ऐसा उस महिला के कारण हुआ, जिससे वह नौ साल पहले प्रेम करने लगा था। वह मेरे ऑफ़िस में स्वस्थ, चौकस और सफल व्यक्ति के रूप में बैठा था। उसे देखकर मुझे एहसास हुआ कि यह कहना कितना मूर्खतापूर्ण है कि लोग कभी नहीं बदलते। वे बिलकुल बदलते हैं और हम कम से कम कुछ हद तक इस बात को प्रभावित कर सकते हैं कि वे किस तरह बदलें।

सीमा बढ़ाने की क्षमता

हम अपने समूह के प्रति अधिक सकारात्मक दृष्टिकोण रख पायेंगे, अगर हम याद रखें कि हर व्यक्ति में अपनी सीमा बढ़ाने की बहुत ज़्यादा क्षमता होती है। विलियम जेम्स ने कहा था :

> **"हर व्यक्ति हर दिन जानता है कि उसके अंदर ऐसी शक्तियाँ सोयी पड़ी हैं, जिन्हें बाहर लाने की प्रेरणा उसे नहीं मिलती ... हमें जो होना चाहिये, उसकी तुलना में हम सिर्फ़ आधे जागे हुए हैं। हमारी आग नम हो गयी है, हमारे हवा के स्रोत बंद कर दिये गये हैं। हम अपने संभावित मानसिक और शारीरिक संसाधनों के सिर्फ़ एक छोटे हिस्से का ही प्रयोग करते हैं... अधिक व्यापक रूप में कहा जाये तो इंसान अपनी**

> **सीमाओं के बहुत अंदर जीवन बिताता है। उसके अंदर ऐसी बहुत सी शक्तियाँ होती हैं, जिनका प्रयोग करने में वह आदतन असफल होता है।**
>
> **यह स्पष्ट है कि हमारे अंदर शक्ति के ऐसे संग्रहीत भंडार रहते हैं, जिनकी आम तौर पर ज़रूरत नहीं पड़ती - विस्फोटक सामग्री की गहरी और गहन परतें, जो प्रयोग के लिये तैयार हैं बशर्ते कोई इतनी गहराई तक जाकर उनकी खोज कर सके।"**

यह टिप्पणी किसी मार्केटिंग सम्मेलन में चीख़ने वाले किसी प्रेरक वक्ता की नहीं है। यह अमेरिकी मनोवैज्ञानिकों के डीन की टिप्पणी है। उनकी अवधारणायें न सिर्फ़ इसलिये महत्वपूर्ण हैं, क्योंकि वे हमारे अंदर छुपी उस क्षमता के बारे में हैं जिसका हम दोहन नहीं करते, बल्कि इसलिये भी महत्वपूर्ण हैं क्योंकि वे हमारे आसपास के लोगों में छुपी संभावित क्षमता को उजागर करने के बारे में संकेत देती हैं। अगर जेम्स सही थे, तो लोगों में सीमा फैलाने की उल्लेखनीय क्षमता और संभावना है तथा हमारे परिचितों के समूह में शक्ति का एक ऐसा स्रोत मौज़ूद है, जो मुक्त किये जाने और दोहन किये जाने का इंतज़ार कर रहा है।

जब ड्वाइट डी. आइज़नहॉवर कोलंबिया युनिवर्सिटी के प्रेसिडेंट थे, तो उन्होंने जॉन अर्स्काइन को "कोलंबिया का महानतम टीचर" कहा था। अर्स्काइन अपने युग के सबसे बहुमुखी व्यक्तियों में से एक थे - शिक्षाविद्, कन्सर्ट पियानिस्ट, 60 पुस्तकों के लेखक, जूलियर्ड स्कूल ऑफ म्यूज़िक के प्रमुख, लोकप्रिय और रोचक वक्ता। अर्स्काइन के उल्लेखनीय कैरियर के बारे में लिखते हुए उनकी पत्नी हैलन ने उनकी सफलता का श्रेय उनके "ज़बर्दस्त आशावाद" को दिया। उनकी

पत्नी के अनुसार वे एक अच्छे टीचर इसलिये थे, क्योंकि "सीखना उनके लिये रोमांचकारी कार्य था और उन्हें भविष्य में विश्वास था।" वे अपनी पत्नी से अकसर कहा करते थे, "हमें अपने युवकों को बताना चाहिये कि सर्वश्रेष्ठ पुस्तकें अभी लिखी जाना हैं, सर्वश्रेष्ठ पेंटिंगें अभी पेंट नहीं हुई हैं, सर्वश्रेष्ठ सरकारें अभी बनना हैं, सर्वश्रेष्ठ काम अभी उनके द्वारा किया जाना है।"

सफल होने की इच्छा से लाभ उठाना

यह एक स्पष्ट तथ्य दिख सकता है, परंतु बहुत से लीडर्स इस आसान सच्चाई को नज़रअंदाज़ करते हैं, इसलिये मुझे इस बात को स्पष्ट रूप से कहना ही होगा : कोई भी असफल नहीं होना चाहता। हम सभी सफल होना चाहते हैं। इमर्सन ने कहा था, "हर व्यक्ति को विश्वास होता है कि उसमें ज़्यादा बड़ी संभावना है," और मेरे सभी मरीज़, चाहे वे कितने ही निराश और हताश हों, यह विश्वास करते दिखते हैं कि वे बेहतर प्रदर्शन करने में सक्षम हैं। उनका व्यवहार बुरा हो सकता है, उनका प्रदर्शन ख़राब हो सकता है, परंतु वे बेहतर व्यवहार या प्रदर्शन करना चाहते हैं, और ख़ुद से कहते हैं कि कई कारणों से उनका वर्तमान प्रदर्शन ख़राब है।

आलोचक इस तरह की तार्किक बातों को खोखले बहाने मान सकते हैं। वे आसानी से यह कह सकते हैं कि इस तरह के व्यक्ति अपनी बातों के अनुसार कभी नहीं जियेंगे। इस तरह के संदेहवादी यह कहना पसंद करेंगे कि नरक का रास्ता अच्छे इरादों से भरा हुआ है। परंतु मुद्दे की बात यह है : हर एक के दिल की गहराई में कुछ हासिल करने की, कुछ बनने की इच्छा है। और इस वजह से प्रेरक (motivator)

को उनके जीवन में प्रवेश करने का एक आश्चर्यजनक अवसर मिल सकता है। अगर आप उस इच्छा का दोहन कर सकें और उन्हें यह दिखा सकें कि आप उनके भविष्य में विश्वास करते हैं, तो वे आपकी उम्मीदों के अनुरूप बनने के लिये कुछ भी करेंगे। और वे दुनिया में आपके लिये जितनी कड़ी मेहनत करेंगे, उतनी किसी दूसरे के लिये नहीं करेंगे। ह्यूलेट पैकार्ड के संस्थापकों में से एक बिल ह्यूलेट ने कहा था, "हमारी नीति इस विश्वास पर आधारित है कि पुरुष और महिलायें अच्छा और रचनात्मक काम करना चाहते हैं, और अगर उन्हें उचित माहौल उपलब्ध कराया जाये, तो वे ऐसा ही करेंगे।"

"वह मुझसे ज़्यादा मेरी सफलता चाहती थी"

मैं एक बार एक कंपनी के सम्मेलन में बोलने का इंतज़ार कर रहा था, जब श्रेष्ठ सेल्सपीपुल को उस साल के पुरस्कार दिये जा रहे थे। एक महिला ने उस साल बहुत ज़बर्दस्त प्रदर्शन किया था और बहुत ज़्यादा धन कमाया था। उस महिला ने अपनी सफलता का पूरा श्रेय अपनी सेल्स मैनेजर को दिया। जब वह 3000 लोगों की भीड़ के सामने खड़ी हुई और वर्ष के सर्वश्रेष्ठ प्रोड्यूसर का पुरस्कार उसके हाथ में था, तो उसने अपने जीवन में दो साल पहले आयी हुई मंदी को याद किया। उसने बताया कि भविष्य इतना निराशाजनक दिख रहा था कि उसने इस्तीफ़ा देने का निर्णय कर लिया। उसने अपनी मैनेजर से कई बार कहा कि वह काम छोड़ना चाहती है, परंतु मैनेजर ने उसे हर बार यह विश्वास दिलाया कि उसने पर्याप्त लंबे समय तक कोशिश नहीं की है। मैनेजर ने यह भी कहा कि अगर उसमें असाधारण क्षमता नहीं होती, तो उसे काम पर नहीं रखा गया होता। यह कहानी सुनाते समय उस महिला की आवाज़ भर्रा गयी। फिर उसने यह महत्वपूर्ण

टिप्पणी की : "उन सारे महीनों में, जब मैं काम छोड़ना चाहती थी और यह सोचती थी कि मेरा कोई भविष्य नहीं है, जोआन ने मुझमें उतना विश्वास किया जितना मुझे अपने आप पर नहीं था। वह मुझसे ज्यादा मेरी सफलता चाहती थी।"

इस सेल्स मैनेजर ने प्रेरणा के हमारे पहले नियम का प्रभावी ढंग से प्रयोग किया था : जिनका आप नेतृत्व करते हैं, उनसे सर्वश्रेष्ठ की आशा करें।

"हमें हर व्यक्ति के जीवन की इच्छा को उतना ही सम्मान देना चाहिये, जितना हम अपनी इच्छा को देते हैं।"

❋ *अल्बर्ट श्वेट्ज़र*

अध्याय तीन

प्रेरणा की नपी-तुली योजना

थॉमस एक्विनास शिक्षा और प्रेरणा के बारे में बहुत कुछ जानते थे। उन्होंने एक बार कहा था कि अगर आप किसी व्यक्ति को अपने नज़रिये के अनुरूप बदलना चाहते हैं, तो आप वहाँ जायें जहाँ वह खड़ा हो, फिर उसका हाथ पकड़ें और उसका मार्गदर्शन करें। आप कमरे के पार खड़े होकर न चीखें; आप उसे मूर्ख कहकर न पुकारें; आप उसे यह आदेश न दें कि वह वहाँ आये जहाँ आप हैं। आप वहाँ से शुरू करते हैं, जहाँ वह है और उस स्थिति से आप अपना काम शुरू करते हैं। यही वह इकलौता तरीक़ा है, जिससे वह हिलने को तैयार होगा।

जीवन बीमा सेल्समैन फ्रैंक बेटगर की उल्लेखनीय सफलता में इस सिद्धांत के प्रभाव को देखा जा सकता है। वे काँच की बाँह वाले एक प्रोफेशनल बेसबॉल खिलाड़ी थे, जिन्हें कैरियर बदलना पड़ा। इसलिये उन्होंने जीवन बीमा बेचने का फ़ैसला किया। काम अच्छा नहीं

चल रहा था तथा 29 साल की उम्र में वे दुखी और कर्ज़ में डूबे हुए असफल व्यक्ति थे। परंतु इसके बाद वे अविश्वसनीय रूप से इस क्षेत्र में इतने सफल हुए कि 41 साल की उम्र में रिटायर होने की स्थिति में आ गये। बेटगर मानते हैं कि उन्हें अपनी सेलिंग की शैली में बदलाव के कारण यह उल्लेखनीय सफलता मिली। यह बदलाव काफ़ी हद तक उस भाषण के कारण आया, जो उन्होंने फिलाडेल्फिया में बेलेव्यू स्टेटफोर्ड होटल में सुना था। वक्ता जे. इलियट हॉल अमेरिका के शीर्षस्थ सेल्समैनों में से एक थे। हॉल ने बताया कि किस तरह वे सेल्समैन के रूप में असफल हुए थे और वे सेलिंग लाइन छोड़ने ही जा रहे थे कि तभी उन्हें यह पता चल गया कि वे असफल क्यों हो रहे थे। उन्होंने कहा कि वे "बहुत सी सकारात्मक बातें" कह रहे थे।

"यह मूर्खतापूर्ण लगता है," बेटगर कहते हैं, "परंतु यह सुनकर मैं तनकर बैठ गया और ध्यान से सुनने लगा।" हॉल ने स्पष्ट किया कि उनकी ग़लती यह थी कि वे अपने प्रॉडक्ट की तारीफ़ करने में अपना बहुत .ज्यादा समय बर्बाद कर रहे थे और अपने संभावित ग्राहक से सवाल पूछने में बहुत कम समय लगा रहे थे। "हॉल के सवालों का सिर्फ़ एक लक्ष्य था," बेटगर कहते हैं, *"यह जानने में दूसरों की मदद करना कि वे क्या चाहते हैं, फिर यह फ़ैसला करने में उनकी मदद करना कि इसे कैसे हासिल किया जाये।"* इस विचार ने सेलिंग के प्रति बेटगर के नज़रिये में क्रांति ला दी। उन्होंने कहा, "इससे पहले मैं काफ़ी हद तक सोचता था कि सेलिंग पैसे कमाने का सिर्फ़ एक तरीक़ा था। मैं लोगों से मिलने जाने में डरता था, क्योंकि मैं सोचता था कि मैं लोगों के काम में बाधा पहुँचा रहा हूँ। परंतु अब मैं प्रेरित हो चुका था! मैंने वहीं पर संकल्प कर लिया कि मैं अपने बचे हुए सेलिंग कैरियर को इस सिद्धांत के प्रति समर्पित कर दूँगा : यह पता लगाना कि लोग क्या चाहते हैं और वह चीज़ हासिल करने में

उनकी मदद करना।"

इसलिये लोगों को सर्वश्रेष्ठ बनाने का दूसरा नियम है :

सामने वाले व्यक्ति की आवश्यकताओं का पूरा अध्ययन करें।

बहुत से लीडर्स इस अनिवार्य शुरुआती कदम को नज़रअंदाज़ कर देते हैं। वे प्रेरणा को सिर्फ़ अतिशयोक्ति मानते हैं – लोगों की पीठ ठोंकना और बड़े-बड़े वायदे करने वाले भाषण देना। परंतु यह अतिशयोक्ति से अधिक है। एक अच्छी प्रेरणादायी योजना को उतनी ही सावधानी से फिट होना चाहिये, जिस तरह डिज़ाइनर की ड्रेस होती है। इसलिये लीडरशिप और परिवर्तन की योजना तैयार करने से पहले यह महत्वपूर्ण है कि हम सामने वाले व्यक्तियों का सावधानी से अध्ययन कर लें। हमें बहुत से सवालों के जवाब पता होना चाहिये कि वे लोग कहाँ से आये हैं और वे कहाँ जा रहे हैं, उनके विश्वास क्या हैं, उनकी दुखती रग क्या है, वे किन चीज़ों से प्रेम या नफ़रत करते हैं। दूसरे शब्दों में, हमें लोगों की वर्तमान आवश्यकताओं के सिस्टम की जाँच करना चाहिये। फ्रायड ने यह बताकर हमें बहुत लाभ पहुँचाया है कि समस्त व्यवहार सकारण होता है और हर व्यक्ति प्रेरित होता है। इसलिये अगर लोग पहले से ही इच्छाओं के किसी समूह द्वारा संचालित हैं, तो हम बहुत सी कुंठा और असफलता से बच सकते हैं, बशर्ते हम यह जानने के लिये उनका बहुत सावधानी से अध्ययन करें कि हम किस तरह उन्हें लाभ पहुँचा सकते हैं।

फ्रैंक बेटगर बताते हैं कि किस तरह उन्होंने अपने चर्च में इस

सिद्धांत का प्रयोग किया। वे एक छोटे और संघर्षशील संडे स्कूल के सुपरिंटेंडेंट चुन लिये गये। उन्होंने सोचा कि उनकी महत्वपूर्ण तात्कालिक आवश्यकता यह थी कि इस संगठन का विस्तार किया जाये। इसलिये उन्होंने अगले रविवार की प्रार्थना सभा के दौरान पाँच मिनट का समय माँगा। वे बताते हैं, "मैं जानता था कि मुझे कुछ बेचना था। अब, मैं खड़े होकर चर्च में बैठे लोगों को यह बता सकता था कि मुझ पर यह काम थोपा गया था और मुझे इस काम में उनके सहयोग तथा मदद की ज़रूरत थी। परंतु मैंने फ़ैसला किया कि अगर मैं अपनी मनचाही चीज़ हासिल करना चाहता था, तो उसका तरीक़ा यह था कि मैं उनसे इस बारे में बात करूँ कि वे क्या चाहते थे।"

बेटगर ने उनसे यह कहा था :

"मैं आपसे कुछ मिनट के लिये उन चीज़ों के बारे में बात करूँगा, जो आप चाहते हैं। आपमें से कइयों के बच्चे हैं। आप चाहते हैं कि वे संडे स्कूल में यहाँ आयें, दूसरे अच्छे बच्चों से मिलें और इस महान पुस्तक की सच्चाइयों से जीवन के बारे में अधिक सीखें। आप और मैं चाहते हैं कि हमारे बच्चे वे ग़लतियाँ न करें, जो मुझसे हुई हैं और शायद आपमें से कुछ लोगों से भी हुई होंगी। हम ऐसा किस तरह से कर सकते हैं?

"हम ऐसा केवल एक ही तरीक़े से कर सकते हैं और वह तरीक़ा है बड़ा संगठन बनाना। आपके पास अभी संडे स्कूल में पादरी को मिलाकर केवल नौ शिक्षक हैं। हमें कम से कम पच्चीस की ज़रूरत है। आपमें से कुछ पढ़ाने में हिचकते होंगे, क्योंकि आपको भी वही डर सता रहे होंगे, जो मुझे एक साल पहले सताया करते

थे जब मैंने बच्चों की एक छोटी सी क्लास ली थी – यही डर कि आप बाइबल के बारे में ज़्यादा नहीं जानते। तो, मैं आपको यह बता सकता हूँ, कि आप अगर इन छोटे बच्चों को हर रविवार की सुबह बीस मिनट पढ़ायेंगे, तो आप बाइबल के बारे में छह महीने में ही इतना अधिक जान जायेंगे जितना कि आप केवल सुनकर छह साल में जान पायेंगे – और यह आपके बहुत काम आयेगी!

"आप पति और पत्नियाँ घर में इकट्ठे पढ़ सकते हैं और लेक्चर तैयार कर सकते हैं। इससे आपको एक साझा काम मिल जायेगा और आप एक-दूसरे के ज़्यादा क़रीब आ सकेंगे। अगर आपके बच्चे हैं, तो जब वे आपको सक्रिय देखेंगे तो वे भी इसमें ज़्यादा रुचि लेंगे। जीसस की वह नीतिकथा याद रखें, जो उन्होंने उन तीन लोगों के बारे में कही थी, जिन्हें योग्यता दी गयी थी। इस काम के द्वारा अपनी योग्यताओं को सुधारने और उन्हें कई गुना करने से बेहतर कोई रास्ता हो ही नहीं सकता।"

बेटगर के इस छोटे से भाषण का परिणाम क्या हुआ ? अगली सुबह उनके पास इक्कीस नये शिक्षक थे। पहले तो वहाँ पर पर्याप्त बच्चे नहीं थे, इसलिये उन्होंने आपस में बच्चे बाँट लिये। कई क्लासें तो दो या तीन बच्चों से ही शुरू हुईं। फिर उन्होंने घर-घर जाकर प्रचार करना शुरू किया और पेनसिल्वेनिया के विनफील्ड क्षेत्र के लगभग हर बच्चे को संडे क्लास में भर्ती कर लिया और अंततः उन्होंने एक बड़ा नया चर्च बना लिया।

अलग-अलग लोगों की अलग-अलग आवश्यकतायें होती हैं

मैं कहता रहता हूँ कि सच्चे विजेता दूसरों की आवश्यकताओं को जानकर सफल होते हैं। कई मार्केटिंग कंपनियों के सलाहकार ज़िग ज़िग्लर ज़्यादा सशक्त तरीक़े से इस बात को यूँ कहते हैं : ''आप जीवन में जो चाहे पा सकते हैं, बशर्ते आप दूसरे लोगों की उनकी मनचाही चीज़ें हासिल करने में पर्याप्त मदद करें।" परंतु इस बिंदु पर यह घातक ग़लती करना आसान है कि हम यह मान लें कि दूसरे लोगों की आवश्यकतायें भी हमारी आवश्यकताओं के समान ही हैं और हम बिना उनसे पूछे या बिना उनकी बात सुने उनकी आवश्यकताओं के बारे में भविष्यवाणी कर सकते हैं। बिज़नेस के एक प्रोफ़ेसर अपने डिपार्टमेंट के चेयरमैन के ख़राब मैनेजमेंट के बारे में बताते हैं। एक बार चेयरमैन ने उन्हें बुलाकर कहा कि वे उनकी तनख़्वाह बढ़ाने में असमर्थ हैं, परंतु वे उन्हें एक साल पहले स्थायी नियुक्ति दे देंगे और उनके शिक्षण के भार को कम कर देंगे।

"उन्होंने यह बात इस तरह कही, जैसे वे मुझे बहुत बड़ा लाभ दे रहे हों," प्रोफ़ेसर कहते हैं, "परंतु वे यह नहीं जानते थे कि व्यवस्थित जीवन या स्थायी नियुक्ति में मेरी ख़ास रुचि नहीं है। मैं थोड़ी-बहुत अव्यवस्था की दुनिया में रहना पसंद करता हूँ - उसी समय मैं अपना सर्वश्रेष्ठ काम कर सकता हूँ। और मैं यह जानना कभी पसंद नहीं करता कि भविष्य में क्या होने वाला है। इसलिये स्थायी नियुक्ति, जिसका उस व्यक्ति के लिये बहुत महत्व था, मेरे लिये कोई प्रलोभन नहीं था। और जहाँ तक मेरे शिक्षण भार को कम करने की बात थी, अगर वे मेरी तरफ़ ज़रा भी ध्यान दे रहे होते, तो उन्हें यह पता चल

गया होता कि मुझे पढ़ाने से इतना प्रेम था कि अगर मुझसे कहा जाता, तो मैं उसके लिये अपनी जेब से पैसे देने के लिये तैयार हो जाता। अगर उन्होंने मुझसे कहा होता कि अपने डिपार्टमेंट को सुधारने के लिये कुछ त्याग करने की ज़रूरत है और उन्होंने मुझे ज़्यादा भारी बोझ उठाने की चुनौती दी होती, तो शायद मैं यह अवसर मिलने पर ख़ुशी से उछल गया होता। अगर उन्होंने मेरे बारे में थोड़ा ज़्यादा जानने का कष्ट किया होता, तो वे मुझे प्रेरित करने में ज़्यादा सफल हो सकते थे।"

विश्वास

अगर हमें अपनी लीडरशिप को व्यक्तिगत बनाना है, तो हमें यह पता लगाना चाहिये कि सामने वाला व्यक्ति किस चीज़ में विश्वास करता है। युवा मनोचिकित्सकों को सुपरवाइज़ करते समय और उनके मरीज़ों की स्थितियों के बारे में बात करते समय मुझे अक्सर हैरानी होती है कि वे विश्वास के तंत्र की तरफ़ कितना कम ध्यान देते हैं। मुझे लगता है कि उन्हें कॉलेज में यह सिखाया गया है कि वे धर्म-चर्चाओं से दूर रहें और वे यह सोचने की ग़लती करते हैं कि अच्छा मनोचिकित्सक पूरे सत्र में सिर्फ़ "भावनाओं" के बारे में चर्चा करता है और विश्वासों पर कभी चर्चा नहीं करता।

जैसे इन दोनों को अलग किया जा सकता हो। किसी व्यक्ति का भावनात्मक जीवन और व्यवहार काफ़ी हद तक उसके अस्तित्व के मूलभूत विश्वासों से उत्पन्न होते हैं। जैसा एम. स्कॉट पेक कहते हैं, ऐसे लोग हैं जो कहते हैं कि उनका कोई धर्म नहीं है और इसके बावज़ूद विश्व के बारे में उनके बहुत प्रबल विचार होते हैं। उदाहरण के लिये,

अगर कोई व्यक्ति ब्रह्मांड को ऐसा संसार मान लेता है जिसमें इंसान कुत्तों की तरह आपस में लड़ते हैं, जहाँ बचे रहने के लिये लड़ना अनिवार्य है, तो मनोचिकित्सक या किसी अन्य प्रेरित करने वाले व्यक्ति को यह बात मालूम होना चाहिये। दूसरी तरफ़ यदि लोग शांतिवादी हैं, तो उन्हें प्रेरित करने की कोशिश करते समय हमें सैन्य बिम्बों का प्रयोग नहीं करना चाहिये।

मेरे कई मरीज़ों से जब उनके विश्वासों के बारे में पूछा जाता है, तो वे कहते हैं कि वे दुविधा में हैं। "यह भी एक कारण है कि मुझे मनोचिकित्सा की ज़रूरत है," वे थोड़ा चिढ़कर जवाब देते हैं, "मैं नहीं जानता कि मैं किस चीज़ में विश्वास करूँ।" ऐसे लोगों के लिये मेरे पास एक बहुत आसान नुस्ख़ा है। मैं उनसे कहता हूँ कि हमारे अगले सत्र से पहले वे कम से कम 20 ऐसी चीज़ें लिखकर लायें, जिनके बारे में उन्हें पूरा विश्वास है। ज़रूरी नहीं है कि यह चीज़ें दुनिया को हिलाकर रख देने वाली घोषणायें हों – सिर्फ़ कुछ चीज़ें, जिन्हें वे सच मानते हों या जिनसे वे प्रेम या नफ़रत करते हों।

एक इंजीनियर ने मेरे ऑफ़िस में अपनी पहली मुलाक़ात में कहा कि वह नहीं जानता कि उसके साथ कोई गड़बड़ी थी या नहीं, परंतु वह सप्ताहांत के दौरान काफ़ी रोता है और कई बार सो जाता है। वह एक कट्टर ईसाई घर में बड़ा हुआ था, फिर उसने विद्रोह किया और अब वह स्वयं को संदेहवादी (agnostic) कहता है। उसने कहा, "हर चीज़ इतनी सापेक्ष नज़र आती है। नैतिक मूल्य पूरी तरह बदल गये हैं, सब मानदंड बदल गये हैं। मुझे लगता है कि मैं हर चीज़ पर संदेह करता हूँ और मुझे किसी चीज़ पर विश्वास ही नहीं होता।"

शायद वह सोच रहा होगा कि मैं उसे भाषण पिलाकर धार्मिक आस्था की ओर लौटने के लिये कहूँगा। परंतु इसके बजाय मैंने उससे

कहा कि वह घर जाये और उन चीज़ों की सूची बनाये, जिसमें उसे विश्वास है। "अगर आप निश्चित धार्मिक विश्वासों के बारे में निश्चित नहीं हैं," मैंने कहा, "तो आप उन्हें अलग हटाकर रख दें और उन चीज़ों पर ध्यान एकाग्र करें, जिनके बारे में आपको पूरा विश्वास है।" जब वह अगले सप्ताह लौटा तो उसके हाथ में एक नोटबुक थी और उसकी आँखों का सूनापन कम नज़र आ रहा था। उसने कहा कि वह थोड़ा शर्मिंदा था, क्योंकि सूची "इतनी गड्ढ-मड्ढ थी।" नोटबुक में इस तरह की बातें शामिल थीं :

- जानवरों से दयालुतापूर्ण व्यवहार किया जाना चाहिये।
- जब मैं समुद्र किनारे रहता हूँ, तो मैं सबसे सुखी होता हूँ।
- सेक्स स्वर्गिक अनुभव लगता है।
- सच बोलना महत्वपूर्ण है।
- सावधानीपूर्वक काम करना हमेशा अच्छा है और लापरवाही से काम करने पर हमेशा मुश्किलें पैदा होती हैं।
- मैं किसी अन्य चीज़ की तुलना में अपने बच्चों से अधिक प्रेम करता हूँ।
- नफ़रत हमेशा ग़लत है और प्रेम हमेशा सही है।
- मुश्किल में फँसे व्यक्ति के प्रति दयालुता दिखाना बहुत प्रशंसनीय है।

उसने आगे कहा कि थोड़ी आंतरिक जाँच के बाद जब उसे यह पता चला कि वह कुछ चीज़ों में सचमुच विश्वास करता है, तो उसे अच्छा लगा। हालाँकि वह संदेह के बादलों से घिरा हुआ था, परंतु ऐसे कुछ विश्वास थे जिनके द्वारा वह काम कर सकता था। जब उस इंजीनियर और मैंने इकट्ठे विचार-विमर्श किया, तो उसकी सूची बढ़

गयी। उसने जिन विश्वासों को पहले त्याग दिया था, वे भी लौट आये। अब वह चर्च भी जाने लगा है।

मैं इस बात पर ज़ोर देना चाहता हूँ : हर व्यक्ति के विश्वास का सिस्टम होता है, चाहे वह कितनी ही गहराई में दफ़न हो। इसलिये जब तक हमें उस सिस्टम की संरचना का ज्ञान न हो, जब तक हम यह न जान लें कि लोग किन चीज़ों को महत्त्व देते हैं या जीवन में उनकी इच्छायें क्या हैं, तब तक हम उन्हें प्रेरित करने की सफल योजना बनाने की उम्मीद नहीं कर सकते।

सवाल

कुछ बहुत आक्रामक लोगों में संप्रेषण के सिर्फ़ बाहर जाने वाले द्वार खुले होते हैं। वे अपने चारों तरफ़ के लोगों पर आँकड़ों की बारिश कर देते हैं। वे उत्साहवर्धक चर्चाओं और निर्देशों के माध्यम से उन पर गोलाबारी कर देते हैं। परंतु महान शिक्षकों के संप्रेषण के अंदर आने वाले द्वार भी खुले रहते हैं। वे सवाल पूछते हैं और ध्यान से सुनते हैं। हम सब चाहते हैं कि हम ख़ुद को अच्छा श्रोता समझें, परंतु तथ्य यह है कि हम 120 से 180 शब्द प्रति मिनट की गति से सुनते हैं, जबकि हम इससे चार या पाँच गुना तीव्र गति से सोचते हैं। इसलिये हमारा ध्यान भटक जाता है और हम अक्सर सामने वाले व्यक्ति के संदेश का सिर्फ़ आधा हिस्सा ही ग्रहण कर पाते हैं।

कई बार हमारे लिये नतीजे पर पहुँचे बिना सुनना बहुत कठिन हो जाता है। कैलिफोर्निया युनिवर्सिटी की मनोविश्लेषक डॉ. बारबरा शिपले कहती हैं कि लोगों के सामने यह प्रदर्शित करना अनिवार्य है कि हालाँकि आप उनके व्यवहार से सहमत नहीं हैं, परंतु वे व्यक्ति के

रूप में महत्वपूर्ण हैं। यह संदेश उनकी बात सुनने से मिलता है। "जब कोई किशोर 3 बजे सुबह घर लौटता है, तो चिंता कर रहे माता-पिता के लिये यह आसान नहीं होता कि वे सुनने के महत्व को अपने दिमाग़ में रखें। पहला विचार यही आता है कि चिल्लाकर कह दें, 'मैं नहीं सुनना चाहता कि क्या हुआ था!' परंतु इससे सामने वाले के आत्मसम्मान को चोट पहुँचती है, और अगर हम नतीजे पर पहुँचने से पहले सुनने का संकल्प करते हैं, तो हमें बाद में इससे फ़ायदा होता है।"

हम बता सकते हैं कि वे जहाँ थे, वहाँ से वे कहाँ जा रहे हैं

यह समझने के लिये कि लोग कोई काम क्यों करते हैं, उनके अतीत की तरफ़ देखना ज़रूरी है। जैसा टेनिसन ने *युलिसिस* कविता में कहा है, हम "उस सबके हिस्से हैं, जिससे हम मिले हैं।" हम लोगों के बारे में काफ़ी कुछ बता सकते हैं, बशर्ते हम यह जान लें कि वे कहाँ से आये हैं और उनका सांस्कृतिक इतिहास हमारे सांस्कृतिक इतिहास से किस तरह भिन्न है। जब किसी कॉरपोरेशन का प्रमुख मेरे ऑफ़िस में सेमिनार के लिये फोन करता है और कहता है, "हमें अपने कर्मचारियों को प्रेरित करने में कठिनाई आ रही है," तो जाने से पहले ही मैं भविष्यवाणी कर सकता हूँ कि वह अपने जूनियर कर्मचारियों को उतनी अच्छी तरह से नहीं जानता, जितनी अच्छी तरह से उसे जानना चाहिये। दस में से नौ मामलों में मैनेजर यह मान लेते हैं कि उनका युवा स्टाफ़ भी उन्हीं की तरह की संस्कृति से आया है और जिन लाभों की वजह से मैनेजर हमेशा प्रेरित होते हैं, उन्हीं से उनके कर्मचारियों को भी प्रेरित किया जा सकता है। परंतु यह एक ख़तरनाक अनुमान है।

डॉ. लेन लॉंगफेलो कहते हैं कि आज बिज़नेस में अधिकांश निर्णय लेने वाले लोग मंदी के दौरान पैदा हुए थे। या तो वे या उनके माता-पिता भोजन और आवास जैसी मूलभूत आवश्यकताओं के बारे में चिंता करते थे और इस बात ने उनके जीवनमूल्यों के सिस्टम को सशक्त रूप से आकार दिया है। इसलिये जब उनसे ओवरटाइम करने के लिये कहा जाता है, तो वे हमेशा कहते हैं, "बिलकुल," और सोचते हैं, "इंसान को यह कभी पता नहीं होता कि उसे ज़्यादा पैसे की कब ज़रूरत पड़ जाये। हमारी क़िस्मत अच्छी है कि हमारे पास इतनी अच्छी नौकरी है।"

परंतु जब कोई बेबी बूमर्स से ओवरटाइम करने को कहता है, तो उनका जवाब होता है, "नहीं धन्यवाद, परंतु मैं आपसे छुट्टी लेने के बारे में बात करना चाहूँगा।" उनकी प्रतिक्रिया अलग इसलिये है, क्योंकि उनकी आवश्यकतायें बिलकुल अलग हैं। उनके लिये काम महत्वपूर्ण है, और आराम भी। जीवन की गुणवत्ता पहले स्थान पर आती है और नौकरी दूसरे स्थान पर। अगर एक नौकरी उन्हें रास नहीं आती है, तो वे जानते हैं कि उनके पास बहुत सी नौकरियों के विकल्प हैं।

इन कर्मचारियों के अतीत के बारे में एक और चीज़ है, जिससे उनकी अलग पहचान बनती है। कई चोटी के मैनेजरों के विपरीत, यह युवा लोग एक ऐसी दुनिया में पैदा हुए हैं, जहाँ लोग अपने जीवन में परमाणु विध्वंस की अर्ध-आशंका कर रहे हैं। वे केनेडी और किंग की हत्याओं के बाद से मोहभंग की स्थिति में हैं और वे शायद वियतनाम तथा वाटरगेट द्वारा दुविधा में भी पड़ गये हैं। इसलिये वे सोचते हैं कि बुढ़ापे में मिलने वाले पुरस्कारों के लिये अभी क्यों त्याग करें, क्योंकि यह भी तो हो सकता है कि उनके जीवन में बुढ़ापा आये ही नहीं? हमारी सारी प्रेरणा और उत्साह फूँकने के हमारे सारे प्रयास बहुत कम

उपयोगी होंगे, जब तक कि हम उन शक्तियों पर विचार न कर लें, जिन्होंने उन्हें आकार दिया है।

बदलती हुई आवश्यकतायें

लोगों के पिछले जीवन पर नज़र डालने के अलावा यह पहचानना भी अनिवार्य है कि हर व्यक्ति की आवश्यकता का सिस्टम लगातार बदलता रहता है। यह वरदान भी हो सकता है और अभिशाप भी, जो किसी व्यक्ति के नज़रिये पर निर्भर करता है। कई नियोक्ता इस बात से हमेशा उत्तेजित होते हैं कि उनका स्टाफ़ कभी संतुष्ट नहीं दिखता। जब श्रमिक नेता सैम्युअल गॉम्पर्स से पूछा गया कि यूनियनें सचमुच क्या चाहती हैं, तो उनका जवाब था, "मैं आपको एक शब्द में बता सकता हूँ कि हम क्या चाहते हैं : *अधिक*।" और कुछ माता-पिता तथा मैनेजर मानते हैं कि उनके समूह का भी इसी तरह का रवैया होता है। एक सुपरवाइज़र ने कहा, "चाहे मैं उन्हें ख़ुश रखने के लिये कितनी ही कड़ी मेहनत करूँ, मेरे स्टाफ़ में कोई न कोई शिकायत करता रहता है। जैसे ही मैं एक समस्या सुलझाता हूँ, वे मेरे पास एक नई समस्या लेकर चले आते हैं।"

परंतु जिस मानवीय प्रवृत्ति की वजह से उस मैनेजर को इतनी ज़्यादा कुंठा हो रही थी, दरअसल वही प्रवृत्ति उसकी सबसे बड़ी संपत्ति है। अगर उसके स्टाफ़ की कोई ज़रूरत न हो, तो वह उन्हें किस चीज़ के लिये प्रेरित करेगा। असंतोष - अपूर्ण इच्छायें और अधिक चाहने के आवेग - ही हैं, जो प्रेरक के लिये प्रेरित करना संभव बनाते हैं।

जब हम अपनी यात्रा को उस ओर ले जाते हैं, जिसे शेक्सपियर ने मनुष्य की अवस्थायें कहा है, तो हमारी निष्ठायें और हमारी नफ़रतें

बदलती रहती हैं। किसी बच्चे को इस साल जो चीज़ प्रेरित करती है, हो सकता है वह अगले साल उसे प्रेरित न करे। जॉर्ज बर्नार्ड शॉ ने कहा था, "वह इकलौता व्यक्ति, जो समझदारीपूर्ण व्यवहार करता है, मेरा दर्जी है। हर बार जब वह मुझे देखता है, वह नये नाप लेता है। बाक़ी सब लोग पुराने नापों के सहारे ही चलते रहते हैं।"

प्रेरणादायी योजना को व्यक्तिगत बनाने से क्या आप पक्षपातपूर्ण बन सकते हैं?

अगर आप अपनी लीडरशिप को व्यक्ति के अनुरूप ढालते हैं, तो यह समस्याओं को आमंत्रित करना प्रतीत हो सकता है। अगर आप किसी के प्रति .ज्यादा उदार होंगे, तो क्या आपके समूह के बाक़ी लोग आप पर पक्षपात और अन्याय के आरोप नहीं लगायेंगे ? निश्चित रूप से ऐसा होगा, अगर आप उन नियमों को शिथिल करेंगे, जिन्हें शाश्वत नियमों के रूप में माना जा चुका है। उस बॉस से .ज्यादा असफल कोई नहीं है, जो हर एक को ख़ुश करने की कोशिश करता है और कुछ लोगों के लिये मापदंड के स्तर गिरा देता है। इसलिये पक्षपात कभी काम नहीं करेगा। न ही यह काम आयेगा कि आप सबके लिये अच्छा आदमी बनने की कड़ी कोशिश करें। हो सकता है कि इस प्रक्रिया में आपका आक्रामक स्टाफ़ आपको धक्का देने लगे और शिकायत करने वाले आपसे .ज्यादा से .ज्यादा हासिल कर ले जायें।

मैं पक्षपात की हिमायत नहीं कर रहा हूँ। मैं तो लोगों की तरफ़ व्यक्तिगत ध्यान देने की बात कर रहा हूँ। अगर आप अपने ग्राहकों, विद्यार्थियों या श्रोताओं का सावधानीपूर्वक अध्ययन करते हैं और अपने प्रेरणादायी आग्रहों को दर्जी की तरह बनाते हैं, तो लंबे समय

में यह सबसे निष्पक्ष नीति साबित होती है।

जानने की शक्ति

जिन लोगों को हम प्रेरित करना चाहते हैं, उनका सावधानी से अध्ययन करने के दो लाभ हैं। पहला तो यह कि हम वे आँकड़े इकट्ठे कर सकते हैं, जिनके द्वारा हम अपनी प्रेरणादायी अपील बना सकते हैं। दूसरा यह कि हम लोगों को जानने में इतनी ऊर्जा लगाकर उन्हें एक बड़ा कॉम्प्लीमेंट भी दे रहे हैं। मैं अब इसी दूसरे पहलू की ओर मुड़ना चाहता हूँ।

मैंने एक बार लाइब्रेरी की शेल्फ़ टटोलने में कई महीने बिताये, ताकि मैं एक्स्टेसी (चरम आनंद) विषय पर उपलब्ध हर पुस्तक पढ़ सकूँ। चरम अनुभवों की अवधारणा से मैं दुविधा में था, क्योंकि पारिवारिक मनोचिकित्सक होने के नाते मैं यह नहीं जान पा रहा था कि कुछ विवाह रोमांटिक और रोमांचक क्यों रहते हैं, जबकि बाक़ी इतनी जल्दी बोरियत भरे क्यों हो जाते हैं। फ्रॉयड ने जिसे "सामुद्रिक अनुभव" कहा है, उनके बारे में शोध के दौरान मैंने पाया कि सदियों से लगातार बतायी जा रही सबसे महत्वपूर्ण एक्स्टेसीज़ में से एक है ज्ञान का प्राप्त होना - किसी समस्या का समाधान खोजना या सीखने के किसी नये क्षेत्र में प्रविष्ट होना। सिर्फ़ जानने की क्रिया में ही महान सुख छुपा होता है।

तब तो फिर यह संयोग नहीं है कि ओल्ड टेस्टामेंट सेक्ज़ुअल अनुभव को अक्सर "जानना" कहती है। जब हमें बताया जाता है कि "अब्राहम ने सारा को जान लिया," तो यह सेक्ज़ुअल प्रेम का प्रबल और पूर्ण वर्णन है, जिसमें बहुत गहराई तक जानना और पूर्णतः

सराबोर कर लेना शामिल है। दूसरे शब्दों में यह एक-दूसरे को बहुत गहराई से जान लेना है। और उन सुखी विवाहों को देखने से, जहाँ एक्स्टेसी बची रहती है, अचानक मुझे यह समझ में आया कि इस तरह की पार्टनरशिप में पुरुष और महिला ने एक-दूसरे को जानने की तलाश कभी ख़त्म नहीं की। वे यह नहीं मानते कि चूँकि वे 20 साल से एक साथ रह रहे हैं, इसलिये वे जानते हैं कि सामने वाला क्या सोच रहा है। इसके बजाय वे ध्यान देते हैं। वे एक-दूसरे की संगीत अभिरुचियों, छुट्टी के सपनों और लक्ष्यों में हो रहे परिवर्तनों की तरफ़ ध्यान देते हैं। वे एक-दूसरे की सेक्ज़ुअल इच्छाओं में हो रहे सूक्ष्म परिवर्तनों के प्रति भी जागरूक होते हैं और वे जानते हैं कि उनका प्रेमी जो चाहता है, उसके प्रति अपील कैसे की जाये।

मैंने एक रिटेल स्टोर के मैनेजर से बात की, जिसका अपने विवाह के बाहर एक प्रेम संबंध चल रहा था। उसने कहा, "घर पर जीवन कभी भयानक नहीं रहा, परंतु मेरी पत्नी अब सचमुच इस बात में रुचि नहीं लेती कि मेरे साथ क्या हो रहा है। हमारी शादी को 26 साल हो चुके हैं और मैं सोचता हूँ कि उसने यह मान लिया है कि मैं वही आदमी हूँ, जिससे उसने 26 साल पहले शादी की थी। मैं शर्त लगा सकता हूँ कि वह आपको उस एक पुस्तक का नाम भी नहीं बता सकती, जो मैंने पिछले साल पढ़ी थी, जबकि घर भर में शायद ऐसी दर्जनों पुस्तकें बिखरी पड़ी होंगी। मैं अपने घर की स्टडी में अपने कम्प्यूटर पर लगातार पाँच घंटे काम करता रहता हूँ और वह एक बार भी दरवाज़े के अंदर झाँककर यह नहीं पूछती कि मैं क्या कर रहा हूँ या मैं जो कर रहा हूँ वह कैसा चल रहा है। मैंने अपनी पत्नी के साथ इस अवस्था में भावोत्तेजक एक्स्टेसी की कभी आशा नहीं की, परंतु क्या यह उम्मीद बहुत ज़्यादा है कि वह मुझे थोड़ा जाने और समझे ?"

उसकी इच्छायें तर्कपूर्ण थीं। परंतु यह हमेशा उसी तरह का

सवाल है कि पहले मुर्गी आयी या अंडा। क्या उसकी पत्नी ने उसकी अंदरूनी दुनिया में प्रवेश करना इसलिये बंद कर दिया, क्योंकि पत्नी ने परवाह करना बंद कर दिया था या ऐसा इसलिये हुआ था क्योंकि अतीत में किसी बिंदु पर पत्नी को चोट पहुँची थी और उसने यह सोच लिया कि उसका पति उसकी ज़िंदगी में बिलकुल भी रुचि नहीं ले रहा है? क्या वह इस बात पर ध्यान दे रहा था कि उसकी पत्नी क्या है, उसके सपने क्या हैं, उसे किस बात का डर है, वह किन चीज़ों से प्रेम करती है? यही वे सवाल थे, जिन पर हम दोनों ने इकट्ठे विचार किया और अंततः उसने एक बहुत सराहनीय निर्णय लिया। चाहे मूलतः ग़लती किसी की भी रही हो, उसने संकल्प कर लिया कि वह दूसरी औरत से अपने प्रेम संबंध तोड़ लेगा और अपनी पत्नी के साथ शीतयुद्ध ख़त्म करने का पूरा प्रयास करेगा। उसने इसके बाद अपनी पत्नी के साथ जिस तरह व्यवहार किया, वह बहुत रोचक था। उसने उसे उसी तरह से जानने की कोशिश की जैसे वह एक नयी प्रियतमा हो, जिसे वह सिर्फ़ दो सप्ताह से जानता हो। परिणाम आशा के अनुरूप थे : अब जब वह दरवाज़े के भीतर घुसता है, तो पत्नी उसे नये भावावेग से देखती है और एक-दूसरे के प्रति उनका प्रेम अब वापस लौट चुका है।

अभिनेता एलन एल्डा, जो बहुत सफल पति और पिता हैं, कहते हैं, "इकट्ठे रहने का असली रहस्य यह है कि आपके आस-पास लोग जो कर रहे हैं, उसके प्रति आप अपनी जागरूकता को बहुत स्पष्ट तरीक़ों से बढ़ा लें... देखें कि दूसरे लोग क्या पहन रहे हैं, जानें कि आपके बच्चे को विज्ञान के पिछले टेस्ट में कितने नंबर मिले, देखें कि क्या आपका बच्चा हर दिन वही कपड़े पहनता है... अर्लीन और मैंने हमेशा अपने विवाह को महत्वपूर्ण समझा है, इसलिये हम इसे सफल बनाने के लिये इसमें बहुत सी ऊर्जा भर रहे हैं।"

हम इस अध्याय में इस सिद्धांत पर चर्चा कर रहे हैं कि चाहे हम अपने जीवनसाथी से प्रेम करें या अपने वाइस-प्रेसिडेंट को प्रेरित करें, यह ज़रूरी है कि हम शुरुआत से ही सामने वाले की आवश्यकताओं के महत्व को समझ लें। कुछ लोग सोच सकते हैं कि नेतृत्व करने के लिये उन्हें अपना सीना ठोंककर यह कहना चाहिये, "मेरे पीछे आओ, मैं शक्तिशाली हूँ और मैं तुमसे ज़्यादा जानता हूँ।" परंतु असली लीडर कहते हैं, "मुझे अपने बारे में बतायें।" वे जानते हैं कि अगर आप पर्याप्त समय तक सुनेंगे, तो लोग यह स्पष्ट कर देंगे कि उन्हें किस तरह प्रेरित किया जा सकता है।

"मेरे माता-पिता ने मुझे हमेशा समझाया है कि लोग यह नहीं जानते कि आपने कोई काम कितने समय में किया है; वे तो सिर्फ़ यह जानना चाहते हैं कि आपने उस काम को कितनी अच्छी तरह किया है।"

✸ *नैन्सी हैंक्स*

"अमेरिका में आज सबसे अच्छे ढंग से छुपाकर रखा गया रहस्य यह है कि लोग विलासितापूर्ण आलस की ज़िंदगी का आनंद लेने के बजाय उस चीज़ के लिये कड़ी मेहनत करना पसंद करते हैं, जिसमें उन्हें विश्वास होता है।"

✸ *जॉन डब्ल्यू. गार्डनर*

अध्याय चार

उत्कृष्टता के प्रति वचनबद्धता

अब तक मैंने कहा है कि लोगों को सर्वश्रेष्ठ बनाने का सर्वश्रेष्ठ तरीक़ा यह है कि आप उनसे सकारात्मक और प्रोत्साहित करने वाला व्यवहार करें, उनकी प्रतिभाओं से लाभ लें और उनकी वर्तमान आवश्यकताओं तथा इच्छाओं से शुरू करें। परंतु इसका यह मतलब नहीं है कि अच्छा प्रेरक (motivator) नरम होता है। इसके विपरीत, शीर्षस्थ प्रेरक लीडर्स उत्कृष्टता के मानदंड के मामले में फ़ौलाद की तरह कठोर होते हैं। वे कुछ जीवनमूल्यों को बहुत निष्ठापूर्वक थामे रहते हैं और वे उसी तरह की मानसिकता वाले लोगों

का समूह बनाने के अभियान में जुटते हैं, जिनमें ये जीवनमूल्य हों। जब एक सम्मानीय संगीत अध्यापिका से पूछा गया कि वे अपने विद्यार्थियों के साथ असामान्य रूप से सफल क्यों हैं, तो उनका जवाब था, "पहले तो मैं उन्हें यह सिखाती हूँ कि बुरे प्रदर्शन के बजाय अच्छा प्रदर्शन करना हमेशा बेहतर होता है। यह बहुत ही शुरुआती बात लग सकती है, परंतु हैरानी की बात यह है कि बहुत से बच्चों को यह कभी नहीं सिखाया गया कि मानदंड स्थापित करने तथा उनके अनुसार जीने का सुख और गर्व क्या है।"

इसलिये लोगों को सर्वश्रेष्ठ बनाने का तीसरा नियम यह है :

उत्कृष्टता के ऊँचे मानदंड स्थापित करें

सबसे अच्छी तरह चल रही कंपनियों में व्यक्तिगत स्वतंत्रता की काफ़ी छूट दी जाती है, परंतु ये कंपनियाँ कुछ मानदंडों को सुनिश्चित करवाने के बारे में कठोर होती हैं। यानी कि सफल कंपनी में विश्वासों का एक ऐसा आधार होता है, जो उसे दूसरी कंपनियों से अलग करता है। अपनी शानदार पुस्तक *इन सर्च ऑफ एक्सीलेंस* में थॉमस जे. पीटर्स और रॉबर्ट एच. वाटरमैन जूनियर इस निष्कर्ष पर पहुँचते हैं कि चीफ़ एक्ज़ीक्यूटिव की मुख्य भूमिका संगठन के जीवनमूल्यों को मैनेज करना है। वे लिखते हैं, "उत्कृष्ट कंपनियों में बहुत सशक्त संस्कृति होती है, इतनी सशक्त कि या तो आप उनके सिद्धांतों पर चलना स्वीकार करते हैं या फिर बाहर निकल जाते हैं। वहाँ आधी-अधूरी चीज़ नहीं चलती।"

रोचक बात यह है कि अलग-अलग विश्वास तंत्रों के आधार पर काम कर रही अलग-अलग कंपनियाँ समान रूप से सफल हो सकती

हैं। उदाहरण के तौर पर ह्यूलेट पैकर्ड में इनोवेशन (नवीन परिवर्तनों) को सबसे ज़्यादा महत्व दिया जाता है, जबकि प्रॉक्टर एंड गैम्बल में हर व्यक्ति जानता है कि प्रॉडक्ट की क्वालिटी सबसे बड़ी चीज़ है। एक कंपनी में बेहद सफल मैनेजर दूसरी कंपनी में पूरी तरह असफल हो सकता है, परंतु मुद्दे की बात यह नहीं है। मुख्य बात यह है कि संगठन के कुछ निश्चित मानदंड होते हैं और लीडर्स उनका कठोरता से पालन करवाना सुनिश्चित करते हैं।

यही लक्षण सफल परिवारों की भी अलग पहचान बनाता है। अलग-अलग परिवारों के बहुत अलग जीवनमूल्य हो सकते हैं और वे समान सफल हो सकते हैं। परंतु सफल परिवार होने के लिये ऐसे कुछ सिद्धांत होना चाहिये, जिनका पालन पूरे परिवार को करना चाहिये। और इस तरह की संस्कृति बनाने के लिये कठोर संकल्प वाले लीडर की आवश्यकता होती है - शोषक या तानाशाह लीडर की नहीं, बल्कि ऐसे लीडर की, जिसके सिद्धांत अटल हों और जो समूह के हर व्यक्ति से उत्कृष्ट प्रदर्शन की आशा करता हो।

कठोर होने का मतलब है आप परवाह करते हैं

मैं एक आर्ट टीचर को जानता हूँ जो हर सप्ताह पाँच अलग-अलग स्कूलों में जाकर पढ़ाती हैं। इसका मतलब यह है कि उन्हें पाँच अलग-अलग प्रिंसिपलों के अधीन काम करना पड़ता है। टीचर बताती हैं कि हर प्रिंसिपल की नेतृत्व शैली अलग है। उदाहरण के लिये, एक महिला प्रिंसिपल बहुत शालीन पोशाक पहनती हैं और अपने संगठन को चलाते समय दूरी बनाये रखती हैं। वे पूरी तरह प्रोफ़ेशनल हैं और स्कूल अच्छी तरह से आगे बढ़ रहा है। एक और प्रिंसिपल का

स्कूल तो अच्छा है, परंतु वे बहुत .ज्यादा अनौपचारिक हैं। वे अच्छा-हुआ-तुम-मिल-गये टाइप के हैं। वे दोस्ताना स्वभाव के हैं और खेल के मैदान में ड्यूटी करना इसलिये पसंद करते हैं, ताकि बच्चों के साथ रह सके। इस टीचर ने पूछा, "परंतु क्या आप जानते हैं कि किस स्कूल का मनोबल सबसे ख़राब है? उस स्कूल का, जहाँ प्रिंसिपल लोकप्रिय होने की सबसे .ज्यादा कोशिश करता है। वे हम टीचर्स से इस तरह की बातें कहते हैं, 'अगर असुविधा हो, तो आज रात के स्कूल के कार्यक्रम में आने की झंझट मत पालना। मुझे मालूम है तुम्हें बहुत दूर से आना पड़ता है।' शायद वे सोचते हैं कि लोगों के साथ अच्छे संबंध बनाने के लिये उन्हें ढील देना चाहिये। परंतु इसका परिणाम उलटा होता है। स्टाफ का हर व्यक्ति वहाँ से ट्रांसफर करवाने की कोशिश कर रहा है।''

इस तरह का *स्वच्छंदतावादी* दृष्टिकोण यह संदेश देता है, "यह स्कूल इस लायक नहीं है कि इसकी परवाह की जाये।" यही कारण है कि नरम टीचर और लापरवाह बॉस का कभी सम्मान नहीं होता - स्पष्ट रूप से वे न तो उत्कृष्टता की परवाह करते हैं, न ही लोगों की। और हालाँकि हम कठोर शिक्षकों के मार्गदर्शन में मेहनत करते समय छटपटाते हैं, परंतु आम तौर पर अतीत की ओर देखते समय हम उनके संकल्प के प्रति कृतज्ञ होते हैं, जिसकी वजह से हम अपनी क्षमता का प्रयोग कर पाये।

दिशा की आवश्यकता

दिशा न देने की आदत घर पर भी उसी तरह काम नहीं करती, जिस तरह यह क्लासरूम या ऑफ़िस में काम नहीं करती। .ज्यादातर अध्ययनों ने दर्शाया है कि जो पालक सख़्ती से जहाज़ को दिशा देते

हैं और पर्याप्त कठोर होते हैं, उनके बच्चे सबसे .ज्यादा सुरक्षित होते हैं। बच्चे नियमों के बारे में शिकायत कर सकते हैं। वे विद्रोह भी कर सकते हैं, परंतु बड़े होकर वे .ज्यादा सुखी, .ज्यादा महत्वाकांक्षी और बेहतर तालमेल वाले बनते हैं। अगर आप अपने परिवार के सदस्यों की परवाह करते हैं, तो आप इस बात की भी परवाह करते हैं कि वे कितने सफल हैं। इसलिये आप इस दिशा में अपना समय और ऊर्जा लगाते हैं कि वे अच्छी तरह से काम करना सीखें। जब आप अपने बच्चों के साथ ज़रूरत से .ज्यादा उदार हो जाते हैं और कुछ .ज्यादा ही उन्मुक्तता से स्वतंत्रतायें और धन देते हैं, तो यह हो सकता है कि वे आपके गले लगकर कहें, "आप बहुत अच्छे हैं।" परंतु यह आलिंगन ख़रीदा गया है और आप सचमुच बहुत अच्छे नहीं हैं। आपको इससे बहुत .ज्यादा अच्छा तब लगेगा, जब आपका बच्चा 25 साल का हो जाये और प्रमोशन मिलने के ठीक बाद आपसे आकर कहे, "मुझे काम करने का तरीक़ा सिखाने के लिये धन्यवाद।"

कैलिफोर्निया राज्य के स्कूलों के सुपरिंटेंडेंट बिल हॉनिग कहते हैं, "विद्यार्थी यह पसंद करते हैं कि उन्हें प्रेरित किया जाये। बच्चे साहस का सम्मान करते हैं। वे कहते हैं, 'अगर आप मुझसे यह काम नहीं करवाते, तो आपको मेरी परवाह नहीं हैं।' वे हीले-हवाले करते हैं, परंतु वे उस काम को कर देते हैं।" दिशाहीन लीडरशिप के लाभों के बारे में हम चाहे कितनी भी चर्चा कर लें, सच तो यह है कि लोगों को दिशा दिखाये जाने की ज़रूरत होती है। रॉबर्ट एस. ह्यूज़ कंपनी के बोर्ड के चेयरमैन रॉबर्ट एस. ह्यूज़ ने मुझसे हाल ही में कहा था, "मेरी उम्र जितनी .ज्यादा होती जाती है, मुझे उतना ही .ज्यादा अहसास होता जाता है कि हम पहले जितना सोचते थे, हमारे कर्मचारियों को दिशा की उससे .ज्यादा ज़रूरत है।" मेरी काउंसलिंग प्रैक्टिस में मैं 20 की उम्र के क़रीब के बहुत से मरीज़ों को देखता हूँ, जिन्हें अफ़सोस

होता है कि उनके माता-पिता ने उन्हें अधिक कठोर लीडरशिप प्रदान क्यों नहीं की। एक महिला ने मुझसे कुछ समय पहले कहा था, "मुझे दुख है कि मम्मी-डैडी ने मुझे ज़्यादा मार्गदर्शन नहीं दिया। वयस्क संसार में अच्छी तरह से काम करने के लिये मुझे कुछ चीज़ें जानने की ज़रूरत है और मेरे माता-पिता मुझे ये चीज़ें सिखा सकते थे। शायद मेरा नज़रिया मैं-सब-कुछ- जानती-हूँ का था और मेरे व्यवहार से ऐसा नहीं लगता था जैसे मुझे मार्गदर्शन की ज़रूरत हो, परंतु मुझे ज़रूरत थी।"

लीडरशिप के तरीक़ों में भिन्नता हो सकती है, परंतु सफल प्रेरकों में एक चीज़ साझी होती है - श्रेष्ठ कार्य के प्रति सतत संकल्प और वचनबद्धता। वे कभी इतने कोमल नहीं होते कि फ़ैशन की हवाओं में आसानी से हिल जायें।

लीडर होने के लिये आपके सीने में आग होना ही चाहिये। जब मारियो कुओमो लॉ कॉलेज में थे, तो टीचर्स ने उनसे कहा कि अगर वे जीवन में आगे बढ़ना चाहते हैं, तो उन्हें अपना सरनेम बदल लेना चाहिये। परंतु कुओमो ने इनकार कर दिया, क्योंकि उन्हें अपने इतालवी सरनेम पर गर्व था। जब वे 1982 में न्यूयॉर्क के गवर्नर पद के लिये चुनाव लड़े तो उन्होंने 4.8 मिलियन डॉलर ख़र्च किये, जबकि उनके विरोधी लुइस लैहरमैन ने 13.9 मिलियन। इसमें से 9.6 मिलियन लैहरमैन ने अपनी व्यक्तिगत संपत्ति में से ख़र्च किये थे। कई बार कुओमो को यह विश्वास होने लगा कि वे हार जायेंगे। अपने अभियान में काफ़ी वक़्त लगाने के बाद एक रात को डायरी लिखते समय वे थकान और हताशा महसूस करने लगे। पेंसिल की तलाश में उन्होंने अपनी मेज़ के ड्रॉअर में पीछे की तरफ़ रखे कुछ काग़ज़ों को टटोला और वहाँ पर उन्हें अपने पिता का एक पुराना बिज़नेस कार्ड मिला। उन्होंने पढ़ा : "एन्ड्रिया कुओमो, इटैलियन-अमेरिकन ग्रॉसरीज़

– फ़ाइन इम्पोर्टेड प्रॉडक्ट्स।" यह पढ़कर वे अपने पिता के बारे में सोचने लगे। जब एन्ड्रिया कुओमो अमेरिका आये थे, तो वे अँग्रेजी नहीं बोल पाते थे और उन्होंने गटर खोदने का काम किया। आख़िरकार उन्होंने 24 घंटे चलने वाला एक छोटा सा ग्रॉसरी स्टोर ले लिया, जिसके पीछे उनका संघर्षशील परिवार कई साल तक रहा।

कार्ड को घूरने के बाद कुओमो ने उस रात अपनी डायरी में लिखा :

मैं यह सोचने पर मजबूर हो गया कि अगर मैंने पापा से कहा होता कि मैं थक गया था या – ईश्वर न करे – मैं हताश हो गया था, तो पापा इसके जवाब में क्या कहते....

ख़ास तौर पर एक दृश्य मेरी आँखों के सामने आया। हम स्टोर के पीछे से निकलकर हॉलिसवुड में रहने उसी समय पहुँचे ही थे। हमारे पास जीवन में पहली बार एक घर था। इसके आसपास कुछ ज़मीन भी थी, कुछ पेड़ भी थे – ख़ास तौर पर एक ऊँचा नीला स्प्रूस भी था, जो 40 फ़ुट ऊँचा तो होगा।

हमारे वहाँ रहने आने के कुछ ही दिनों बाद वहाँ पर एक ज़बर्दस्त तूफ़ान आया। उस रात जब हम स्टोर से घर लौटे, तो हमने देखा कि ऊँचा नीला स्प्रूस लगभग पूरी तरह ज़मीन से उखड़ गया था। वह नीचे गिरा पड़ा था। उसकी शक्तिशाली नाक सड़क के डामर में झुकी हुई थी। जब हमने अपने पेड़ को पराजित देखा, इसके गाल कैनवास में देखे, तो हमारे दिल डूब

गये। परंतु पापा का दिल नहीं डूबा।

जूते के हील अगर न घिसे हों, तो शायद उनकी लंबाई पाँच फुट छह इंच होगी। अगर वे अच्छी तरह खाना खा लें, तो शायद उनका वजन 155 पौंड होगा।... परंतु फ्रैंकी, मुझे, मैरी और मम्मी सबको मिलाकर भी वे हम सबसे ज़्यादा शक्तिशाली थे।

हम सड़क पर खड़े होकर नीचे गिरे पेड़ को देखते रहे। बारिश हो रही थी। हमने एक-दो मिनट रुककर स्थिति का जायज़ा लिया और फिर पापा ने घोषणा की, "ठीक है, हम इसे ऊपर उठाने जा रहे हैं!"

"आप यह क्या कह रहे हैं, पापा? इसकी जड़ें ही ज़मीन से बाहर निकल आयी हैं!"

"चुप रहो, हम उसे ऊपर उठा रहे हैं। वह दुबारा खड़ा होगा।"

हम नहीं जानते थे कि उनसे क्या कहें। कोई उनके सामने ना नहीं कह सकता था। इसलिये नहीं, क्योंकि मैं उनका पुत्र था, बल्कि इसलिये क्योंकि उनका विश्वास बहुत प्रबल था।

इसलिये हम उनके पीछे-पीछे घर में गये और वहाँ से रस्सी निकाली। फिर उस रस्सी को डामर में पड़े पेड़ के अगले हिस्से के चारों तरफ़ बाँधा। पापा घर के पास खड़े होकर मेरे साथ रस्सी खींचने लगे। फ्रैंकी बारिश में सड़क पर खड़े होकर ऊँचे नीले स्प्रूस

को धक्का देने में मदद करने लगा। पल भर में हमने उस पेड़ को दुबारा खड़ा कर दिया!

बारिश अब भी हो रही थी। बरसते पानी में पापा ने उस जगह पर खुदाई की, जहाँ जड़ें थीं। वे कीचड़ भरे गड्ढे को चौड़ा करते गये और पेड़ नीचे सुरक्षा की तरफ़ धँसता गया। फिर हमने जड़ों के ऊपर कीचड़ डाला और पेड़ के नीचे की तरफ़ बड़े-बड़े पत्थर रख दिये, ताकि वह अपनी जगह पर बना रहे। पापा ने ज़मीन में लकड़ियाँ गाड़ दीं, पेड़ के तने पर रस्सी बाँधकर उसे इन लकड़ियों से बाँध दिया और शायद दो घंटे बाद स्प्रूस की तरफ़ देखकर उन्होंने कहा, उस स्प्रूस की तरफ़ देखकर जिसे रस्सियों के द्वारा सीधा खड़ा किया गया था, "चिंता मत करो, वह दुबारा बढ़ने लगेगा।"

मैंने मेज़ पर रखे पापा के कार्ड की तरफ़ देखा और मेरा मन हुआ कि रो लूँ। अगर आप आज उस घर के पास से जायेंगे तो आप उस बड़े, सीधे नीले स्प्रूस को देख सकते हैं जो अब शायद 65 फ़ुट ऊँचा हो गया है। वह पेड़ सीधे आसमान की तरफ़ इशारा कर रहा है और ऐसा अभिनय कर रहा है, जैसे उसकी नाक कभी डामर में दबी ही न हो।

मैंने पापा के कार्ड को दुबारा ड्रॉअर में रखा और नये जोश के साथ ड्रॉअर बंद किया। अब मुझसे चुनाव अभियान में दुबारा जुटने का इंतज़ार नहीं हो रहा था।

कुओमो ने 1982 का वह चुनाव 1,80,386 वोटों से जीता। इस जीत का काफ़ी श्रेय उनकी उस सतत संकल्प शक्ति को जाता है, जिसका परिचय उन्होंने अजेय दिख रही बाधाओं के सामने दिया था। इस तरह का संकल्प अपने आप नहीं आ जाता। इस मामले में यह संकल्प उस प्रवासी पिता से आया था, जिसके सीने में आग थी और जिसने यह सोचा था कि अपने परिवार को प्रबल दिशा देना महत्वपूर्ण है।

फटकार की कला

अगर हम उच्च मानदंडों को सुनिश्चित करने जा रहे हैं, तो हमें यह भी करना पड़ेगा कि जब लोग इन मानदंडों को पूरा न कर रहे हों, तो हम उन्हें यह बता दें। अपनी छोटी सी पुस्तक *द वन मिनट मैनेजर* में केनेथ ब्लैंचर्ड और स्पेंसर जॉनसन "एक मिनट की फटकार" का सुझाव देते हैं।

किसी कमज़ोर मैनेजर या ख़राब अभिभावक की निश्चित पहचान यह है कि वह अपने संगठन के लोगों को उनकी ग़लतियाँ बताने में डरता है। पुस्तक में फटकार लगाने के बारे में कुछ आसान सुझाव दिये गये हैं:

1. इसे तत्काल करें।
2. फटकार लगाने से पहले तथ्यों को सुनिश्चित कर लें। पक्का यक़ीन कर लें कि आपकी जानकारी सही है।
3. उन्हें बिलकुल स्पष्टता से बतायें कि ग़लती क्या है। उनके व्यवहार की आलोचना करें, उनके उद्देश्यों की नहीं।
4. अपनी भावनायें - क्रोध, चिढ़, कुंठा - दिखायें।

हममें से कुछ ब्लैंचर्ड और जॉनसन से इस बारे में असहमत होना चाहेंगे कि फटकार के लिये कितना समय आवश्यक होता है। मामले पर पूरी तरह चर्चा के लिये अधिकांश कर्मचारियों या बच्चों को 60 सेकंड से लंबी फटकार की आवश्यकता होगी। परंतु यह सिद्धांत मूलभूत रूप से सही है - अगर हम लोगों की ग़लतियाँ सुधारने में डरते हैं, तो हम उन्हें मैनेज या प्रेरित करने में कभी समर्थ नहीं हो पायेंगे। हो सकता है कि कभी-कभार लोग हमसे नाराज़ हो जायें और यह भी हो सकता है कि कुछ लोग हमें क्रूर कहने लगें। परंतु मुद्दे की बात यह है कि हमने यह स्पष्ट कर दिया है कि हम अयोग्यता को सहन नहीं करेंगे। डैन रैथर कहते हैं, "सपना एक टीचर से शुरू होता है जो आपमें विश्वास करता है, जो आपको अगले पड़ाव तक धक्का देता है, राह दिखाता है; कई बार तो आपको सच नाम की एक नुकीली छड़ी से कुरेदता भी है।"

जब प्रेरक अलोकप्रिय हों

अगर आप फटकार लगाते हैं, तो आपको इस बात के लिये तैयार रहना चाहिये कि सामने वाला व्यक्ति आपसे कुछ समय तक नाराज़ रहेगा। प्रेरक लीडर होने के लिये यह ज़रूरी नहीं है कि आप अपने समूह के सबसे स्मार्ट या सबसे मेहनती व्यक्ति हों। इसके लिये तो सिर्फ़ यह आवश्यक है कि आप कठोर रहें - उत्कृष्टता के प्रति अपनी वचनबद्धता में कठोर - चाहे इस वजह से आप अस्थायी रूप से अलोकप्रिय हो जायें। लीडरशिप का अर्थ लोकप्रियता की प्रतियोगिता जीतना नहीं है। हॉलिडे इन्स के जेम्स स्कॉर कहते हैं, "सबसे ज़्यादा प्रतिभाशाली कुछ लोग बहुत ख़राब लीडर्स हैं, क्योंकि उन्हें इस बैसाखी की ज़रूरत होती है कि हर व्यक्ति उन्हें पसंद करे।" प्रसिद्ध कोच

लॉम्बार्डी की फिलॉसफ़ी यह थी : "मैं खिलाड़ियों के प्रेम के बजाय उनका विश्वास जीतना अधिक महत्वपूर्ण मानता हूँ।" और बाल मनोवैज्ञानिक हैम गिनोट ने कहा था, "एक अच्छे पिता को अपने बच्चों को पसंद करना चाहिये, परंतु उसे इस बात की प्रबल आवश्यकता महसूस नहीं होना चाहिये कि उसके बच्चे उसे हर मिनट पसंद करें।"

कुशलता के साथ अनुशासित करें

अपनी बात मनवाने और प्रेरित करने में एन सुलिवन जितनी श्रेष्ठ थीं, उतने बहुत कम लोग हुए हैं। एन सुलिवन वे टीचर थीं, जिन्होंने हेलन केलर को ख़ामोशी और अँधेरे की डरावनी दुनिया से बाहर निकाला। जब मिस सुलिवन टस्कम्बिया, अलाबामा आयीं तो उन्होंने एक छोटी और अनुशासनहीन जानवर को पाया। उस समय तक एक या दो लोग पहले ही हेलन की माँ को बता चुके थे कि उनकी पुत्री बिलकुल मूर्ख थी और चूँकि उसका मस्तिष्क अँधेरे में क़ैद था, इसलिये उसका बड़ा होता शरीर जानवरों की भावनाओं द्वारा शासित होता था। फिर एक दिन पानी के कुयें पर मिस सुलिवन को सफलता मिली, जब हेलन ने एक हथेली पर गिरते पानी की अनुभूति को "पा-नी" शब्द के साथ जोड़ लिया, जो एन उँगलियों से उसकी दूसरी हथेली पर लिख रही थीं। केलर लिखती हैं, "मैं बेताबी से एनी के हमेशा तैयार रहने वाले हाथ की ओर बढ़ी और मैंने उन वस्तुओं को पहचानने के लिये नये शब्दों का आग्रह किया, जिन्हें मैं छूती थी। अर्थ की एक के बाद एक चिंगारी उस हाथ से इस हाथ की तरफ़ बढ़ी और चमत्कारिक रूप से प्रेम पैदा हो गया।"

.ज्यादातर दुनिया यह रोमांचकारी कहानी जानती है कि किस तरह मिस सुलिवन की मदद से हेलन केलर अंतर्राष्ट्रीय हीरोइन बनीं

और उन्होंने अपंग लोगों को नयी राह दिखायी। परंतु इस बात का आम तौर पर ज़िक्र नहीं किया जाता कि इन वर्षों में मिस सुलिवन अपनी शिष्य के प्रति बहुत कठोर थीं। छोटी जानवर अचानक एक अनुशासित और सहयोगी बच्ची में इसलिये नहीं बदल गयी थी, क्योंकि अब वह दूसरों के साथ संप्रेषण कर सकती थी। ऐसा इसलिये हुआ क्योंकि मिस सुलिवन बहुत कठोर अनुशासनवादी थीं। वे हेलन से भी वही अपेक्षायें रखती थीं, जो वे किसी देखने और सुनने वाले बच्चे से करतीं। केलर लिखती हैं, "जैसे ही मैंने सही और ग़लत की पहचान करने के लिये पर्याप्त शब्द सीख लिये, उसके बाद मैं जब भी ग़लत काम करती थी, तो वे मुझे बिस्तर पर सुला देती थीं। आलस, लापरवाही, साफ़-सफ़ाई से न रहना, बहाने आदि वे ग़लतियाँ थीं, जिनका सामना उन्होंने कुशलता, हास्य और गरजते हुए तानों के साथ किया।"

चुनौती की शक्ति

लोग उस नौकरी या परिवार द्वारा कभी प्रेरित नहीं होते, जहाँ उनसे कोई अपेक्षा ही न की जाये। वे चुनौतियों से प्रेरित होते हैं। चार्ल्स डे गॉल देश को प्रेरित करने के बारे में बहुत कुछ जानते थे और उनका कथन है, "जिस व्यक्ति में चरित्र होता है वह कठिनाई में विशेष आकर्षण देखता है, क्योंकि सिर्फ़ कठिनाइयों का सामना करने से ही वह अपनी क्षमताओं का दोहन कर पायेगा।" और विलियम जेम्स ने कहा था, "आवश्यकता और संघर्ष हमें रोमांचित और प्रेरित करते हैं।"

जब ईसा मसीह ने अपने अनुयायियों से आव्हान किया, तो उन्होंने उन्हें आराम और चैन की ज़िंदगी के लिये आमंत्रित नहीं

किया। इसके बजाय उन्होंने उनसे अपने क्रॉस उठाने और पीछे आने के लिये कहा। उन्होंने उन्हें बताया कि रास्ता सँकरा और सख़्त होगा। उन्होंने उनसे त्याग का आव्हान किया। कोई इस तरह के आंदोलन में शामिल होने का इच्छुक क्यों होगा, जिसमें इतना ख़तरा और मुश्किलें हों ? इसलिये, क्योंकि चुनौती में एक ऐसा आकर्षण होता है, जो शाश्वत है। गैरीबाल्डी ने अपनी सेना का गठन करके इटली को स्वतंत्र कराया। उसने इस सेना में शामिल होने के लिये ऐसे लोगों का आव्हान किया था, जो ठंड, भूख, नग्नता और मौत को स्वीकार करने के लिये तैयार हों। जब कलकत्ता की मदर टेरेसा मिशनरीज़ ऑफ चैरिटी में किसी नयी युवती को शामिल करती थीं, तो वे उसके साथ उतनी नरमी से पेश नहीं आती थीं, जितनी हम उम्मीद करते हैं। नियम यह था कि वह अगले ही दिन होम ऑफ द डाइंग में जाकर शुरुआत करेगी। मदर टेरेसा ने जिन मूल 12 लोगों के साथ अपना काम शुरू किया था, उनमें से एक सिस्टर बर्नार्ड इस संस्था के शुरुआती दिनों के बारे में कहती हैं, "यह कठोर था। और वे चाहती थीं कि यह कठोर रहे। वे इसे आसान नहीं बनाना चाहती थीं।"

उद्‌देश्य का आकर्षण

इस तरह की माँग करने वाली लीडरशिप हमेशा बहुत सम्मोहक और सफल होती है और कुछ हद तक इसका कारण यह है कि लोग उद्‌देश्यों के लिये उत्सुक होते हैं। रेक्सबर्ग, आईडेहो (जनसंख्या 11,000) के समुदाय की एक गृहिणी सिबिल फर्ग्युसन ने वज़न कम करने के कुछ प्रभावी तरीक़े खोजे। उनकी सहेलियों ने उनके नये आकर्षण और सौंदर्य को देखकर उनकी तारीफ़ की। उन्होंने कहा कि वे भी ऐसा करना चाहती हैं और इस काम में उन्होंने सिबिल की मदद

माँगी। परिणाम था रेक्सबर्ग में पहला डाइट सेंटर। यह 1970 की बात थी। आज दुनिया भर में 1900 से .ज्यादा डाइट सेंटर्स हैं और इनकी आमदनी हर साल 90 मिलियन डॉलर है। हर दिन कहीं न कहीं पर एक नया सेंटर खुलता है। सिबिल फर्ग्युसन और उनके पति अब भी रेक्सबर्ग से ही कंपनी चलाते हैं। इस तरह की सफलता का कारण क्या है? कुछ हद तक ऐसा इसलिये है क्योंकि उन्होंने शुरुआत से ही इस बात पर ज़ोर दिया कि वे एक कंपनी से बढ़कर हैं - वे एक आंदोलन हैं, एक उद्‌देश्य हैं। मिसेज़ फर्ग्युसन की एक सहयोगी कहती हैं, "यहाँ पर लोग उस उद्‌देश्य का एक हिस्सा अनुभव करते हैं, जिसके प्रति हम सभी समर्पित हैं - .ज्यादा वज़न वाले लोगों को उनकी समस्या से मुक्ति दिलाना - और यह नौकरी से बहुत .ज्यादा बड़ी बात समझी जाती है।"

जब 23वें ओलंपिक खेल अमेरिका को मिले, तो निराशावादी लोगों ने भविष्यवाणी की कि वे पूरी तरह असफल साबित होंगे। हर एक के दिमाग़ में वे आतंकवादी हमले घूम रहे थे, जिन्होंने म्यूनिख में त्रासदी की थी और मॉन्ट्रियल में वित्तीय विनाश भी, जहाँ सरकार 1 बिलियन डॉलर के कर्ज़ में डूब गयी थी।

परंतु अमेरिकी ओलंपिक बहुत ही ज़बर्दस्त रूप से सफल हुए। इसका श्रेय काफ़ी हद तक पीटर उबेरॉथ को दिया जा सकता है। 42 वर्षीय वे आशावादी, जिन्होंने इसकी सफलता की योजना बनायी और 200 मिलियन डॉलर से .ज्यादा का सरप्लस हासिल किया। उबेरॉथ की मानसिकता के बारे में रॉबर्ट अजेमियन ने *टाइम* में लिखा था : "वे जिस चीज़ को छूते हैं, उनमें उसे उद्‌देश्य बनाने की क्षमता होती है। कठिन लक्ष्यों वाली कठिन समस्याओं का सामना करते हुए वे ऊपर उठ जाते हैं।"

उबेरॉथ ने 72,000 ओलंपिक कर्मचारियों (लगभग आधे स्वयंसेवक थे) के सामने एक के बाद एक भाषण दिये कि किस तरह उन्हें इकट्ठे मिलकर एक ऊँचे पहाड़ पर चढ़ना है। इस तरह की भाषा कुछ लोगों को लच्छेदार लग सकती है, परंतु किसी के भी मन में ज़रा भी संदेह नहीं था कि उबेरॉथ इस अभियान को इसी तरह से देख रहे थे। उद्देश्य के प्रति इसी वचनबद्धता के कारण वे उन लोगों के प्रति इतने कठोर हो सकते थे, जिनमें पर्याप्त निष्ठा नज़र नहीं आती थी। एक दिन हेडक्वार्टर्स के कॉफी हाउस में वे लंच कर रहे कुछ कर्मचारियों से बात करने के लिये रुके। चर्चा अच्छी तरह से हो रही थी कि तभी एक महिला ने उनसे यह पूछ लिया कि तनख़्वाह बढ़ने की कितनी संभावना है। उबेरॉथ, जो बिना तनख़्वाह के स्वयंसेवक थे, ठंडे पड़ गये और उन्होंने पलटकर जवाब दिया : "अगर आप यह नहीं समझतीं कि हम क्या करने की कोशिश कर रहे हैं, तो आपको यहाँ काम नहीं करना चाहिये।"

महान उद्देश्य की प्रेरक शक्ति का कोई दूसरा विकल्प नहीं है। यह हमारी संस्कृति की एक मिथ्या धारणा है कि हम ज़्यादा सुखी होंगे अगर हम इतने व्यस्त न हों, अगर हम इतनी कठोर मेहनत न करें, अगर हम इतना सारा होमवर्क न करें, अगर हम ज़्यादा आराम से रहें और ज़्यादा छुट्टियाँ मना सकें। परंतु आराम का सुख से बहुत कम लेना-देना है। इसके विपरीत मैंने पाया है कि सबसे सुखी लोगों ने कोई उद्देश्य पाया है और उन्होंने किसी संकल्प से प्रेरित होकर जीवन में आगे क़दम बढ़ाये हैं। सच तो यह है कि ज़्यादातर लोग नीरसता का अनुभव करते हैं। जब विद्यार्थी स्कूल को नापसंद करते हैं, तो अक्सर इसका कारण यह होता है कि स्कूल उनसे इतनी कम उम्मीद करता है। जब लोग अपनी नौकरियों से नफ़रत करते हैं, तो शायद ही कभी ऐसा इसलिये होता है कि उनकी नौकरियों में उनसे ज़्यादा माँग की जाती

हो - ऐसा इसलिये होता है, क्योंकि उनकी नौकरियाँ बोरिंग और रूटिन हो चुकी हैं। इसलिये अगर कोई ऐसा लीडर क्षितिज पर आता है, जिसके पास प्रदर्शन के ऊँचे मानदंड हों और जो उनके सामने कोई चुनौती व उद्देश्य रखे तो इस बात की ज़्यादा संभावना है कि वे उसका अनुसरण करेंगे।

यथार्थवादी अपेक्षायें

उत्कृष्टता और वचनबद्धता के इस विषय को छोड़ने से पहले मैं एक चेतावनी भी देना चाहूँगा। चेतावनी यह है कि आप लोगों को आसमान से सितारे तोड़ने के लिये प्रेरित न करें। बहरहाल, यह संभव है कि हम इतनी ज़्यादा ऊँची माँग करने लगें कि लोग घबरा जायें और इस वजह से हार मान लें। कोई भी अनंत काल तक बिना किसी सफलता के कोई काम नहीं कर सकता। हार्वर्ड युनिवर्सिटी के मनोवैज्ञानिक डेविड सी. मैकक्लेलैंड ने इस विषय में काफ़ी गहन शोध किया है और इसे वे "उपलब्धि की प्रेरणा" कहते हैं। उन्होंने पाया कि सबसे अच्छे प्रेरित लोगों के पास कुछ स्पष्ट लक्ष्य होते हैं। परंतु वे लक्ष्य ऐसे होते हैं, जो हासिल किये जा सकते हैं। जब बिज़नेसमैनों के एक समूह पर प्रयोग किया जाता है और उन्हें स्पाइक्स और रोप रिंग्स के खेल ईजाद करने के लिये आमंत्रित किया जाता है, तो कुछ लोग बहुत क़रीब खड़े रहेंगे, आसानी से स्पाइक में रिंग डाल देंगे - और उनकी दिलचस्पी तत्काल ख़त्म हो जायेगी। बाक़ी लोग तुलनात्मक रूप से दूर खड़े रहेंगे, रिंगर नहीं बना पायेंगे और हताश होंगे। परंतु जो लोग बिज़नेस में सबसे सफल होंगे, वे सिर्फ़ इतने दूर खड़े रहेंगे कि टॉस को चुनौतीपूर्ण बना दें, इतने ज़्यादा दूर नहीं कि सफलता असंभव हो जाये। मैकक्लेलैंड ने यह सीखा कि यह लोग लगातार प्रेरित बने रहेंगे

और वे जिस बात से प्रेरित होते हैं उसे उन्होंने "सफलता का फीडबैक" कहा - छोटे लक्ष्यों को पूरा करने की उनकी योग्यता में संतुष्टि का सतत एहसास। दूसरे शब्दों में, वे अपनी क्षमताओं को लगातार बढ़ाते जाते हैं, परंतु उन्हें नियमित सफलताओं की भी ज़रूरत होती है। यहाँ पर एक महत्वपूर्ण सबक़ है, जो सभी लीडर्स और शिक्षकों को सीखना चाहिये : उत्कृष्टता का दबाव बनाते समय हमें इस बारे में सावधान रहना चाहिये कि लक्ष्य चुनौतीपूर्ण भी हों और यथार्थवादी भी। और हमें लक्ष्यों को धीरे-धीरे बढ़ाने का तरीक़ा खोजना चाहिये, ताकि हमारे अनुयायी सफलता के नियमित फीडबैक का आनंद ले सकें।

ट्रैक कोच डीन क्रॉमवेल कहते हैं, "आशावाद तब सबसे ज़्यादा सहायक होता है, जब यह सचमुच विश्वसनीय हो। इसलिये तार्किक लक्ष्य बनायें। अगर मैं जानता हूँ कि कोई बच्चा इससे बेहतर नहीं कर सकता, तो मैं उससे कहता हूँ कि वह छठवें नंबर पर आने की कोशिश करे। अगर आपका दोस्त आज सेकंड असिस्टैंट बॉटल-वॉशर है, तो उससे यह न कहें कि कल वह कंपनी प्रेसिडेंट बन सकता है। अगर वह आपकी बात पर विश्वास नहीं करेगा, तो इससे ज़रा भी फ़ायदा नहीं होगा। उससे यह कहें कि वह लगातार प्रयास और कड़ी मेहनत करके चोटी का बॉटल वॉशर बन जाये। अगर आपके पुत्र को इतिहास के पिछले टेस्ट में डी मिला है, तो उससे कहें कि आपको विश्वास है कि उसे अगले टेस्ट में सी मिलेगा।"

अगले अध्याय में मैं कुछ सुझाव दूँगा कि किस तरह अनुयायियों की पूर्ण असफलता का सामना किया जाये।

"शिक्षाविद् का सबसे प्रमुख काम लोगों को यह सिखाना है कि समझदारी से असफल कैसे हुआ जाये।"

✸ *चार्ल्स एफ. केटरिंग*

अध्याय पाँच

असफलता का मैनेजमेंट

मई 1940 के अंत में अँग्रेज सेना ने डनकर्क के तट पर उस हार का सामना किया, जो सबसे शर्मनाक हार हो सकती थी। जर्मन पैन्जर डिवीज़न्स ने ख़राब हथियारों से लैस और बुरी तरह प्रशिक्षित अँग्रेज सेना को घेर लिया और घेरे को सँकरा करने लगे। हिटलर उनकी गर्दन के चारों तरफ़ पहले ही रस्सी कस चुका था और फंदा कसने के लिये तैयार था। बचने का सिर्फ़ एक रास्ता था – समुद्र। यहाँ पर समुद्री यात्रा करने वाले देश होने का लाभ बचाव के काम आया। बचाव का मुख्य भार नौसेना पर था, परंतु जिसके पास भी नाव थी, वह इस बचाव अभियान में शामिल हो गया। फिशिंग ट्रॉलर्स और ड्रिफ्टर्स, टग्स और मोटरबोट, याट और आनंद नौकायें, टेम्स के पुराने स्टीमर और नदी की हर तरह की नौकायें बड़े आर्मेडा में शामिल हो गये, ताकि संकट में फँसे ब्रिटिश सैन्य दलों को हिटलर के पंजों से बचाया जा सके। डनकर्क के तटों का पानी उबलते हुए ज्वालामुखी की तरह हो गया था, परंतु छोटी नावें बार-बार पानी में गयीं और सैनिक दस्तों को बार-बार लाती रहीं।

एक तिहाई सैनिक मारे गये, परंतु .ज्यादातर सेना को बचा लिया गया। परंतु ब्रिटिश मनोबल इसके बावज़ूद नहीं टूटा था। ए. एल. राउज़ बताते हैं कि सैनिक दस्ते जब लौट रहे थे, उस समय का दृश्य कैसा था : "हमें याद है जब वे चैनल से होकर, बंदरगाहों तथा रेलवे स्टेशनों से गुज़रते हुए आये, तो नागरिकों ने उन्हें भोजन और सिगरेटें दीं - काले, गंदे, बिना हथियारों के, परंतु हार से क़तई निराश नहीं।"

उनके सारे हथियार फ्रांस में ही छूट गये थे - तोपखाना, मशीन गन, वाहन, हज़ारों राइफलें। यूरोप में दुबारा प्रवेश करने लायक सक्षम सेना को प्रशिक्षित करने और उसे हथियारों से सुसज्जित करने में बरसों लग जायेंगे। उस सप्ताह चर्चिल ने राष्ट्र के नाम जो संदेश दिया, उसमें उन्होंने डनकर्क को विजय तो नहीं कहा, परंतु उन्होंने कहा, "हम अंत तक लड़ेंगे, हम फ्रांस में लड़ेंगे, हम समुद्रों और महासागरों में लड़ेंगे... हम अपने टापू की रक्षा करेंगे, क़ीमत चाहे जो भी हो। हम तटों पर लड़ेंगे, हम बंदरगाहों पर लड़ेंगे, हम खेतों और सड़कों में लड़ेंगे ... हम कभी समर्पण नहीं करेंगे।"

अच्छा लीडर बनने के इच्छुक व्यक्ति को यह कला सीख लेना चाहिये कि इस तरह की घटना के बाद लोगों की इच्छा को पुनः जाग्रत कैसे किया जाये। दरअसल, शायद यह कहा जा सकता है कि अगर कोई यह नहीं जानता कि असफलताओं के बाद लोगों की मदद कैसे की जाये, तो वह कभी सफल प्रेरक नहीं बन पायेगा।

असफलता के बाद अलग-अलग लोग जिस तरह की अलग-अलग प्रतिक्रिया करते हैं, वह प्रेरणा के संबंध में एक पहेली है। ऐसा क्या है जिसकी वजह से कई लोग दुनिया में आगे बढ़ते हैं, उनका भविष्य उज्जवल दिखता है, क्षमतायें अनंत लगती हैं, फिर भी सिर्फ़

एक पराजय के बाद ही वे मैदान छोड़ देते हैं? अपनी असफलता के बाद दुबारा उठने में असमर्थ होने के कारण वे अपने सपनों का आकार छोटा कर लेते हैं, अपनी ज़िंदगी को सुरक्षित तथा औसत दर्जे की बना लेते हैं और पराजितों का सा जीवन जीने लगते हैं। दूसरी तरफ़, कुछ लोग गिरने के बाद लगातार उठ खड़े होने में समर्थ क्यों होते हैं? असफलता सिर्फ़ उन्हें जीतने के लिये अधिक संकल्पवान बनाती है। जब वे लड़खड़ाते हैं तो वे ख़ुद को उठाते हैं, अपनी ग़लतियों से सीखने के लिये चारों तरफ़ देखते हैं और फिर जीत के साथ दौड़ पूरी करने के लिये चल पड़ते हैं।

अगर लीडर्स लोगों को यह सिखा सकें कि असफलता का रचनात्मक तरीक़े से सामना कैसे किया जाये, तो शायद यह उनका सबसे महत्वपूर्ण योगदान होगा। इसलिये लोगों को सर्वश्रेष्ठ बनाने का चौथा नियम यह है :

एक ऐसा माहौल बनायें जहाँ असफलता घातक न हो

मैंने एक बार एक महिला से बात की, जिन्हें राजनीति का काफ़ी अनुभव था। उन्होंने महान राजनेताओं को बहुत क़रीब से देखा था। उनका कहना था, "क्या आप जानते हैं कि कौन सी चीज़ सफल लोगों को बहुसंख्यक लोगों से अलग करती है? कभी मैं सोचती थी कि यह चीज़ उत्साह, बुद्धि, संबंध है। परंतु सफल लोगों को मैंने जितना ज्यादा देखा, उतना ही ज्यादा मुझे यह पता चला कि विरोधाभासी रूप से यह असफल होने की योग्यता है, जो दीर्घकालीन सफलता प्रदान करती है।"

यह सबक़ एक युवा अश्वेत युवती ने बहुत जल्दी सीख लिया

था, जब उसने न्यूयॉर्क के टाउन हॉल में अपना पहला प्रदर्शन कुछ .ज़्यादा ही जल्दी कर दिया था। अनुभव या व्यक्तिगत परिपक्वता के लिहाज़ से वह टाउन हॉल में प्रदर्शन करने के लायक नहीं थी, इसलिये आलोचकों ने उस पर कोड़े बरसाये। वह अपमानित होकर फिलाडेल्फिया में अपने घर लौटी। उसके चर्च के सदस्यों ने उसके कैरियर को शुरू करने लिये पैसे और सिक्के इकट्ठे करके उस फंड में अपना योगदान दिया था, जिसे उन्होंने "द फंड फॉर मैरियन एंडरसनस फ्यूचर" कहा। न्यूयॉर्क के हादसे के बाद उसमें अपने पुराने दोस्तों या शिक्षकों का सामना करने की हिम्मत नहीं थी।

इस गायिका की शर्म और निराशा एक साल से .ज़्यादा समय तक बरकरार रही, परंतु मैरियन एंडरसन की माँ हार मानने को तैयार नहीं थीं। उन्होंने उसे प्रोत्साहित करना जारी रखा। उन्होंने उसे बताया कि असफलता सिर्फ़ अस्थायी होती है। उन्होंने उसे यह विश्वास दिलाने की कोशिश की कि उसके पास अब भी सफल होने की प्रतिभा है। फिर एक दोपहर उनकी एक प्रेरणादायक बात अंदर घुस गयी। उन्होंने कहा था, "मैरियन, महानता से पहले आस्था होना चाहिये। तुम ऐसा क्यों नहीं करतीं कि असफलता के बारे में कम सोचो और इसके बारे में प्रार्थना .ज़्यादा करो?" अतीत की ओर देखते समय यह महान गायिका (जिसने बाद में कई और गायकों की मदद की, जब वे भी उसकी तरह पहली हार के बाद की निराशा में डूबे हुए थे) कहती हैं, "मेरी आवाज़ में जो है, वह आस्था की बदौलत है। आस्था और मेरी माँ के शब्द : 'महानता से पहले आस्था होना चाहिये।'"

वे मातायें और लीडर समझदार होते हैं, जो अपने बच्चों और अनुयायियों को लगातार सिखाते हैं कि ग़लतियों से कैसे सीखें और मैदान छोड़ने से कैसे बचें। कुछ बिज़नेसमैन हमेशा उन कर्मचारियों को नौकरी से निकाल देते हैं, जो लड़खड़ाते हैं। इसका कारण यह है कि

वे असफलता को बर्दाश्त नहीं कर पाते। परंतु सर्वश्रेष्ठ मैनेजर आशा करते हैं कि उनके कर्मचारियों से ग़लतियाँ होंगी। अपने स्टाफ़ को लगातार बदलने के बजाय वे लोगों को यह सिखाना अधिक प्रभावी समझते हैं कि वे असफलताओं का सामना कैसे करें और अपनी ग़लतियों से कैसे सीखें। दूसरे शब्दों में वे न्यायाधीश और अनुशासन स्थापित करने वाले व्यक्ति के बजाय कोच और टीचर की भूमिका में आ जाते हैं। साथ ही वे यह बात भी जानते हैं कि जब लोग गिरते हैं, तो वह स्थान उनके प्रेरणादायी कार्य के लिये एक महत्वपूर्ण बिंदु होता है। अगर वे धैर्य और दृढ़ता सिखा सकें, अगर वे दूसरों को उनकी ग़लतियों से सबक़ लेना सिखा सकें, तो वे उनकी एक महत्वपूर्ण सेवा करेंगे और साथ ही वे एक अधिक श्रेष्ठ संगठन की रचना करेंगे।

अच्छे मैनेजमेंट के तत्वों के बारे में पूछे जाने पर इमर्सन इलेक्ट्रिक के चीफ़ एक्ज़ीक्यूटिव ऑफ़िसर ने साहस के साथ कहा, "आपमें असफल होने की योग्यता होना चाहिये। मैं उन संगठनों की संख्या देखकर हैरान हूँ, जिन्होंने एक ऐसा माहौल बना रखा है जहाँ उनके स्टाफ़ को ग़लती करने की छूट नहीं है। आप तब तक नवीन परिवर्तन नहीं कर सकते, जब तक आप कुछ ग़लतियाँ सहन करने के इच्छुक न हों।"

जब प्रेरक उदाहरण देकर दिखाता है कि असफल कैसे हुआ जाये

परंतु आप अपने समूह में इस तरह का नज़रिया कैसे भरेंगे? एक तरीक़ा यह है कि आप व्यक्तिगत उदाहरण देकर उन्हें ऐसा करना सिखायें। कुछ लोगों को यह ग़लतफ़हमी होती है कि अच्छी तरह

नेतृत्व करने के लिये आपके पास सिर्फ़ सफलताओं की श्रृंखला होना चाहिये। इसलिये वे अपनी असफलताओं को छुपाने की बहुत कोशिशें करते हैं। लेकिन सच तो यह है कि सबसे अधिक प्रेरणादायक छवि शायद उस योद्धा की होती है, जो कुछ युद्ध तो हारा, परंतु युद्ध हारने के बाद भी उसने हिम्मत नहीं हारी।

हमें अपने दिमाग़ से यह विचार निकाल देना चाहिये कि सशक्त लोग कभी असफल नहीं होते। रिचर्ड जे. नीडहैम कहते हैं, "सशक्त लोगों से भी उतनी ही ज़्यादा और उतनी ही बुरी ग़लतियाँ होती हैं, जितनी कि कमज़ोर लोगों से होती हैं। फ़र्क़ सिर्फ़ इतना है कि सशक्त लोग उन्हें स्वीकार करते हैं, उन पर हँसते हैं, उनसे सीखते हैं। इसी वजह से वे सशक्त बनते हैं।"

अगर आप अपने समूह को यह विश्वास दिलाना चाहते हैं, तो सर्वश्रेष्ठ तरीक़ा यह है कि आप उन्हें ख़ुद को असफल होते देख लेने दें। आप इस बात का पूरा विश्वास कर लें कि आपके अधीन काम करने वाले लोग बहुत बारीक़ी से देख रहे होंगे कि लड़खड़ाने के बाद आपकी प्रतिक्रिया कैसी होती है। अगर आप यह अभिनय करने की कोशिश करते हैं कि आप असफल नहीं हुए या आप इसे नज़रअंदाज़ करने की कोशिश करते हैं या आप ज़्यादा बहाने बनाने लगते हैं या उस असफलता के बाद अपने सपने को छोटा कर लेते हैं, तो यह बात भी उनकी निगाह से नहीं छुप पायेगी।

रिजेक्शन का सामना करने में अपने लोगों की मदद करना

लीडर्स का एक बहुत महत्वपूर्ण प्रेरणादायी योगदान होता है:

रिजेक्शन के बाद वापस लौटने वाले अनुयायियों की मदद करना। इस तरह की स्थिति उस परिवार में होगी, जब आपका बच्चा क्लास का चुनाव हारने के बाद मरी हुई चाल से घर आता है। यह स्थिति उस विवाह में होगी, जब आपका जीवनसाथी एक महत्वपूर्ण प्रमोशन पाने में असफल हो जाता है। और यह स्थिति तब होगी, जब कोई सेल्समैन निराशाजनक परिणामों से भरे महीने के बाद हेड ऑफ़िस में आता है।

समझदार लीडर हरसंभव प्रयास करता है कि वह युद्ध के मोर्चे से लौटे थके-हारे लोगों में फिर से ऊर्जा भर दे। टॉम कीगन, जो सेल्समैन से प्रगति करके एक बड़ी कारपेट कंपनी के सेल्स मैनेजर बने, कहते हैं, "मैं कई सालों तक सड़क पर सामान बेच चुका हूँ। अब हालाँकि मैं मैनेजर बन गया हूँ, परंतु मैंने हमेशा यह याद रखने का संकल्प कर लिया है कि वहाँ पर कितना अकेलापन होता है, जब आप अपनी कार में बैठकर एक ग्राहक से दूसरे ग्राहक तक जाते हैं और हर आदमी आपको बताता है कि आपकी क़ीमतें बहुत ज़्यादा हैं और आपकी कंपनी ख़राब है। ऐसे में दुनिया में आपको जिस आख़िरी चीज़ की ज़रूरत है, वह यह है कि आपका मैनेजर भी आपके ख़िलाफ़ हो जाये। आपको यह पता होना चाहिये कि कंपनी आपके साथ है।"

यह परिवार में भी उतना ही महत्वपूर्ण है। परिवार वह शरणस्थल होना चाहिये, जहाँ आप अपने घावों पर मरहम-पट्टी करवा सकें और जहाँ लोग आपको स्वीकार करें, चाहे आप बाहर कितनी ही बुरी तरह गिर गये हों। आपके पास इस तरह की सुरक्षित जगह है, यह बात ही किसी व्यक्ति को बहुत लंबे समय तक बेहद शत्रुतापूर्ण माहौल में संघर्ष करने के लिये प्रेरित कर सकती है।

सभी अच्छी चीज़ों की तरह शरणस्थल की अवधारणा को भी हद से आगे ले जाया जा सकता है और बच्चे या कर्मचारी को उसकी

असफलताओं से ज़रूरत से ज़्यादा सुरक्षा प्रदान की जा सकती है। इस स्थिति में वह व्यक्ति अति-रक्षात्मक हो जाता है और हर चीज़ का दोष बाहरी शक्तियों को देने लगता है। परामर्श दे रहे मनोवैज्ञानिक डॉ. रॉबर्ट एन. मैकमरे ने 220 लोगों का सर्वे किया, जिनका शरीर स्वस्थ था, जिनमें औसत से अधिक बुद्धि थी और जो अच्छी तरह प्रशिक्षित दिखते थे, परंतु इसके बावज़ूद वे किसी नौकरी में ज़्यादा समय तक नहीं टिक पाते थे और किसी भी रिश्ते को लंबे समय तक सफल नहीं बना पाते थे। उन्होंने इन लोगों को अर्ध-असफलताओं की श्रेणी में रखा और इसका मुख्य कारण यह पाया कि वे किसी तरह की कमी या दोष का सामना नहीं कर सकते थे। बचपन में दुलार करने वाले माता-पिता ने उन्हें उनकी ग़लतियों के परिणामों से बचाकर बहुत सुरक्षित रखा था। जब वे स्कूल में फेल होते थे, तो उनकी टीचर को दोष दिया जाता था। जब वे नौकरी में सफल नहीं हो पाते थे, तो इसका दोष ऑफ़िस पॉलिटिक्स को दिया जाता था। इसी को थॉमस कार्लायल ने सबसे बड़ा दोष कहा था - किसी दोष के बारे में जानकारी न होना।

उत्साह ठंडा किये बिना ग़लतियों को कैसे सुधारा जाये

तो फिर वह संतुलन क्या है, जहाँ आप ऊँचे मानदंड भी बनाये रख सकें और उन मानदंडों को पूरा न कर पाने वाले अनुयायियों को प्रेरित भी करें? माता-पिता और मैनेजरों की समस्या एक सी है : किस तरह उच्च प्रदर्शन की आशा करें और इसके साथ ही असफलता को सहन करें। कुछ लोग यह घातक ग़लती करते हैं कि वे युवाओं की किसी असफलता पर इतने जमकर कोड़े बरसाते हैं कि बेचारे युवा अपनी आकांक्षाओं को छोटा कर देते हैं और ऊँचे लक्ष्यों का पीछा

करना बंद कर देते हैं। सेनेका ने कहा था, "अगर आप मर्द हैं, तो उन लोगों की सराहना करें जो महान काम करने का प्रयास करते हैं, भले ही वे उसमें हार जायें," और थियोडोर रूज़वेल्ट ने कहा था, "जो कभी ग़लती नहीं करता, वह दरअसल ऐसा आदमी है जिसने कभी कुछ किया ही नहीं।" अगर हमारा समूह कभी-कभार असफल न हो रहा हो, तो हमें शायद अपने समूह को फटकारना चाहिये। इसलिये क्योंकि अगर वे कभी-कभार असफल नहीं हो रहे हैं तो यह इस बात का प्रतीक है कि वे खेल को बहुत सुरक्षित तरीक़े से खेल रहे हैं।

जैक लेमन ने एक बार कहा था, "असफलता से कभी किसी को चोट नहीं पहुँचती। यह तो असफलता का डर होता है जो आपको मार देता है, जो कलाकारों को मार देता है। आपको उस गली में जाना चाहिये और जोखिम लेना चाहिये।" सफल प्रेरकों के पास कई योग्यतायें होती हैं और वे ऐसे तरीक़ों का प्रयोग करते हैं, ताकि उनके अनुयायी असफलता को ही न देखते रहें, ताकि वे अपनी ग़लतियों से सीख सकें, ताकि वे धैर्य से आगे बढ़ सकें। कई बार आप उन पर चीख़ते हैं तथा उन्हें मैदान का एक और चक्कर लगाने के लिये राज़ी कर लेते हैं, जब उन्हें यह विश्वास होता है कि वे एक क़दम भी नहीं चल सकते। कई बार आप उन्हें उस घोड़े पर वापस बिठा देते हैं जिसने उन्हें गिरा दिया है, इससे पहले कि डर को उन पर हावी होने का समय मिले। कई मामलों में आप उनके कर्तव्यों को इस तरह से पुनर्निर्धारित कर देते हैं, ताकि उनकी असफलताओं की श्रृंखला टूट जाये और उन्हें छुटपुट सफलतायें मिल सकें। दूसरे शब्दों में, प्रेरक जानता है कि असफलता का डर सुनहरे भविष्य वाले किसी स्वप्नदर्शी को बर्बाद कर सकता है और जो सबसे महत्त्वपूर्ण सबक़ वे सीख सकते हैं, वह यह है कि असफलतायें सिर्फ़ जीवन को तराशने वाला पत्थर हैं।

उदाहरण के लिये कल्पना करें कि इस युवक के लिये अपना सिर नीचा करके हार मानना कितना आसान रहा होता। वह 1831 में बिज़नेस में असफल हुआ, 1832 में विधानसभा का चुनाव हारा, 1834 में विधानसभा के लिये चुना गया। 1835 में उसकी प्रियतमा मर गयी। 1836 में उसे नर्वस ब्रेकडाउन हुआ। 1838 में वह स्पीकर का चुनाव हार गया। 1840 में वह इलेक्टर का चुनाव हारा। 1843 में वह संसद का चुनाव हारा। 1846 में वह संसद का चुनाव जीत गया। 1848 में वह संसद का चुनाव हारा, 1850 में सीनेट का चुनाव हारा, 1856 में वाइस प्रेसिडेंट का चुनाव हारा और 1858 में सीनेट का चुनाव हारा। परंतु सौभाग्य से वह 1860 में प्रेसिडेंट पद के लिये चुन लिया गया। उसका नाम अब्राहम लिंकन था।

लिंकन ने यह दृढ़ता कहाँ सीखी ? असफलता से अप्रभावित रहने की योग्यता उनमें कहाँ से आयी ? इसका ज़्यादातर हिस्सा उनके भीतर से आया था – वह चरित्र जिसे सैंडबर्ग ने मखमल और फ़ौलाद का सम्मिश्रण कहा है। परंतु वे इसलिये भी जुटे रहे क्योंकि कुछ लोगों को उनकी क्षमताओं में विश्वास था। जब वे निराश होते थे तो कुछ लोग उन्हें प्रोत्साहित करते थे। वे उन्हें बताते थे कि असफलता स्थायी नहीं होती और उन्हें प्रेरित करते थे कि वे आगे बढ़ें। शायद उस सदी में पश्चिमी इलाक़ों में कई और लिंकन पैदा हुए होंगे, परंतु इस तरह के टीचर्स और दोस्तों के अभाव में वे आज अनजान क़ब्रों में सो रहे हैं।

"मैंने यह पाया है कि अपने बच्चों को सलाह देने का सर्वश्रेष्ठ तरीक़ा यह पता करना है कि वे क्या चाहते हैं और फिर उन्हें वही करने की सलाह देना है।"

✸ *हैरी ट्रूमैन*

अध्याय छह

आंतरिक उत्साह पैदा करना

जॉन ल्यूबॉक ने एक बार कहा था कि हर बच्चे को सिखाना उतना महत्वपूर्ण नहीं है, जितना महत्वपूर्ण यह है कि हर बच्चे में सीखने की इच्छा पैदा की जाये। मैं कभी किसी ऐसे टीचर से नहीं मिला जो इस बात से असहमत हुआ हो, परंतु समस्या यहीं पर है। हम किस तरह बच्चे के अंदर सीखने की इच्छा पैदा करें ? जब शिक्षाविद् इकट्ठे होते हैं और प्रेरणा के बारे में बात करते हैं, तो यह सवाल सबसे ज़्यादा पूछा जाता है। बाहरी प्रेरणाओं पर निर्भर रहने के बजाय हम आंतरिक उत्साह को किस तरह जगा सकते हैं ?

आंतरिक बनाम बाह्य प्रेरणा की यही समस्या सभी सुपरवाइज़रों के सामने भी मौज़ूद रहती है। चूँकि हम लोगों के साथ पूरे समय नहीं रह सकते, जिसमें हम प्रलोभन, धमकियाँ, पेप टॉक इत्यादि अस्त्रों का उपयोग कर सकें, इसलिये हमारी प्रेरणादायी शक्ति का अंतिम इम्तहान यह होगा कि वे तब कितना अच्छा प्रदर्शन करते हैं, जब हम वहाँ नहीं होते।

मिसेज़ चेरी हेनरिक्स एक बेहद सफल व्यवसायी और इन्टीरियर डिज़ाइनर हैं। उनकी कंपनी के ऑफ़िस पिछले तीन सालों में तीन गुना फैल चुके हैं। उन्होंने इस सवाल का जवाब देने में मेरी मदद की। जब मैंने उनसे पूछा कि प्रेरणा दूसरे लोगों से मिलती है या अपने अंदर से उत्पन्न की जा सकती है, तो उनका जवाब था, "ज़ाहिर है, इसमें दोनों की ज़रूरत पड़ती है। मैं प्रेरणा के लिये अपने पार्टनरों पर बहुत बुरी तरह निर्भर हूँ, परंतु मुझे लगता है कि मैं एक बहुत आसान तकनीक से ख़ुद को अच्छी तरह प्रेरित कर सकती हूँ - ख़ुद के लिये लक्ष्य निर्धारित करके। अगर मैं लक्ष्य लिख लेती हूँ और उन्हें बहुत स्पष्ट, बहुत ही स्पष्ट कर देती हूँ, तो इससे मुझे सचमुच बहुत शक्ति मिलती है।"

मैंने हेनरिक की टिप्पणी के बारे में जितना .ज्यादा विचार किया, मुझे उतना ही .ज्यादा एहसास हुआ कि उनकी बात में कितनी समझदारी थी। आंतरिक उत्साह सर्वश्रेष्ठ ढंग से उन प्रेरणा देने वाले लोगों द्वारा विकसित किया जा सकता है, जो अपने अंदर गहराई में जाते हैं जब तक कि उन्हें स्पष्ट लक्ष्य और सपने न मिल जायें। फिर हम स्व-निर्धारित योजना पर बने रहने में उनकी मदद करते हैं। कुछ लोग सोचते हैं कि सर्वश्रेष्ठ प्रेरक ऐसे लोग होते हैं जिनका बोलने का अंदाज़ बहुत सशक्त और वाकपटुता भरा होता है, जो अपने व्यक्तित्व की शक्ति से बहुत से अनुयायियों को अपने प्रोजेक्ट के पीछे इकट्ठा करने में सक्षम होते हैं। इस तरह के लीडर्स अपने काम को इस तरह करते हैं जैसे अधीनस्थों को अपने *बैंडवेगन* पर चढ़ाने के लिये धक्का दिया जाये, राज़ी किया जाये, मनाया जाये। परंतु स्मार्ट प्रेरक जानता है कि लोगों के कुछ निश्चित विश्वास और उद्देश्य होते हैं, जिनके प्रति वे पहले से ही निष्ठावान हैं और निश्चित दिशायें हैं जिनमें वे पहले से ही जा रहे हैं। दूसरे शब्दों में उनके ख़ुद के *बैंडवेगन* होते हैं।

यहाँ मैं जिस बात की अनुशंसा कर रहा हूँ, वह इस मूर्खतापूर्ण

टिप्पणी के बिलकुल विपरीत है, "आपको अपने विचार को दूसरों के दिमाग़ में रोप देना चाहिये, फिर उन्हें यह विश्वास दिलाना चाहिये कि यह शुरू से ही उनका ही विचार है।" इस तरह की धोखेबाज़ी अंततः उलटे परिणाम देती है और इससे हर क़ीमत पर बचना चाहिये। दूसरी तरफ़, अगर हम लंबे समय तक मेहनत करें तो हमें दूसरे लोगों की तरफ़ से आने वाले अच्छे विचार मिल जायेंगे, जिनका हम जायज़ रूप से समर्थन कर सकते हैं।

इसलिये लोगों को सर्वश्रेष्ठ बनाने का पाँचवाँ नियम यह है :

अगर दूसरे किसी ऐसी जगह जा रहे हैं जहाँ आप जाना चाहते हैं, तो उनके *बैंडवेगन* पर चढ़ जायें।

जब आप कुछ प्रसिद्ध परिवारों की ओर देखते हैं, तो इस बात पर हैरानी होती है कि कुछ बच्चे दूसरों से इतने ज़्यादा सफल क्यों होते हैं। उदाहरण के तौर पर जोसेफ कैनेडी के बच्चे क्यों उत्कृष्ट निकले, जबकि फ्रैंकलिन रूज़वेल्ट के बच्चे उतने उत्कृष्ट नहीं निकल पाये? निश्चित रूप से रूज़वेल्ट में भी शक्ति की उतनी ही अच्छी समझ थी, उसका प्रयोग करने की उतनी ही समझ थी जितनी कि जोसेफ कैनेडी में थी। इस पहेली के जवाब का एक हिस्सा फ्रैंकलिन रूज़वेल्ट के पुत्र की टिप्पणी में पाया जा सकता है। उन्होंने कहा था कि अगर उन्हें अपने पिता से मिलना होता था, तो उन्हें हमेशा अपॉइंटमेंट लेना पड़ता था। एक दिन, जब बच्चे को कोई गंभीर समस्या थी, तो रूज़वेल्ट ने अपने बच्चे की बातें सुनीं, परंतु अपनी मेज़ पर काम करना बंद नहीं किया। जब बच्चे ने बोलना बंद किया, तो एफ डी आर ने भुलक्कड़पन के अंदाज़ में कहा, "मुझे ख़ुशी हुई कि तुम मिलने चले आये," और

मुलाक़ात ख़त्म हो गयी। इसकी तुलना जोसेफ कैनेडी की अपने बच्चों के जीवन में प्रबल रुचि से कीजिये। अपनी कमियों के बावज़ूद कैनेडी अपने बच्चों के प्रति पूर्ण निष्ठावान थे। वे कहते थे, "मेरा बिज़नेस मेरा परिवार है और मेरा परिवार मेरा बिज़नेस है।" जॉन कैनेडी ने एक बार स्टीव स्मिथ से कहा था, "आप जानते हैं कि जब मैं तैराकी की फ्रैशमैन टीम में सिर्फ़ कोशिश कर रहा था, तो मेरे डैडी हमेशा वहाँ रहते थे। वे हमेशा वहाँ रहते थे। उन्होंने अपने सभी बच्चों के लिये ऐसा ही किया।"

जो पिता अपने बच्चों को उनके लक्ष्यों का पीछा करने के लिये प्रोत्साहित करेगा और जो अपने बच्चों की *बैंडवेगन* पर इस तरह चढ़ेगा, वह उनके जीवन में एक महत्वपूर्ण अंतर पैदा कर सकता है।

परिवर्तन को प्रेरित करना

इस पुस्तक में हम जिस विषय पर चर्चा कर रहे हैं, वह सचमुच एक बहुत ही ख़तरनाक काम है : बदलने में लोगों की मदद कैसे करें। ज़्यादातर लोग हमारे प्रति बेहद शंकालु हो जायेंगे, अगर हम उन्हें बदलने के इरादे से उनके जीवन में प्रवेश करें, क्योंकि अधिकांश सुधारकों में सुपीरियॉरिटी का एहसास साफ़ दिखाई देता है। उन्हें लगता है कि वे अच्छी तरह जानते हैं कि उनके बच्चों या कर्मचारियों को किस तरह ढालने की ज़रूरत है, और लगभग हर मामले में लोग इस तरह के सुधारकों का विरोध करते हैं।

दूसरे छोर पर यह विकल्प मौज़ूद है कि लोगों को बदलने के बारे में कोई इच्छा ही व्यक्त न की जाये और बहुत ही पवित्र भाषा में हर एक को "स्वीकार करने" के बारे में बात की जाये। उदाहरण के लिये कई मनोचिकित्सक कहते हैं कि उनके मन में अपने मरीज़ों को

सुधारने की कोई इच्छा नहीं है। वे दावा करते हैं कि अपने मरीज़ों के प्रति उनकी शैली इस तरह की है कि वे कोई निर्णय नहीं लेते, उन्हें कोई दिशा नहीं देते और उन्हें पूरी स्वच्छंदता देते हैं। बहरहाल यह नीति भी यथार्थवादी नहीं है। जब इस तरह के मनोचिकित्सक दूसरे प्रोफेशनल्स के साथ खुलकर बात करते हैं, तो यह स्पष्ट हो जाता है कि उनके विचार इस बारे में बहुत प्रबल हैं कि उनके मरीज़ों को किस तरह बदलने की ज़रूरत है। वे उस व्यक्ति पर नाराज़ होते हैं जो शराब पीना बंद नहीं करता, उस महिला पर जो अपने बच्चों को पीटती रहती है, उस पति पर जो अपनी पत्नी के साथ दिमाग़ी खेल खेलने में लगा है।

हावी हुए बिना प्रभावित करना

हममें से अधिकांश इस तरह के लोगों को बदलना चाहते हैं। परंतु हम किस तरह बिना धोखा दिये या बिना हावी हुए उन्हें बदलने के लिये प्रेरित कर सकते हैं? किस तरह हम एक सहायक व प्रेरक लीडर बन सकते हैं और लोगों को स्वतंत्र भी छोड़ सकते हैं? ये सवाल आसान नहीं हैं और कई अन्य पृष्ठभूमियों में भी हम इनकी तरफ़ लौटेंगे। लेकिन हाल–फ़िलहाल, मैं आपको एक आसान मॉडल देना चाहूँगा, जो साइकोथेरैपी की मेरी प्रैक्टिस का निष्कर्ष है।

अगर मैं यह निर्णय लेने की कोशिश करूँ कि ख़ुश रहने के लिये हर नये मरीज़ को किस तरह बदलना चाहिये, तो मैं अपने नर्वस ब्रेकडाउन को आमंत्रित करूँगा, क्योंकि यह तो ईश्वर बनने का प्रयास करना होगा। इसके बजाय, मेरे लक्ष्य बहुत छोटे हैं। मैं ख़ुद को मूलतः स्पष्ट करने वाले की तरह देखता हूँ। जब मरीज़ उपचार करवाते हैं, तो उन्हें अपने उपचार की ज़्यादातर ज़िम्मेदारी लेना चाहिये। इसलिये

हमारे शुरुआती सत्रों में मैं इस तरह के कुछ सवाल पूछता हूँ :

- आप किस तरह बदलना पसंद करेंगे?
- आपको सुखी होने के लिये किन चीज़ों की ज़रूरत होगी?
- किन तरीक़ों से आप अपने व्यवहार में सुधार करना चाहते हैं?

दूसरे शब्दों में, मैं उनसे कह रहा हूँ कि हमारे साझे काम के लिये लक्ष्य वे निर्धारित करें। फिर जब मैं उनके लक्ष्य समझ जाता हूँ, तो मैं उनकी हर संभव मदद करता हूँ कि वे उन लक्ष्यों को प्राप्त कर लें। यह भी हो सकता है कि कोई मरीज़ ऐसे लक्ष्य बताये, जिन्हें मेरी अंतरात्मा स्वीकार न करे। परंतु ऐसा आज तक नहीं हुआ है। अक्सर लोगों को हमारी मदद की ज़रूरत होती है, ताकि वे अपनी आंतरिक आवश्यकताओं की जाँच कर सकें और यह तय कर सकें कि वे जीवन में सचमुच क्या चाहते हैं। परंतु एक बार जब वे अपने लक्ष्य बताना शुरू करते हैं, तो अक्सर वे लक्ष्य वैसे ही होते हैं, जिनका मैंने सुझाव दिया होता।

इसलिये मैं ख़ुश होता हूँ कि मैं चुप रहा। और अब हम एक बिलकुल ही अलग स्थिति में होते हैं। मैं वहाँ पर एक सुधारक के रूप में नहीं हूँ, बल्कि आत्मसुधार की उनकी योजना में उनकी मदद कर रहा हूँ। मैं उनके बैंडवेगन में बैठ गया हूँ।

ज़ाहिर है मैनेजर और शिक्षक को मनोचिकित्सक की तुलना में इस बारे में कम स्वतंत्रता होती है कि वे लोगों को अपने लक्ष्य निर्धारित करने दें। अगर हमारा लक्ष्य मशीनें बनाना है, फोन करना है, या चीज़ें सीखना है और अगर हमारे कर्मचारियों या विद्यार्थियों के लक्ष्य अलग होंगे, तो हमारी पहली प्रतिक्रिया उन्हें यह बताना होगा कि उन्हें अपने लक्ष्यों को दूसरे स्थान पर रखना होगा।

परंतु जब आपकी इच्छा इस तरह की दिलतोड़ प्रतिक्रिया देने की हो, तो उस तकनीक को याद करें जिसका प्रयोग पॉल "बियर"

ब्रायन्ट ने किया था। ब्रायन्ट ऐसे कोच थे, जिन्होंने कॉलेज के 323 फुटबॉल मैच जीते - इतिहास में किसी भी अन्य कोच से अधिक। शायद सेना को छोड़कर दूसरा कोई ऐसा क्षेत्र नहीं है, जहाँ फुटबॉल की तरह खिलाड़ियों से व्यक्तिगत लक्ष्यों को पूरी तरह से टीम के लक्ष्यों के अधीन करने के लिये कहा जाता हो। वहाँ पर कोच के पास स्पष्ट लक्ष्य होते हैं और टीम को उनका पालन करना होता है। परंतु अलाबामा में हर सीज़न के शुरू में ब्रायन्ट अपने दल के हर सदस्य से उस वर्ष के अपने व्यक्तिगत लक्ष्य लिखने को कहते थे और इन्हें पढ़ने के बाद ही ब्रायन्ट टीम के लिये लक्ष्य बनाते थे। जब वे खिलाड़ियों से लक्ष्य पूछते थे, तो वे कम से कम एक तीन तरफ़ा संदेश दे रहे थे : (1) मैं आपकी परवाह करता हूँ और आप जो चाहते हैं, उसकी भी; (2) आप आगे की ओर सोच रहे हैं; और (3) हम एक ऐसी टीम बना रहे हैं जिसमें हम आशा कर रहे हैं कि हर व्यक्ति अपने लक्ष्यों का पीछा करे, और मैं अपनी सामान्य योजना में जहाँ तक संभव होगा आपके व्यक्तिगत लक्ष्यों को शामिल करूँगा।

कुछ माता-पिताओं के अपने पुत्र-पुत्रियों के साथ लगातार जूझते रहने का एक कारण यह है कि बच्चों के लक्ष्य और उनके माता-पिता के लक्ष्य बहुत अलग होते हैं। यह हमेशा अभिभावक-बच्चे के संबंधों की उलझन रहेगी, परंतु कुछ माता-पिता ब्रायन्ट की तरह काम न करके समस्या को बढ़ा देते हैं - वे अपने बच्चों के वर्तमान स्वप्नों को जानने की कोशिश ही नहीं करते। अगर माँ-बाप उनसे पूछें, तो शायद उन्हें कुछ ऐसे बैंडवेगन मिल जायें, जिनमें वे ख़ुशी-ख़ुशी धक्का लगाने में मदद करें।

क्या माता-पिता सचमुच आत्म-निर्भरता को प्रोत्साहित करने के लिये कुछ अधिक कर सकते हैं? "हाँ, वे कर सकते हैं," रूथ स्टैफर्ड पील का कहना है :

रहस्य यह है : देखिये और यह पता लगाइये कि बच्चे की आंतरिक योग्यता या गुण किस ओर हैं, फिर धीमे से ... उन क्षेत्रों की ओर उसका नेतृत्व कीजिये या उसे उस दिशा में जाने के लिये उकसाइये। किसी अच्छे एथलीट पिता के लिये यह समझना मुश्किल हो सकता है कि उसका पुत्र फुटबॉल के बजाय शतरंज खेलने में ज़्यादा रुचि रखता है। परंतु अगर इस बच्चे के आत्मविश्वास को बढ़ाना है तो उसे फुटबॉल नहीं, बल्कि शतरंज चाहिये। अगर वह किसी एक चीज़ को अच्छी तरह कर लेता है, तो वह यह विश्वास करने लगेगा कि वह दूसरी चीज़ों को भी अच्छी तरह से कर सकता है।

इस बिंदु पर मैं यह बताने के लिये उत्सुक हूँ कि मुझे ग़लत न समझा जाये। मैं यह नहीं कह रहा हूँ कि हमें ऐसे कमज़ोर लीडर्स बनना चाहिये, जो दूसरों को अपने समूह के लिये लक्ष्य निर्धारित करने की अनुमति दे दें, जिसका परिणाम यह हो कि संगठन असफलता की दिशा में आगे बढ़ता जाये। लोगों को सशक्त लीडर्स चाहिये, जिनके पास स्पष्ट लक्ष्य हों। ब्रायन्ट इस तरह के लीडर का एक अच्छा उदाहरण हैं। परंतु सर्वश्रेष्ठ कोच और मैनेजर व्यक्तिगत लक्ष्यों को भी प्रोत्साहित करते हैं और अपने स्टाफ़ की मदद करने का हरसंभव प्रयास करते हैं, ताकि वे जहाँ जाना चाहते हैं वहाँ पहुँच जायें।

सामंजस्य का सिद्धांत

ब्रायन्ट के अपने खिलाड़ियों से लक्ष्य लिखवाने के पीछे एक और वजह हो सकती है : जब एक बार लोग ख़ुद को लक्ष्यों के प्रति

वचनबद्ध कर लेते हैं, तो बहुत से मनोवैज्ञानिक प्रभाव घटित होने लगते हैं, जिससे इस बात की संभावना बहुत बढ़ जाती है कि वे उन लक्ष्यों को हासिल कर लेंगे। हमारे भीतर गहराई में एक बहुत प्रबल इच्छा होती है, जो शांत शक्ति से हमारे कार्यों को मार्ग दिखाती है। यह प्रबल इच्छा यह होती है कि हम जो पहले कर चुके हैं, उसके प्रति सामंजस्य में रहें और दिखें। हर समूह में सामंजस्य के अभाव पर दुख मनाया जाता है और सामंजस्य की सराहना की जाती है। यह जेल के क़ैदियों के बारे में भी उतना ही सच है, जितना कि चर्च के सदस्यों के बारे में। जिस व्यक्ति के विचार आसानी से प्रभावित किये जा सकते हों, उसे अनिर्णयशील, कमज़ोर इच्छा-शक्ति वाला और कमज़ोर मस्तिष्क वाला समझा जाता है।

इस क्षेत्र में (जिसे कॉग्निटिव-डिसोनेन्स सिद्धांत कहा जाता है) में अग्रणी शोधकर्ता डॉ. लियॉन फेस्टिंगर कहते हैं कि आंतरिक असंगति (या यह डर कि हम सामंजस्य में नहीं हैं) के उसी तरह के शक्तिशाली तत्व होते हैं, जिस तरह भूख या कुंठा के होते हैं। इसलिये, एक बार जब हम चुनाव कर लेते हैं या कोई स्टैंड ले लेते हैं, तो हम उस स्थिति के प्रति सामंजस्यपूर्ण व्यवहार करने में प्रबल बाधाओं को चकनाचूर करते हुए आगे बढ़ जायेंगे। और हम अपने चिंतन को क्रांतिकारी रूप से संतुलित भी करेंगे, ताकि यह हमारे कार्यों के अनुरूप रहे। उदाहरण के लिये हम उस व्यक्ति की ओर देखें, जो अपनी पत्नी के प्रति वफ़ादार है। वह आम तौर पर वैवाहिक वफ़ादारी के बारे में प्रबल विचार रखेगा। कोई भी स्वाभाविक रूप से कहेगा, "क्यों नहीं ? यही वजह है कि वह वफ़ादार है - क्योंकि वह इसमें विश्वास करता है।" परंतु ऐसा हमेशा नहीं होता। यह देखें कि क्या होगा अगर वह अपनी पत्नी को धोखा देना शुरू करे। अब वह अपने व्यवहार को तर्कपूर्ण सिद्ध करने के लिये हर तरह के तर्क लेकर आयेगा और उसके विश्वासों में आमूलचूल परिवर्तन साफ़ नज़र आयेगा। इसका अर्थ यह है कि अक्सर

हमारे नज़रिये हमारे व्यवहार को तय करने के बजाय उनसे तय होते हैं।

समाज वैज्ञानिक जोनाथन फ्रीडमैन और स्कॉट फ्रेज़र ने एक आश्चर्यजनक प्रयोग के बारे में बताया, जिसमें एक शोधकर्ता, स्वयंसेवी की भूमिका में, कैलिफोर्निया के एक इलाक़े में घर-घर गया और उसने घर मालिकों से एक अजीब आग्रह किया। उसने यह आग्रह किया कि वे एक बड़े, बुरे से दिखने वाले सार्वजनिक सेवा के साइनबोर्ड को अपने सामने वाले लॉन में लगवा लें, जिस पर लिखा था "सावधानी से वाहन चलायें।" ज़ाहिर है, अधिकांश लोगों (83%) ने मना कर दिया। परंतु शोधकर्ताओं ने दूसरे समूह के साथ थोड़ी भिन्न नीति अपनायी और उनमें से आधे से .ज्यादा लोगों को राज़ी कर लिया।

यह स्वीकृति जिस वजह से मिली थी, वह घटना घर मालिकों के साथ दो सप्ताह पहले घटी थी : उन्होंने वाहन चलाने की सुरक्षा के बारे में एक छोटी वचनबद्धता दे दी थी। एक दूसरा स्वयंसेवक उनके दरवाज़ों पर आया था और उसने उनसे आग्रह किया था कि वे एक छोटे से तीन इंच के आयताकार साइनबोर्ड को प्रदर्शित करें, जिस पर लिखा था, "सुरक्षित ड्राइवर बनें।" यह ऐसा छोटा सा आग्रह था कि लगभग हर व्यक्ति ऐसा करने के लिये सहमत हो गया। परंतु इस सहमति के प्रभाव बहुत .ज्यादा थे, क्योंकि जब एक अन्य स्वयंसेवक आया और उसने उनसे बड़े साइनबोर्ड को प्रदर्शित करने का आग्रह किया, तो उनमें से .ज्यादातर अब ऐसा करने के लिये तैयार थे।

आत्म-छवि में परिवर्तन

हम इसे किस तरह स्पष्ट कर सकते हैं ? हम इसका कुछ हिस्सा आत्म-छवि के महत्व की ओर देखने से समझ सकते हैं। जब लोगों ने

पहला संदेश लगाया, तो वे अपने आपको अलग तरह से देखने लगे। वे अपने व्यवहार पर उसी तरह नज़र रख रहे थे, जिस तरह हर व्यक्ति रखता है। उन्होंने अपने आपको सुरक्षा के प्रति चिंतित व्यक्तियों के रूप में देखा, जो अच्छे उद्‍देश्यों में सहयोग करते थे। इसलिये उन्हें यह कार्य सामंजस्यपूर्ण लगा कि वे बड़ा साइनबोर्ड लगाने के लिये तैयार हो जायें। यही चीज़ तब काम करती है, जब लोग किसी विश्वास या योजना के साथ जनता के पास जाते हैं : वे उन वचनबद्धताओं को पूरा करने के द्वारा ऊर्जा की अत्यधिक मात्रा को उचित मार्ग देंगे।

यह अब अधिक स्पष्ट हो जाता है कि सफल धार्मिक समूह अपना धर्म अपनाने वाले लोगों को अपनी आस्था की कोई सार्वजनिक अभिव्यक्ति करने को क्यों कहते हैं और सफल प्रेरक क्यों हर वह काम करते हैं, जिससे सामने वाला व्यक्ति अपने स्पष्ट और निश्चित लक्ष्य बना ले। सेल्स प्रशिक्षक टॉम हॉपकिन्स कहते हैं कि हम जिसे सच मानते हैं, ऐसी किसी बात के बारे में किसी को विश्वास दिलाने का सर्वश्रेष्ठ तरीक़ा यह नहीं है कि तथ्यों को उसके गले के नीचे उतार दिया जाये या उसे बताया जाये कि हमारी नज़र में वह कितना मूर्ख है, क्योंकि वह हमारी बातों की सच्चाई को स्वीकार नहीं कर रहा है। हॉपकिन्स कहते हैं, "प्रोफ़ेशनल सेल्समैन एक अलग ही अवधारणा के हिसाब से काम करता है, एक आसान और प्रभावी अवधारणा। यह रही वह अवधारणा : 'अगर मैं इसे कहता हूँ, तो वे मुझ पर शंका कर सकते हैं; अगर वे इसे कहते हैं, तो यह सच है।'"

हमें इस क्षेत्र में कई बारूदी सुरंगों से बचना चाहिये। पहली बात तो यह है कि सामंजस्य के सिद्धांत का प्रयोग लोगों से ऐसे काम करवाने के लिये भी किया जा सकता है, जो उनके सर्वश्रेष्ठ हित में नहीं हैं। लालची सेल्समैन या जिम जोन्स जैसे जनता को उकसाने वाले लोग सामंजस्य के सिद्धांत की मदद से शैतानी काम करने के लिये लोगों को

राज़ी करने में समर्थ होते हैं। पहले तो वे किसी से एक छोटा वायदा करवाते हैं। फिर वे सामंजस्य के नाम पर थोड़ी ज़्यादा चीज़ें बढ़ते क्रम में माँगते रहते हैं। हमें अपने संबंधों में फ़ासला रखने के बारे में सावधान रहना चाहिये और लोगों को इस बात की अनुमति देना चाहिये कि या तो वे अपना मन बदल लें या फिर कह दें, "मैं यहीं तक जाना चाहता हूँ।"

ख़तरनाक आत्म-अवधारणायें

एक और चीज़ है जिसमें सावधानी की ज़रूरत है। यह बहुत ख़तरनाक है कि हम लोगों को उनके बारे में नकारात्मक पहलुओं की सार्वजनिक घोषणा करने दें। अगर कोई व्यक्ति अपने आपको इस फिलॉसफ़ी का पालन करने वाले व्यक्ति के रूप में देखता है, "मैं कभी ग़ुस्सा नहीं होता, मैं तो सिर्फ़ हिसाब बराबर करता हूँ," या अगर कोई लड़की सोचती है, "मैं गणित में बहुत बुरी हूँ," तो हमें ऐसी स्थितियाँ टालना चाहिये, जहाँ वे इस बात को अधिक दृढ़ता से कह दें। अगर कोई लड़की अपनी पूरी क्लास के सामने कह देती है कि वह "गणित में बहुत बुरी" है तो बहुत नुक़सान हो गया है, क्योंकि वह अपने आपको सही साबित करने के लिये अतिरिक्त प्रयास करेगी। और वह आदमी जो ख़ुद को प्रतिशोध लेने वाला समझता है, इस रूप में अपना जितना अधिक वर्णन करेगा, वह इस तरह के व्यवहार में उतना ही ज़्यादा स्थापित होता जायेगा।

ए. डब्ल्यू. कॉम्बस ने एक वाक्य लिखा है जिसे सभी माता-पिताओं और एक्ज़ीक्यूटिव्ज़ के बाथरूम के शीशों पर टेप से चिपका देना चाहिये, जहाँ इसे बाहर निकलने से पहले हर सुबह पाँच बार पढ़ा जाना चाहिये। यह वाक्य है: "अपने समझे गये स्वरूप को बनाये रखना और इसका विस्तार करना ही हमारे समूचे व्यवहार के पीछे छुपा लक्ष्य होता

है।" जिन बच्चों से हम नाश्ते की टेबल पर मिलते हैं, या जिन कर्मचारियों का हम ऑफ़िस में आने पर अभिवादन करते हैं, अगर वे स्वयं को नकारात्मक रूप में देखेंगे, तो वे उस छवि के अनुरूप व्यवहार करेंगे। इसलिये हमारा काम सिर्फ़ बाहरी व्यवहार को बदलने से भी ज़्यादा गहरा है; हमें आत्म-अवधारणा तक पहुँचना होगा। और ख़ास तौर पर किशोरों के साथ तो जिस आत्म-अवधारणा पर हम काम कर रहे हैं वह बहुत बुरी हो सकती है। बाल मनोवैज्ञानिक जेम्स डॉबसन लिखते हैं, "मैंने यह देखा है कि 12 से 20 साल की उम्र के बीच के बहुसंख्यक लोग अपने आप से बुरी तरह निराश हैं। सुपरस्टार्स और चमत्कारिक मनुष्यों की पूजा करने वाले संसार में जब वे महानता के लक्षणों की तलाश करने के लिये शीशे में देखते हैं, तो वहाँ उन्हें सिर्फ़ मुँहासे का अगला हिस्सा दिखता है।"

हमें अपने व्यवहार में नकारात्मक आत्म-अवधारणाओं की दयालुतापूर्ण अवहेलना करना चाहिये, ताकि हम उन्हें इस बात की झलक दिखा सकें कि सकारात्मक अनुभूतियाँ कैसे जगायी जायें। जब विद्यार्थी सोचें कि वे गणित में कमज़ोर हैं तो उनका यह मतलब हो सकता है कि गणित की पिछली क्लास में उन्हें बहुत मुश्किल आयी और हमारा काम उस सारे प्रमाण को सशक्त रूप से रखना है कि वे जितने दिखते हैं, उससे ज़्यादा प्रतिभाशाली हैं। जैसा एस. आई. हायाकावा लिखते हैं, "मैं तीन बार असफल हो गया हूँ," और "मैं हमेशा असफल होता हूँ" - इन दो वाक्यों को कहने में ज़मीन-आसमान का फ़र्क़ है।

निश्चितता

न सिर्फ़ हम चाहते हैं कि लोग अपने लक्ष्यों और सपनों के बारे में सार्वजनिक हों, बल्कि हम यह भी चाहते हैं कि वे अपनी इच्छाओं के बारे में निश्चित भी हों। डॉ. नील क्लार्क वारेन और मैंने

"आत्म-स्वाभिमान और ख़ुशी की खोज" विषय पर वर्षों तक वीकएंड सेमिनार आयोजित किये हैं। वीकएंड के दौरान हम प्रतिभागियों से बीस मिनट तक इस सवाल का जवाब लिखने के लिये कहते हैं : "अगर धन की कोई कमी न हो और अगर आप उसी तरह की ज़िंदगी जी सकें जिस तरह की ज़िंदगी आप जीना चाहते हैं, तो वह ज़िंदगी कैसी होगी ?" काग़ज़ों में अजीब से अस्पष्ट और अपरिभाषित जवाब आते थे। यह स्पष्ट है कि इनमें से बहुत से लोगों ने अपने आपको यथार्थवादी सपने देखने की स्वतंत्रता कभी नहीं दी; इसका परिणाम यह हुआ कि उन्हें बहुत कम ठोस ख़ुशी हासिल हुई।

"बेहतर होगा कि आप जान लें कि आप क्या चीज़ चाहते हैं, क्योंकि शायद वह आपको मिल जायेगी," डैन ग्रीनबर्ग कहते हैं। और सचमुच यह एक लगभग आकर्षक तरीक़ा है, जिसमें हमारे जीवन में सफलता इस बात पर निर्भर करती है कि हममें बहुत ऊँचे और बहुत स्पष्ट लक्ष्य बनाने की योग्यता हो। महान उद्योगपति हेनरी कैसर से जब सफलता की उनकी फिलॉसफ़ी बताने के लिये कहा गया, तो उनका जवाब था, "यह निर्णय लीजिये कि आप जीवन में अधिक से अधिक क्या चाहते हैं, फिर अपने लक्ष्यों को लिख लीजिये और उन तक पहुँचने की योजना बनाइये।"

मैं लोगों को जितना अधिक परामर्श देता हूँ, उतना ही ज़्यादा जागरूक हो जाता हूँ कि ज़्यादातर लोग इस बारे में कैसर से बहुत अलग होते हैं। वे इधर-उधर टप्पे खाते रहते हैं और उनकी तक़दीरें काफ़ी हद तक परिस्थितियों द्वारा निर्धारित होती हैं। मिस्टर मिकॉबर की तरह वे भी हमेशा आशा करते हैं कि उनकी क़िस्मत पलटा खायेगी, परंतु मिस्टर मिकॉबर की तरह ही हमारी क़िस्मत भी आम तौर पर पलटा नहीं खाती।

अपने लिये लक्ष्य निर्धारित करने में बहुत बड़ी शक्ति छुपी

होती है। मैंने एक रियल एस्टेट सेल्समैन से बात की, जो आम तौर पर सेल्स कमीशन में लगभग 40,000 डॉलर कमाता था। परंतु एक साल उसकी आमदनी 95,000 डॉलर तक पहुँच गयी। मैंने उससे इसका कारण पूछा। उसका जवाब था, "यह आसान है। मेरी पत्नी गंभीर रूप से बीमार थी और उस साल ज़्यादातर समय अस्पताल में थी। मैं अच्छी तरह जानता था कि मुझे उसके इलाज में ठीक-ठीक कितना ख़र्च आयेगा। मैंने वह पूरी रक़म कमा ली, पाई-पाई तक।" जब हम ठोस लक्ष्य बना लेते हैं और वहाँ तक पहुँचने का एक निश्चित नक़्शा बना लेते हैं, तो यह क्रांतिकारी क़दम हो सकता है।

सपनों की शक्ति

मैं एक पिता को जानता हूँ, जो कहते हैं, "मेरे माता-पिता ने कभी मुझसे कॉलेज के बारे में बात नहीं की। दरअसल, उन्होंने कभी मुझसे भविष्य में होने वाली किसी चीज़ के बारे में बात नहीं की। वे सिर्फ़ वर्तमान में रहते नज़र आते थे। मेरी पुत्री अभी सिर्फ़ 13 साल की है, परंतु हम हमेशा यह चर्चा करते हैं कि वह किस कॉलेज में जायेगी और किस विषय में विशेषज्ञता हासिल करेगी। मैं जानता हूँ कि इतनी जल्दी उस पर कोई निर्णय थोपना उचित नहीं है और वह शायद अपना मन पच्चीसों बार बदलेगी, परंतु मुझे इसकी परवाह नहीं है। महत्वपूर्ण बात तो यह है कि भविष्य के बारे में सपने देखने में हम दोनों को मज़ा आता है।"

वह लड़की बहुत ख़ुशक़िस्मत है जो उसे भविष्य की ओर देखने वाला पिता मिला, क्योंकि किसी तरह का धोखा किये बिना वह उसे सपने देखने के लिये प्रोत्साहित कर रहा है। कोई भी लोगों के सपनों के गुब्बारे में छेद कर सकता है और उन्हें बता सकता है कि वे

अयथार्थवादी हैं, परंतु सपनों की प्रेरणा देने के लिये एक असाधारण व्यक्ति चाहिये जो बड़ी योजना, ऊँचे लक्ष्यों और ऊपर की तरफ़ देखने के महत्व को जानता हो।

सर्वश्रेष्ठ लीडर्स सिर्फ़ आशावादी ही नहीं होते (हालाँकि हर अच्छा प्रेरक एक प्रबल सकारात्मक चिंतक होता है)। वे भविष्यवादी भी होते हैं। यानी, वे भविष्य में जीने से प्रेम करते हैं, भविष्य के बारे में सपने देखते हैं, भविष्य के बारे में बातें करते हैं - और वे हमेशा अपने आसपास के लोगों को भी ऐसा ही करने के लिये प्रेरित करते हैं।

प्रोत्साहन द्वारा मैनेजमेंट

स्कडर एन. पार्कर ने एक बार कहा था, "आप उन्हें जो बनने के लिये प्रोत्साहित करते हैं, लोग वही बन जाते हैं - लोग वह नहीं बनते, जिसके लिये आप उन्हें तंग करते हैं।" यह एक बहुत ही मूलभूत मानवीय आवश्यकता है - इस बात की आवश्यकता कि कोई हो, जो हमें प्रोत्साहित करे और ज़्यादा बड़े काम करने के लिये प्रेरित करे। मेरा एक क्लायेन्ट अब एक प्रसिद्ध सर्जन है। वह कहता है कि उसे "प्रोत्साहन द्वारा मैनेजमेंट" में विश्वास है और वह इसका मतलब समझाता है। "जब मैं आयोवा में हाई स्कूल में था, तो वहाँ पर तैराकी के एक कोच थे, जिनकी तस्वीर आज भी मेरी आँखों के सामने है। वे हमेशा चीख़ते रहते थे। परंतु वे हम पर ग़ुस्सा होने के लिये नहीं चीख़ते थे। वे तो इस तरह की बातें चीख़कर कहते थे, 'आगे बढ़ो, जॉनसन, सबसे आगे पहुँचो! ज़्यादा तेज़! तुम यह कर सकते हो!' और मुझे इसी चीज़ की ज़रूरत थी। दरअसल मेरा अनुमान है कि मेरी सफलता का काफ़ी श्रेय उस कोच को जाता है, क्योंकि जब मैं ऑपरेशन टेबल पर खड़ा होता हूँ तो मैं आज भी उस कोच को चीख़ते

हुए सुन सकता हूँ। इसलिये मैंने हमेशा अपने अधीन काम कर रहे लोगों को इसी तरह का प्रोत्साहन देने की कोशिश की है। मैं उन पर कठोर हो सकता हूँ और उनसे बहुत ज़्यादा उम्मीदें करता हूँ, परंतु मैं मूलतः यही चीख़कर कहता हूँ, 'आगे बढ़ो, तुम यह कर सकते हो!'"

1875 में एक बीमार बच्चा अपर एल्सेस में पैदा हुआ। वह पढ़ने और लिखने में धीमा था और एक ख़राब विद्यार्थी था। परंतु जब वह बड़ा हुआ तो उसने अपने आपको ऐसे विषयों में पारंगत कर लिया, जो ख़ास तौर पर कठिन थे जैसे हिब्रू। संगीत में तो वह ख़ास तौर पर प्रतिभाशाली साबित हुआ। वह आठ साल की उम्र में ऑरगन बजाने लगा, हालाँकि उसके पैर मुश्किल से पैडल तक पहुँच पा रहे थे। नौ साल की उम्र में उसने चर्च सर्विस में नियमित ऑरगनिस्ट की जगह ले ली।

इस बच्चे का नाम अल्बर्ट श्वेट्ज़र था और सब जानते हैं कि किस तरह उन्होंने एक साथ कई प्रोफेशनल ज़िंदगियाँ जी हैं। स्ट्रैसबर्ग युनिवर्सिटी में उन्होंने फिलॉसफ़ी में अपनी पहली पी. एच. डी. की, फिर थियोलॉजी और म्यूज़िक थ्योरी में डॉक्टरेट किया। 30 साल का होने तक उनके पास कन्सर्ट ऑरगनिस्ट के रूप में सफल कैरियर था और वे बहुत सी पुस्तकें प्रकाशित कर रहे थे। परंतु उन्होंने अपने शैक्षणिक कैरियर को अचानक रोक दिया, ताकि चिकित्सा के क्षेत्र में अध्ययन कर सकें और उन्होंने अपना बाक़ी का जीवन मिशनरी कामों में समर्पित किया। यह उस घटना से शुरू हुआ, जब उन्होंने संयोग से एक पत्रिका में कॉन्गो के बारे में लेख पढ़ा। इस लेख में लिखा था, "जब हम इन लोगों को धर्म के बारे में भाषण देते हैं, तो वे हमारी आँखों के सामने शारीरिक बीमारियों की वजह से तड़प और मर रहे हैं।"

श्वेट्ज़र को अपना काम मिल गया था और उन्होंने अफ्रीका जाने की योजनायें बनाना शुरू कर दीं। दोस्तों ने विरोध किया : अगर अफ्रीका के मूल निवासियों को मदद की ज़रूरत है, तो श्वेट्ज़र उनकी मदद के लिये पैसे दे सकता है। निश्चित रूप से उसके लिये यह ज़रूरी नहीं था कि वह कोढ़ियों को अपने हाथों से नहलाये।

हमेशा ऐसे लोग रहेंगे जो हमें यथार्थवादी बनने का सुझाव देने की कोशिश करेंगे, ऐसे लोग जिनका काम हमारे सपनों को धराशायी करना और हमारे जीवन को छोटा बनाने का प्रयास करना होगा। परंतु सौभाग्य से हमेशा कुछ लोग ऐसे भी रहेंगे, जो हमारे आदर्शों को प्रोत्साहित करेंगे और ख़ुशी से हमारे लक्ष्यों में हमारा साथ देंगे। जब श्वेट्ज़र एक यहूदी इतिहासकार की पुत्री हेलन ब्रेसलाऊ से प्रेम करने लगे, तो उन्होंने रूखेपन से उसके सामने विवाह का प्रस्ताव रखा : "मैं अफ्रीका के नीग्रो लोगों का डॉक्टर बनने के लिये अध्ययन कर रहा हूँ। क्या तुम मेरे साथ अपना बाक़ी जीवन गुज़ारना चाहोगी – जंगल में ?"

और उस युवती ने जवाब दिया, "मैं एक नर्स बन जाऊँगी। फिर आप मेरे बिना कैसे जा सकते हैं ?" और 1913 में गुड फ्राइडे के दिन वे दोनों फ्रेंच इक्वेटोरियल अफ्रीका के लिये रवाना हो गये। 50 साल से भी ज़्यादा समय तक उन्होंने वहाँ सेवा की और अंततः श्वेट्ज़र को नोबल लॉरियेट के खिताब से नवाज़ा गया; वे किंवदंती बन गये।

जिस तरह हेलन श्वेट्ज़र ने अपने लक्ष्यों को अपने भावी पति के अनुरूप बनाया, हम अपने जीवन की दिशा को ऐसे लक्ष्य बनाने में हमेशा संतुलित नहीं कर सकते, क्योंकि हमारे जीवन के नक़्शे दूसरों के जीवन के नक़्शों से अलग होंगे। परंतु हमारा नियम अब भी सही है : अगर दूसरे लोग उस जगह के आसपास जा रहे हैं जहाँ आप जाना चाहते हैं, तो दूसरे लोगों के बैंडवेगन पर चढ़ जायें।

"उदाहरण मानव जाति की पाठशाला हैं
और वे किसी दूसरी पाठशाला में नहीं सीखेंगे।"

❋ एडमंड बर्क

अध्याय सात

सफलता की कहानी की शक्ति

कुछ समय पहले अटलांटा में एक बीमा कंपनी के सम्मेलन में मैं क्राइस्लर कॉरपोरेशन के बोर्ड के चेयरमैन ली आयाकोका के साथ मंच पर बैठा। कार उद्योग उस समय मंदी के दौर से गुज़र रहा था और किसी को भी विश्वास नहीं था कि क्राइस्लर इससे उबर पायेगा। आयाकोका के भाषण का शीर्षक था, "तो आप सोचते हैं कि आपके सामने मुश्किलें हैं!" वे 60 मिनट तक बोले और उनका भाषण बेहद प्रेरणादायी था। इस भाषण के दौरान लोगों ने बार-बार तालियाँ बजायीं। आयाकोका ने बताया कि क्राइस्लर ने अपने मैनेजिंग स्टाफ़ को 40,000 से घटाकर 20,000 कर दिया और इसके बावज़ूद कंपनी पिछले तीन सालों के दौरान इस वक़्त सबसे .ज्यादा कारों का उत्पादन कर रही है। और आख़िरकार वे अब दुबारा थोड़ा मुनाफ़ा कमाने की स्थिति में आ गये हैं। यह कॉरपोरेट स्तर पर ज़ीरो-से-हीरो बनने की कहानी थी।

जब मैं होटल वापस आया, तो मुझे अपने आप में अद्‌भुत प्रेरणा और शक्ति महसूस हो रही थी। मेरा और आयोकाका का पेशा अलग-अलग था। वे डेट्रॉइट के एक बड़े कार-निर्माता थे और मैं लॉस एंजिल्स का एक मनोचिकित्सक तथा लेखक हूँ। फिर भी आयाकोका की सफलता की कहानी से मुझे ऐसा लगा कि मैं अपने काम में नये जोश और निष्ठा से जुट जाऊँ।

अटलांटा में मुझ पर एक महत्वपूर्ण मनोवैज्ञानिक सिद्धांत काम कर रहा था : सफलता की कहानियों में हमें प्रेरित करने की महत्वपूर्ण क्षमता होती है। इसलिये लोगों को सर्वश्रेष्ठ बनाने का छठवाँ नियम यह है :

सफलता को प्रोत्साहित करने के लिये उदाहरण दें

महान प्रेरणादायी वक्ता हमेशा अच्छे कहानीकार होते हैं। वे जानते हैं कि सामान्य सिद्धांतों के बजाय व्यक्तिगत उदाहरण और अनुभव हमें ज़्यादा आसानी से प्रभावित करते हैं। मॉर्टन हंट कहते हैं कि उनके डॉक्टर ने एक बार उन्हें एक दवा लेने की सलाह दी। हंट ने डॉक्टर से पूछा कि इस दवा को लेने में कोई ख़तरा तो नहीं है। हंट ने कहा, "डॉक्टर ने प्रमाण गिना दिये और मैं आश्वस्त हो गया। फिर डॉक्टर ने कहा, 'मैं इसे ख़ुद लेता हूँ।' और तब मुझे विश्वास हो गया।"

डेविड जे. मॉइन नामक मनोवैज्ञानिक रेडोन्डो बीच, कैलिफोर्निया में अपनी स्वयं की कम्युनिकेशन्स ट्रेनिंग फ़र्म के प्रमुख हैं। वे बताते हैं कि सफल सेल्समैन ख़रीदार के सामने यथार्थवादी उदाहरणों का प्रयोग करते हैं। यानी वे ग्राहक को बताते हैं कि जिस विकल्प को चुनने के लिये उसे प्रेरित किया जा रहा है, किसी दूसरे व्यक्ति ने वह

विकल्प चुना है। मान लीजिये मैं किसी नयी कार को ख़रीदने के लिये उसे देख रहा हूँ। अगर डीलर मुझे वही कार ख़रीदने वाले अपने पिछले कुछ ग्राहकों के बारे में बताता है, तो इसके परिणामस्वरूप मेरी दिलचस्पी बहुत ज़्यादा हो जायेगी।

दूसरों की कहानियों से हमें विश्वास हो जाता है क्योंकि वे हमारे मस्तिष्क के बजाय हमारे दिल को प्रभावित करती हैं। उनमें हमारी भावनाओं को प्रबलता के साथ उत्तेजित करने की क्षमता होती है। उनमें हमारे नज़रिये बदलने की क्षमता होती है। और सच कहा जाये तो भावना जगाना ही प्रेरित करने की कला का उद्देश्य है। चेतन के बजाय अवचेतन को जाग्रत करना, मस्तिष्क के बायें हिस्से के बजाय दायें हिस्से को जाग्रत करना ही तो प्रेरित करने की कला का उद्देश्य है। राजनीति-विज्ञानी जेम्स मैकग्रेगर बर्न्स अपनी पुलित्ज़र पुरस्कार विजेता पुस्तक *लीडरशिप* में चेयरमैन माओ त्से तुंग की रहस्यमयी शक्ति पर टिप्पणी करते हुए कहते हैं कि उनकी सच्ची प्रतिभा "दूसरों की भावनाओं को समझने में थी।" और भावनाओं को जाग्रत करने का सर्वश्रेष्ठ तरीक़ा लोगों, उनके संघर्षों, उनके द्वंद्वों और उनकी सफलताओं के बारे में बात करना है।

बाइबल भावनात्मक रूप से अत्यंत प्रेरक पुस्तक है और कुछ हद तक इसका कारण यह है कि इसमें लोगों के जीवन का नाटक पूरी सजीवता से भरा हुआ है। काफ़ी हद तक यह जीते-जागते लोगों की जीवनियों का संग्रह है। और इन रोचक जीवनियों के माध्यम से हमें सिद्धांत प्रभावी ढंग से सिखाये जाते हैं। आधुनिक पत्रकारिता भी बहुत हद तक इसी नीति का प्रयोग करती है। *रीडर्स डाइजेस्ट, पीपुल, गाइडपोस्ट्स* - यहाँ तक कि प्रसिद्ध *न्यू यॉर्कर प्रोफाइल* भी - हमें इसी वजह से अच्छे लगते हैं : हम दूसरे लोगों के जीवन के बारे में जानना चाहते हैं।

मिथक हीरो

अधिकांश आंदोलन और संगठन तब सबसे अच्छी तरह चलते हैं, जब उनके पास कोई दृढ़ लीडर होता है। ऐसा दृढ़ व्यक्ति, जो कुछ सिद्धांतों को समाहित किये हो और जिससे वे सिद्धांत नीचे संगठन में उतरें। आई बी एम के थॉमस वाटसन सीनियर, बैंक ऑफ अमेरिका के ए. पी. गियानिनी, मैरी के कॉस्मेटिक्स की मैरी के एश या डी ई सी के केन ओल्सन मिथक का रूप धारण कर लेते हैं। मैनेजमेंट के विशेषज्ञों के अनुसार इस तरह के मिथक हीरो बहुत महत्वपूर्ण हैं, क्योंकि वे संगठन के साझे जीवन-मूल्यों या संस्कृति को संप्रेषित करते हैं।

जनरल इलेक्ट्रिक के चार्ल्स स्टीनमेट्ज़ इसका एक अच्छा उदाहरण हैं। वे एक विकलांग आस्ट्रियन प्रवासी थे, जो युवावस्था में अमेरिका आये। अमेरिका आकर उन्होंने थॉमस एडिसन की प्रयोगशाला में काम किया। उन्होंने दर्जनों आविष्कार किये, जिनका प्रयोग अब भी जी ई और दूसरी कंपनियों में किया जा रहा है। परंतु स्टीनमेट्ज़ को दूसरे कारणों से सम्मान दिया जाता है। जब युवा इंजीनियर कंपनी में शामिल होते थे, तो स्टीनमेट्ज़ वीकएंड में उन्हें अपने घर पर आमंत्रित करते थे, ताकि नये लोगों को अच्छी तरह से जान सकें। एक बार तो उन्होंने जी ई के एक इंजीनियर को अपना दत्तक पुत्र बना लिया और उसके पूरे परिवार को अपने साथ रहने बुला लिया।

इस तरह की कहानियाँ कंपनी के अनौपचारिक, परंतु सशक्त संप्रेषण नेटवर्क के माध्यम से फैलती हैं। इन कहानियों से सभी कर्मचारियों के साथ सही व्यवहार करने की जी ई की फिलॉसफ़ी को बल मिलता है। यही नहीं, ऐसे लीडर्स की परछाईं भी उत्कृष्टता की

प्रेरणा देने में मदद करती है। जी ई का एक परामर्शदाता एक बार उस प्रयोगशाला के पास से निकला, जहाँ चार्ल्स स्टीनमेट्ज़ अपने प्रयोग करते थे। ड्राइवर ने कहा, “कई बार मुझे यह अनुभव होता है कि वहाँ अब भी बत्तियाँ जल रही हैं और स्टीनमेट्ज़ अपने काम में जुटे हैं।” हालाँकि व्यक्तिगत रूप से यह आदमी और अन्य कर्मचारी स्टीनमेट्ज़ से कभी नहीं मिले, परंतु स्टीनमेट्ज़ का सशक्त प्रभाव अब भी बरकरार है। उनके बारे में प्रचलित कथायें उस आविष्कारशीलता की याद दिलाती हैं, जिसे जी ई अपनी कॉरपोरेट संस्कृति का एक आधारभूत मूल्य मानती है।

स्कूल की संस्कृतियाँ भी इसी तरह से बनती हैं। कोच जानते हैं कि अगर वे स्कूल के कुछ पुराने खिलाड़ियों के बारे में बातें करें, जैसे लीजेन्डरी “गिपर के नाम पर एक गोल करो,” तो वे टीम को प्रेरित कर सकते हैं। टीचर्स भी अपने लेक्चर में अगर इसी तरह की जीवनी का प्रयोग करें, तो उन्हें अच्छे परिणाम मिलेंगे। अतीत के कुछ सफल विद्यार्थियों के बारे में बताने और ऐसे ग्रैजुएट्स को क्लास में बुलाने से सशक्त प्रेरणा दी जा सकती है। विद्यार्थी ज़्यादा सीखेंगे अगर टीचर कभी-कभार पढ़ाये जाने वाले विषयों को भूल जायें और इसके बजाय विद्यार्थियों के दिमाग़ में सफल लोगों की तस्वीरें भरें, जैसे अपनी अँगीठी के सामने पुस्तकों के साथ बैठे लिंकन या प्रयोगशाला में अपने उपकरणों के साथ मैडम क्यूरी।

अच्छा होगा अगर परिवार अपने युवाओं को इस बात के लिये प्रेरित करें कि वे पिछली पीढ़ियों के रिकॉर्ड को जीवित रखें। अपनी मौत के तीन दशक पहले से मेरी दादी ने अपनी अधिकांश ऊर्जा अपने भैंसों के शिकारी पिता फ्रैंक जे. ब्राउन की कहानियाँ लिखने में लगायी। उन्होंने दो पुस्तकें भी छपवायीं, मूल रूप से दर्जनों रिश्तेदारों और

नाती-पोतों के लाभ के लिये। परिवार में हममें से कुछ लोग सोचते थे कि वे इस तरह के प्रयासों में ज़रूरत से ज़्यादा सनकीपन का परिचय दे रही थीं। परंतु अब जब मेरी उम्र ज़्यादा हो गयी है, तो मुझे महसूस होता है कि किस तरह उनके पिता के जीवन और आदर्शों ने मेरे चिंतन को प्रभावित किया है। मैं उनकी पुस्तकों को पढ़ता हूँ, इस बात को बेहतर जानने के लिये कि मैं कौन हूँ और मैं उन परंपराओं को जीवित रखने के लिये अपने आपको अधिक संकल्पवान बनाता हूँ।

हैरी ट्रूमैन से एक बार पूछा गया कि वे राजनीति में अपनी सफलता का क्या कारण मानते हैं। उन्होंने अपने परिवार के पूर्वजों की दीवार पर लगी तस्वीरों की ओर इशारा करते हुए कहा, "मैं अच्छे वंश का हूँ और मुझे उसके अनुरूप बहुत अच्छा प्रदर्शन करना है।" ठोस जड़ों तक वापस पहुँचना और अपने परिवारों को यह विश्वास दिलाना कि वे अतीत के अपूर्ण सपनों का पीछा कर रहे हैं, एक महानता से भरा काम है।

समकालीन हीरो

हम मिथक हीरो पर विचार कर चुके हैं। परंतु सफलता की एक और तरह की कहानी होती है। समूह को प्रेरित करने के लिये अच्छा प्रेरक समकालीन रोल मॉडलों का भी प्रयोग करता है। बॉस कर्मचारियों से किस तरह काम करवाना चाहता है, कर्मचारियों को यह दिखाने का बहुत प्रभावी तरीक़ा है समकालीन रोल मॉडल दिखाना।

मान लीजिये प्रॉक्टर एंड गैम्बल को किसी मार्केट में तगड़ी चुनौती का सामना करना है और सेल्स मैनेजर ने आक्रामक नीति अपनाने का फ़ैसला कर लिया है। यह नीति सेल्समैनों तक पहुँचाने के कई रास्ते हैं। सेल्स मैनेजर इस बात को मेमो में लिख सकता है या

इस विषय पर सेल्स मीटिंग में भाषण दे सकता है। परंतु प्रॉक्टर एंड गैम्बल जानती है कि यह संदेश ज़्यादा नाटकीय ढंग से संप्रेषित किया जा सकता है अगर वे मैदान में काम कर रहे उस सेल्समैन को खोज सकें, जो ठीक उसी शैली में काम कर रहा हो, जिस शैली में वे काम करवाना चाहते हैं। फिर वे उस व्यक्ति को सामने लायेंगे, उस व्यक्ति की आक्रामक सेल्समैनशिप की प्रशंसा करेंगे और कंपनी के न्यूज़लेटर में उसे *"सेल्समैन ऑफ द मंथ"* घोषित करके उसके बारे में लिखेंगे। स्पष्ट संदेश है कि "उसका अनुसरण करो," और यह संदेश चिट्ठियों या भाषणों में कंपनी की नयी रणनीति की घोषणा से ज़्यादा स्पष्टता से मिल जायेगा।

हमारे यहाँ डिनर पर बहुत सी बातें होती थीं। अब मैं यह देख सकता हूँ कि मेरे पिताजी ने अपने पुत्रों को प्रेरित करने के लिये किस प्रभावी तरीक़े से हीरोज़ की प्रशंसा का प्रयोग किया था। वे एक चिंतनशील और मितभाषी व्यक्ति थे, इसलिये उनके दिमाग़ में यह कभी नहीं आया कि वे स्कूल में कड़ी मेहनत करने या उत्कृष्ट प्रदर्शन करने के बारे में लेक्चर पिलायें। परंतु डिनर टेबल पर वे हमारे छोटे से कस्बे में काम कर रहे लोगों के बारे में प्रशंसा भरी टिप्पणी ज़रूर करते थे - उस बिज़नेसमैन की प्रशंसा, जो रात को लॉ स्कूल में जा रहा था या उस युवा किसान की, जो पत्राचार पाठ्यक्रम के माध्यम से पढ़ रहा था। वे हमारा ध्यान इन लोगों की तरफ़ खींचना चाहते थे। मैंने और मेरे भाई दोनों ने ही डॉक्टरेट किया है। पीछे मुड़कर देखते समय अब मुझे साफ़ नज़र आता है कि हमारे पिता ने हमें कितनी दृढ़ता से सफलता की ओर आगे बढ़ाया था। उन्होंने वह किया था, जो सभी प्रभावी मैनेजर और शिक्षक करते हैं - उन्होंने हमें दृढ़ जीवनमूल्य दिये थे, क्योंकि उन्होंने हमारे सामने ऐसे मूल्यों के आधार पर जी रहे जीते-जागते लोगों के उदाहरण रखे थे।

"अगर वह यह काम कर सकता है, तो आप भी कर सकते हैं"

जब हमारा लीडर हमें सफल लोगों के संपर्क में लाता है, तो इससे न सिर्फ़ कुछ निश्चित जीवनमूल्य मिलते हैं, बल्कि हमें यह विश्वास भी हो जाता है कि अगर वे ऐसा कर सकते हैं, तो हम भी कर सकते हैं। किसी दूसरे को सफल होते देखने से हम भी सफल होने के लिये प्रेरित हो जाते हैं। नौ साल तक एक मील की दौड़ का रिकॉर्ड चार मिनट से थोड़े से अधिक पर ही थमा रहा। 1945 में गुन्डर हैग इस अवरोध के नज़दीक पहुँचे, जब उन्होंने 4:01.4 मिनट में यह दौड़ पूरी की। परंतु कई लोगों ने कहा कि अब इंसान शारीरिक क्षमता की सीमाओं तक पहुँच गया है और इस अवरोध को तोड़ना असंभव है। फिर 1954 में रॉजर बैनिस्टर ने 3:59.4 मिनट का समय देकर चार सेकंड में एक मील के अवरोध को तोड़ दिया। और इसका परिणाम क्या हुआ? जैसे ही "असंभव अवरोध" का मिथक टूटा, कई लोग आसानी से चार मिनट में एक मील की दौड़ पूरी करने लगे। कुछ ही समय में 26 अलग-अलग आदमियों ने 66 बार चार मिनट की उपलब्धि को हासिल किया! अगर आप इसे सिर्फ़ प्रतियोगिता की शक्ति कहकर नज़रअंदाज़ करेंगे, तो आप एक महत्वपूर्ण प्रेरणादायी सबक़ नहीं सीख पायेंगे। चार मिनट में एक मील दौड़ने का रिकॉर्ड टूटने से पहले भी इतनी ही ज़बर्दस्त प्रतियोगिता थी। बाद में आने वाले धावकों ने बैनिस्टर के उदाहरण से यह जाना कि यह काम किया जा सकता था। जिस उपलब्धि को पहले असंभव माना जाता था, वह अब पहुँच के भीतर थी। सफलता उनकी पहुँच में थी, इस बात के प्रत्यक्ष उदाहरण ने उन्हें बेहतर रिकॉर्ड बनाने के लिये प्रेरित किया।

अगर आप मैरी के संगठन की किसी मीटिंग में जायेंगे, तो

देखेंगे कि वहाँ इस सिद्धांत का इस्तेमाल बार-बार होता है। घंटों तक लोगों की भीड़ मंत्रमुग्ध बैठी रहेगी और सफलता की कहानियाँ सुनकर प्रेरित होती रहेगी। प्रेरणा देने की तकनीक सचमुच बहुत आसान है। लोग माइक्रोफोन तक जाते हैं और अपने संघर्ष तथा अपनी विजय के बारे में बताते हैं। संदेश बार-बार इस अंदाज़ में दिया जाता है : "अगर हम यह कर सकते हैं, तो आप भी कर सकते हैं।" वे अपने नये घरों और लग्ज़री कारों की फिल्में दिखाते हैं और मूल रूप से यही कहानी बताते हैं : "शुरुआत में हमारे पास कुछ नहीं था। अगर आपमें भी पर्याप्त विश्वास हो और अगर आप भी कड़ी मेहनत करें, तो आप भी यह काम कर सकते हैं।"

टेरेन्स ई. डील और एलन ए. केनेडी अपनी उत्कृष्ट पुस्तक *कॉरपोरेट कल्चर्स* में इस बात को बहुत अच्छी तरह से स्पष्ट करते हैं:

> **हीरो प्रतीकात्मक व्यक्ति होते हैं जिनके काम असाधारण होते हैं, परंतु इंसान की पहुँच से बहुत ज़्यादा दूर नहीं होते। वे अक्सर नाटकीय रूप से दिखाते हैं कि सफलता का विचार इंसानी क्षमता के भीतर है।**

फिफ्थ एवेन्यू का आशावादी

मैं हमेशा हैरान हुआ हूँ कि कुछ चर्च सफल क्यों हैं, जबकि बाक़ी नहीं हैं। कुछ पादरी अपने धार्मिक समुदायों को हमेशा आशावादी और प्रेरित कैसे कर लेते हैं, जबकि दूसरे इस तरह का प्रभाव नहीं डाल पाते।

कई बुद्धिजीवी धर्म को लोकप्रिय बनाने वाले नॉर्मन विन्सेन्ट

पील जैसे व्यक्तियों के प्रति सहिष्णु नहीं हैं। वे अंधे आशावाद के लिये उनकी आलोचना करते हैं। उनके अनुसार इस तरह के लोग त्रासदी की उपस्थिति और संसार के दुख को नज़रअंदाज़ करते हैं। परंतु मैं अपने परामर्श देने वाले कमरे में जितनी ज़्यादा देर तक बैठा हूँ और मैंने लोगों को यह बताते सुना है कि उनके दिमाग़ में किस तरह के विचार आते हैं, मुझे उतना ही ज़्यादा एहसास हुआ है कि कोई चाहकर भी इस त्रासदी को नज़रअंदाज़ नहीं कर सकता। इसलिये हर व्यक्ति को सप्ताह में एक बार किसी ऐसी जगह पर जाने की ज़रूरत है, जहाँ उसे ऊपर उठाया जाये, लंबा दृश्य दिखाया जाये और नई आशा के साथ पुनः शक्ति दी जाये।

मैं पिछले साल दिसंबर के एक ठंडे रविवार को न्यूयॉर्क में था। मैंने मार्बल कॉलेजिएट चर्च जाने का फ़ैसला किया, ताकि मैं सकारात्मक चिंतन के पितामह डॉ. पील के मुँह से एक प्रवचन सुन सकूँ। फिफ्थ एवेन्यू में लोग बरसते पानी में एक घंटे से ज़्यादा समय से खड़े थे, ताकि उन्हें बैठने की जगह मिल जाये, परंतु किसी को भी इससे तकलीफ़ नहीं हो रही थी। एक बार अंदर जाने पर हमने जोश के साथ पुराने भजन गाये और बाइबल सुनाने वाले अन्य पादरियों के शब्द सुने। फिर, जब प्रवचन का वक्त आया, तो डॉ. पील धीमे-धीमे मंच पर आये। वे 86 साल के थे, 51 वर्षों से उस चर्च के प्रमुख थे और उनकी उम्र साफ़ दिख रही थी। मैंने ख़ुद से कहा, *वे रिटायर क्यों नहीं हो जाते ?*

परंतु जब वे मंच के कोने पर आये और उन्होंने बोलना शुरू किया, तो मैं समझ गया कि उनका धार्मिक समुदाय उन्हें रिटायर क्यों नहीं होने दे रहा था। ऐसा लगा जैसे किसी ने बिजली का स्विच चालू कर दिया हो। उन्होंने अपने शरीर को ताना, उनकी आँखों में चमक आ गयी और उन्होंने चिंता व शंका को जीतने वाले आध्यात्मिक

सिद्धांतों पर एक प्रवचन दिया। कहानी के बाद कहानी, उन लोगों के बारे में जिन्होंने ईश्वर की मदद से अपनी कमियों को जीता। जब प्रवचन ख़त्म हुआ और हम बाहर निकलने लगे, तो हम सभी के कंधे तने हुए और सिर थोड़े ऊँचे थे।

बाद में मैंने पील को बताया कि उनका भाषण सुनकर मैं कितना रोमांचित हुआ था। मैंने उनकी इस तकनीक की भी सराहना की कि वे किसी सिद्धांत को बताने के लिये सफलता की एक के बाद एक कहानियाँ सुनाते हैं। उन्होंने मेरी तारीफ़ को नकारते हुए कहा कि आजकल वे अपने प्रवचनों में सिर्फ़ बड़बड़ा रहे हैं। परंतु फिर कहानियों के सवाल पर विचार करते समय वे एक पल रुके। उन्होंने कहा, “लोग इतनी ज़्यादा सकारात्मक कहानियाँ सुनाने के लिये मेरी आलोचना करते थे। अब अगर इस बारे में सोचा जाये, तो काफ़ी लंबे समय से मुझ पर इस बारे में आक्रमण नहीं किया गया है। शायद मैं ही कमज़ोर पड़ रहा हूँ,” उन्होंने चुटकी लेते हुए कहा। “परंतु मैं अपने भाषण में महान लोगों की जीवनियों का प्रयोग करने की कोशिश करता हूँ, क्योंकि बाइबल में यह नहीं कहा गया है कि हमें असफलता का जीवन गुज़ारना चाहिये। और मैं जानता हूँ कि लोगों को प्रेरित करने का सर्वश्रेष्ठ तरीक़ा यह है कि मैं उन्हें यह दिखा दूँ कि उन्हीं की तरह के लोगों ने, उन्हीं की तरह की समस्याओं के सामने जीत कैसे हासिल की।”

इस अध्याय में हम जिस विषय पर विचार कर रहे हैं, वह सिर्फ़ मॉडलिंग नहीं है, वह इससे अधिक है। हम जिस चीज़ का पीछा कर रहे हैं, वह उत्साह और आशा का माहौल है। इस तरह का माहौल लोगों की कहानियों के माध्यम से सबसे अच्छी तरह संप्रेषित किया जा सकता है। केस वेस्टर्न रिज़र्व युनिवर्सिटी में मैनेजमेंट के प्रोफ़ेसर डेविड कोल्ब इसे सार रूप में इस तरह कहते हैं : “अगर मैं अपने

आसपास के लोगों को सफल होते देखता हूँ, तो इससे मुझे भी सफल होने की प्रेरणा मिलेगी।"

आगे आने वाले अध्याय में मैं आपको कुछ स्पष्ट सुझाव दूँगा कि किस तरह लोगों की मदद करें, ताकि वे छोटी सफलताओं को बड़ी सफलताओं में बदल लें।

"सराहना महान मस्तिष्कों की प्रेरणा है।"

सी.सी. कोल्टन

अध्याय आठ

छोटी सफलताओं को महान उपलब्धियों में बदलना

डैलस की एक बैंक में काम करने वाली बेट्टी स्मिथ के पति नहीं थे और उनके परिवार में सिर्फ़ नौ साल का एक बेटा था। वे सामान्य महिला थीं। उन्हें देखकर ऐसा नहीं लगता था कि उनमें कोई महान काम करने की क्षमता होगी। वे सेक्रेटरी की नौकरी में ख़ुश थीं – 1951 के हिसाब से 300 डॉलर प्रति माह की तनख़्वाह बहुत अच्छी थी। परंतु उनके सामने एक समस्या थी : किस तरह उन ग़लतियों को सुधारा जाये, जो उनके नये इलेक्ट्रॉनिक टाइपराइटर से होती थीं। बेट्टी एक फ्रीलांस आर्टिस्ट थीं और आर्टिस्ट ग़लतियाँ सुधारने के लिये उन्हें मिटाते नहीं हैं, वे ग़लती पर पेंट कर देते हैं। इसलिये उन्होंने एक ऐसा द्रव बनाया, जिससे वे अपनी टाइपिंग की ग़लतियों को पेंट कर सकें।

कुछ ही समय में उनकी बिल्डिंग की हर सेक्रेटरी इस द्रव का प्रयोग कर रही थी, जिसे उन्होंने "ग़लती बाहर" का नाम दिया। एक ऑफ़िस सप्लाई डीलर ने उन्हें प्रोत्साहित किया कि वे इस द्रव का उत्पादन करें। परंतु मार्केटिंग एजेंसियाँ इससे प्रभावित नहीं हुईं। कई कंपनियों ने, जिनमें आई बी एम भी शामिल थी, उनके प्रस्ताव को ठुकरा दिया। परंतु सेक्रेटरियों को यह प्रॉडक्ट पसंद आने लगा और वे इसका लगातार प्रयोग करती रहीं, इसलिये बेट्टी का किचन इस नये उत्पादन का पहला निर्माण स्थल बना। धीरे-धीरे ऑर्डर आने लगे। उन्होंने प्रॉडक्ट बेचने के लिये कॉलेज की एक युवती को काम पर रख लिया। परंतु दो अनुभवहीन महिलाओं के लिये इसे बेचना इतना आसान नहीं था। एक डीलर ने कहा था, "लोग कभी अपनी ग़लतियाँ पेंट नहीं करेंगे।" रिकॉर्ड बताते हैं कि अगस्त 1959 से अप्रैल 1960 तक कंपनी की कुल आमदनी 1142.71 डॉलर थी और इसके ख़र्च 1217.35 डॉलर थे। बेट्टी कहती हैं, "मैं नहीं जानती कि मैं इसमें कैसे सफल हुई।" वे सेक्रेटरी के रूप में पार्टटाइम काम करती रहीं, राशन-पानी ख़रीदने का इंतज़ाम करती रहीं और 200 डॉलर बचाती रहीं, ताकि ज़्यादा तेज़ी से सूखने वाले फ़ॉर्मूले के लिये केमिस्ट को भुगतान किया जा सके।

सुधरे हुए प्रॉडक्ट के साथ बेट्टी स्मिथ अपनी छोटी सफ़ेद शीशियाँ लेकर देश भर में घूमने लगीं। वे छोटे कस्बों में भी गयीं और बड़े शहरों में भी। वे लिखती हैं कि किसी शहर में पहुँचने के बाद "मैं टेलीफोन डायरेक्टरी उठाती थी और डीलर्स के नाम उतारकर उन्हें फोन करती थी। हम हर ऑफ़िस सप्लाई स्टोर में जाते थे और 12 बोतल छोड़ आते थे।" आख़िरकार ऑर्डर तेज़ी से आने लगे और लिक्विड पेपर कॉरपोरेशन आसमान में उड़ने लगा। जब इस महिला ने 1979 में कंपनी बेची, तो छोटी सफ़ेद बोतलें हर साल 38 मिलियन

डॉलर की बिक्री पर 3.5 मिलियन डॉलर का मुनाफ़ा कमा रही थीं। जिलेट कंपनी ने इस कंपनी को ख़रीदने के लिये 47.5 मिलियन डॉलर दिये।

सर्वाधिक सफल लोग अक्सर बेट्टी स्मिथ की तरह होते हैं। वे आम ज़िंदगी जीते हैं, जब तक कि उन्हें कोई छोटी सफलता नहीं मिल जाती। फिर आम आदमियों के विपरीत वे उस छोटी सफलता को बड़ी उपलब्धि में बदल लेते हैं। उनमें एक ख़ास चीज़ होती है, जिसे एक मैनेजमेंट परामर्शदाता ने "रिपीटर टेंडेंसी" (दोहराने की प्रवृत्ति) कहा है। यानी कि जब वे एक बार सफल होने लगते हैं, तो वे अपनी सफलता को बड़े पैमाने पर बार-बार दोहराते रहते हैं।

प्रेरणा के क्षेत्र में विशेषज्ञ सफलता के दोहराव को प्रोत्साहित करते हैं। वे अपने स्टाफ़ का अध्ययन करते हैं और उनमें ऐसी शक्तियों को खोजते हैं, जिन्हें दूसरों ने नज़रअंदाज़ कर दिया है। फिर जब किसी व्यक्ति के काम में छोटी उपलब्धियाँ दिखने लगती हैं, तो वे जानते हैं कि इन्हें ज़्यादा बड़ी सफलताओं में कैसे बदला जाये। यहूदी कहावत है, "जब क़िस्मत अंदर आये, तो उसे बैठने की जगह दो!"

लोगों को सर्वश्रेष्ठ बनाने का सातवाँ नियम वह है, जिसे हर लीडर ने सेमिनारों में सुना और पुस्तकों में पढ़ा है, परंतु इसके बावज़ूद यह एक ऐसा नियम है जिसकी व्यापक अवहेलना होती है :

उपलब्धि को पहचानें और उसकी सराहना करें

प्रशंसा की कला – जिसे वर्तमान मनोवैज्ञानिक भाषा में *सकारात्मक पुनर्बलन* कहा जाता है – एक ऐसी अनिवार्य कला है, जिसमें हर एक्ज़ीक्यूटिव या शिक्षक को पारंगत होना चाहिये। मैंने अध्याय 2 में

यह विचार रखा था कि लोगों से सर्वश्रेष्ठ की आशा करना महत्वपूर्ण है, परंतु यह नियम उससे बहुत अलग है। शुरुआती खंड में मैंने किसी व्यक्ति की संभावनाओं के बारे में सकारात्मक नज़रिये का आग्रह किया था। यहाँ मैं किसी ख़ास व्यवहार को दोहराने की वकालत कर रहा हूँ। इसमें अंतर यह है कि "मैं तुमसे महान कामों की आशा कर रहा हूँ" कहने के बजाय आप कहते हैं, "आपने इस डिपार्टमेंट को सही करने में ज़बर्दस्त काम किया है।"

कर्मचारियों की सबसे बड़ी शिकायत यह होती है : "मुझे कभी अपने बॉस की तरफ़ से कोई फीडबैक नहीं मिलता। फीडबैक तभी मिलता है, जब कोई काम ग़लत हो जाता है।" और मेरे ऑफ़िस में बैठ चुके किशोर मुझे बार-बार बता चुके हैं, "जब मैं स्कूल में कोई गड़बड़ करता हूँ तो मेरे डैडी आसमान सिर पर उठा लेते हैं, परंतु जब मैं परीक्षा में अच्छे नंबर लेकर घर लौटता हूँ तो उनका व्यवहार ऐसा होता है जैसे कुछ हुआ ही न हो। वे ऐसा सोचते हैं जैसे मैं अब आख़िरकार वही कर रहा हूँ जो मुझे शुरू से ही करना चाहिये था।"

वन मिनट मैनेजर में ब्लैंचर्ड और जॉनसन सुझाव देते हैं कि "एक मिनट की तारीफ़" के लिये अक्सर समय निकालें। वे सलाह देते हैं कि अपने अधीनस्थ को कोई काम सही तरह से करते हुए पकड़ें और उसकी तत्काल प्रशंसा करें।

इस तरह के सीधे काम आसान दिखते हैं। हम सभी जानते हैं कि यह अपने बच्चों और कर्मचारियों से अच्छे काम करवाने का एक प्रभावी तरीक़ा है। परंतु ठहरें और सोचें। इस बात को कितना समय हो चुका है जब आपने अपने पुत्र या पुत्री के किसी अच्छे काम के बारे में उससे पूरे 60 सेकंड तक बात की हो? या आपकी सेक्रेटरी से या आपके नीचे काम कर रहे मैनेजर से?

यहाँ पर हम एक बहुत मूलभूत शिष्टाचार के बारे में बात कर रहे हैं, जिसे हमें समस्त मानवीय संबंधों में अपनाना चाहिये - हमें अपनी मदद करने वालों को धन्यवाद देने के लिये समय निकालना चाहिये। मेरे मित्र माइक सोमडैल इसके विशेषज्ञ हैं। बिज़नेस में उनकी सफलता का एक कारण यह है कि उन्होंने लोगों को नियमित रूप से धन्यवाद देकर अच्छा महसूस कराने की सूक्ष्म कला में निपुणता हासिल कर ली है। अक्सर वे ग्राहकों को सिर्फ़ धन्यवाद देने के लिये फोन करते हैं। वे उस ऑर्डर के लिये धन्यवाद देते हैं, जो ग्राहक ने पिछले सप्ताह दिया था या उस अनुशंसा के लिये, जो उसने दूसरे ग्राहक से की थी या लंच के लिये। किसी भी चीज़ के लिये। और चर्चा ख़त्म होने से पहले ही माइक को अक्सर एक और ऑर्डर मिल जाता है। ज़ाहिर है, अगर उन्होंने सिर्फ़ स्वार्थवश फोन किया होता, तो उनके ग्राहक उनके धोखेबाज़ इरादों को भाँप जाते और इसका विरोध करते। परंतु माइक ने कृतज्ञता को एक आदत बना लिया है। उनके साथ बिज़नेस करने वाले सभी लोग इस गुण की सराहना करते हैं और इस पर सकारात्मक प्रतिक्रिया करते हैं।

शिक्षकों की आदत होती है कि वे माता-पिता को तब बुलाते हैं, जब कोई बच्चा अच्छा प्रदर्शन नहीं कर रहा हो। लेकिन समझदारी इसमें होगी कि वे उन बच्चों के माता-पिता को बुलाने के बारे में भी विचार करें, जो उत्कृष्ट हैं या जिनमें उल्लेखनीय सुधार हुआ है। विद्यार्थियों के प्रति इस तरह से स्पष्ट सम्मान दिखाने का असर स्कूल में चारों तरफ़ फैल जाता है और क्लासरूम के माहौल को प्रभावित करने के लिये काफ़ी कुछ कर सकता है।

हममें से लगभग हर एक सराहना का भूखा है। इसलिये जब कोई ऐसा व्यक्ति आता है, जो सचमुच हमारी प्रशंसा करता है, तो हम उस व्यक्ति के पीछे बहुत दूर तक जायेंगे। सेम्युअल जॉनसन ने कहा

था, "किसी अकेले इंसान की प्रशंसा बड़े महत्व की होती है।"

विजेता होने की आवश्यकता

पुरानी कहावत है, "सफलता की तरह कोई सफल नहीं होता।" पीटर और वाटरमैन ने अमेरिका की सबसे अच्छी कंपनियों के अपने अध्ययन में पाया कि अच्छे संगठन इस सच्चाई से लाभ लेते हैं। वे मानते हैं कि अगर कर्मचारी यह महसूस करेंगे कि वे अच्छा प्रदर्शन कर रहे हैं, तो उन्हें काफ़ी प्रेरणा मिलेगी। इसलिये अच्छी कंपनियाँ इस तरह का सिस्टम बनाती हैं, जिससे लगातार यह अवधारणा प्रबल होती है कि उनका स्टाफ़ विजेता है। इसके विपरीत जो कंपनियाँ अच्छी नहीं होतीं, वे अपने कर्मचारियों की नाक में दम किये रहती हैं और उन्हें परेशान करती रहती हैं। उदाहरण के लिये आई बी एम ऐसे लक्ष्य निर्धारित करती है कि इसके 70 से 80 प्रतिशत सेल्समैन हर साल अपने लक्ष्य पूरे कर लेते हैं, जबकि एक और कंपनी (जो प्रॉडक्ट लाइन में आंशिक रूप से आई बी एम की प्रतिद्वंद्वी है) ऐसे लक्ष्य निर्धारित करती है कि इसके 40 प्रतिशत सेल्समैन ही उन्हें पूरा कर पाते हैं। पीटर्स और वाटरमैन कहते हैं, "उत्कृष्ट कंपनियों में सिस्टम सिर्फ़ बहुत से विजेताओं को उभारने के लिये ही नहीं बनाये जाते; वे इस तरह से बनाये जाते हैं ताकि जीतने पर जश्न भी मनाया जा सके।"

प्रशंसा करने की कला

प्रशंसा करने और सकारात्मक व्यवहार के दोहराव को सुनिश्चित करने के ग़लत और सही तरीक़े हैं। यहाँ पर कुछ सुझाव दिये जा रहे

हैं कि अधीनस्थों की प्रशंसा किस तरह की जाये :

1. *सार्वजनिक रूप से प्रशंसा करें।* अकेले में की गयी तारीफ़ उतनी प्रभावी नहीं होती, जितनी कि सार्वजनिक रूप से की गयी प्रशंसा। मैं हाई स्कूल के अपने दूसरे वर्ष के दौरान एक सोमवार की दोपहर को कभी नहीं भूलूँगा। मैं जानता था कि पिछले शुक्रवार के फुटबॉल मैच में मैं सामान्य से बेहतर खेला था। जब हम प्रैक्टिस के लिये इकट्ठे हुए, तो मैं सोच रहा था कि क्या कोच ने मेरे अच्छे खेल को देखा था। न सिर्फ़ उन्होंने देखा था! वे पूरी टीम को उसके बारे में बताने भी लगे। यह कोई ज़बर्दस्त तारीफ़ नहीं थी, क्योंकि मैं ज़बर्दस्त खिलाड़ी नहीं था। फिर भी मुझे 35 साल बाद भी याद है कि मुझे कितने गर्व का अनुभव हुआ था, जब उन्होंने टीम के कुछ सदस्यों को बुरे प्रदर्शन के लिये फटकारा था और कहा था, "अब मैक्गिनिस की बात और है। वह हमारा सर्वश्रेष्ठ खिलाड़ी नहीं है, परंतु उसने शुक्रवार को सचमुच ज़बर्दस्त खेल दिखाया था।" मुझे अब भी उनके शब्द हूबहू याद हैं, क्योंकि मैं बुरी तरह चाहता था कि मुझे उस समूह में स्वीकार कर लिया जाये। जब कोच ने टीम के सामने मेरी तारीफ़ की, तो मैंने आख़िरकार यह महसूस किया कि अब मैं सबकी नज़र में आ गया था।

डिनर पर माता-पिता द्वारा की गयी तारीफ़ें अकेले में की गयी तारीफ़ों से ज़्यादा प्रभावी साबित होंगी, क्योंकि आपने सबके सामने अपने बच्चे की बड़ाई की है। और जब आप अपने कर्मचारियों के साथ मीटिंग में हों, तो प्रशंसा करने के अवसर को जाने न दें। हम सब विनम्रता का नक़ाब ओढ़े रहते हैं और अपनी डींग नहीं हाँकना चाहते। परंतु मैं किसी ऐसे आदमी को नहीं जानता जो यह न चाहता हो कि दूसरे लोग उसके बारे में डींगें हाँकें। उदाहरण के लिये जब आपका बॉस आपकी उपस्थिति में फोन पर किसी दूसरे को आपकी सफलता

के बारे में बता रहा हो या किसी पार्टी में जब आपकी पत्नी आपकी उपस्थिति में किसी को यह बता रही हो कि कल आपने बच्चों की किसी समस्या को कितनी समझदारी से हल किया था – इस तारीफ़ को सुनकर आप सातवें आसमान पर पहुँच जाते हैं।

2. *हर सफलता को जश्न का बहाना बना लें।* मेरी पत्नी प्रशंसा करने में उस्ताद है। जब भी कोई असामान्य बात होती है – जैसे किसी पुस्तक का एक और प्रिंट छपता है या मैं गैरेज में कोई फ़र्नीचर पूरा बना लेता हूँ – तो वह इस बात को एक बड़ा अवसर बना देती है। वह दरवाज़े पर विशेष आलिंगन द्वारा मेरा स्वागत करती है और कभी-कभार तो उसकी आँखों में ख़ुशी के आँसू होते हैं। वह मेरे साथ खड़ी होती है और इस बारे में बात करती है कि वह कितनी ख़ुश है। फिर वह हम सबके लिये एक ख़ास डिनर बनाती है। सर्वश्रेष्ठ परिवार अक्सर एक-दूसरे की सफलताओं का जश्न मनाते हैं। जीवन हमारे आसपास के लोगों के लिये कई बार नीरस होता है। अगर हम जश्न मनाने के हर अवसर का प्रयोग करें, तो हम उनके जीवन को ज़्यादा सुखद बना सकते हैं और उनके उत्पादन को बढ़ा सकते हैं।

3. *अपनी प्रशंसा को वज़न देने के लिये तोहफ़ा दें।* नियोक्ता के सबसे अच्छे निवेशों में से एक होता है अपने स्टाफ़ के लिये उपहार ख़रीदने में किया गया निवेश। जब उपहार देना रूटीन हो जाये, जैसे क्रिसमस पर, तो इसका ज़्यादा मतलब नहीं होता। परंतु जब कोई प्रोजेक्ट पूरा हो जाये और आप अपने स्टाफ़ को लंच पर ले जायें या अपनी सराहना के टोकन दें या उनके ऑफ़िस की दीवारों के लिये गोपनीय रूप से प्लाक (संदेश-पट्टिका) बनायें, तो यह बहुत महत्त्वपूर्ण होता है। आई बी एम में थॉमस वाटसन सीनियर के बारे में कहा जाता है कि जब भी वे किसी को सफल होते देखते थे, तो उनकी यह आदत थी कि उसे वहीं पर चेक लिखकर तत्काल पुरस्कार दे देते थे। जब

पीटर्स और वाटरमैन बिज़नेस में उत्कृष्टता संबंधी अपनी पुस्तक के लिये रिसर्च कर रहे थे, तो उन्हें मौक़े पर बोनस देने के ऐसे कई उदाहरण मिले। फॉक्सबोरो कॉरपोरेशन में कंपनी की शुरुआत में बचे रहने के लिये एक आधुनिक तकनीकी उपकरण की बुरी तरह ज़रूरत थी। रात को एक वैज्ञानिक एक वर्किंग प्रोटोटाइप के साथ प्रेसिडेंट के ऑफ़िस में दौड़ता हुआ घुसा। समाधान की उत्कृष्टता से अवाक और इसे पुरस्कृत कैसे करें इस बारे में चिंता करते हुए प्रेसिडेंट अपनी कुर्सी में आगे झुके, अपनी मेज़ के .ज्यादातर ड्रॉअरों में टटोला, कुछ खोजा और वैज्ञानिक की तरफ़ मेज़ के पार झुकते हुए वे बोले, "यह लो!" उनके हाथ में एक केला था, वह इकलौता पुरस्कार जो उस समय वे उस वैज्ञानिक को तत्काल दे सकते थे। उसके बाद से फॉक्सबोरो में वैज्ञानिक उपलब्धि का सर्वोच्च पुरस्कार "सोने के केले" की छोटी पिन बन गयी।

4. *अपनी प्रशंसा लिखकर दें।* चिट्ठी में लगभग जादुई शक्ति होती है, ख़ास तौर पर हाथ से लिखी चिट्ठी में। जब आप किसी व्यक्ति की नज़रों में महत्वपूर्ण होते हैं और आप तारीफ़ की चिट्ठी भेजने का समय निकाल लेते हैं, तो इसके बहुत लाभ होते हैं। कई बार आप संबंधित व्यक्ति के बजाय उसके बॉस को प्रशंसा की चिट्ठी लिखकर इसके प्रभाव को दुगुना कर सकते हैं। मेरा एक मित्र काफ़ी यात्रायें करता है और जब किसी एयरलाइन का कोई कर्मचारी उसका विशेष ध्यान रखता है, तो वह न सिर्फ़ उस कर्मचारी को धन्यवाद देता है, बल्कि उससे उसके सुपरवाइज़र का नाम भी पूछता है और घर पहुँचने पर उस सुपरवाइज़र को एक चिट्ठी लिख देता है। आप समझ सकते हैं कि कर्मचारी को धन्यवाद देने के बजाय इस तरह की चिट्ठी का .ज्यादा असर होता है।

5. *अपनी प्रशंसा में स्पष्ट उल्लेख करें।* पीठ पर अस्पष्ट धौल

ज़माने, यानी कि लोगों को यह बताना कि वे "सही काम कर रहे हैं" का उतना अधिक प्रभाव नहीं पड़ता। "यह सुंदर तस्वीर है" कहने के बजाय अगर आप यह कहें, "मुझे वह तरीक़ा पसंद है जिस तरह से तुमने अपनी तस्वीर के पेड़ में रंग भरे हैं," तो पाँच साल के बच्चे पर .ज़्यादा प्रभाव पड़ता है। इससे यह पता चलता है कि आपने इसे ध्यान से देखा है। इसके अलावा, आप लोगों को प्रेरित कर रहे हैं कि वे इसी तरह का व्यवहार दोहरायें। हम मान लें कि आपके स्टाफ़ ने सफलतापूर्वक एक बड़ा कॉन्ट्रैक्ट हासिल कर लिया है। हो सकता है कि वे ठीक-ठीक न जानते हों कि किन कारणों से वे इस बार सफल हुए और किसी दूसरे समय असफल। इसलिये यह महत्वपूर्ण है कि आप स्पष्टता से संकेत करें कि उनकी प्रस्तुति में आपको कौन सी बातें पसंद आयीं। और यह बताना न भूलें कि आप जानते हैं कि इस प्रस्ताव को बेहतर बनाने के लिये उन्होंने एक महत्वपूर्ण वीकएंड में ओवरटाइम किया था।

करेन प्रायोर अपनी मित्र एनेट के बारे में बताती हैं। जब कोई मुश्किल में होता है, तो एनेट सहानुभूति और सलाह का लाजवाब मरहम लगाती हैं। प्रायोर कहती हैं, "परंतु अच्छी ख़बर के क्षेत्र में एनेट असामान्य रूप से प्रेरित करती हैं। उन्हें बतायें कि बैंक ने आपका लोन मंजूर कर लिया है और वे 'बहुत बढ़िया रहा!' से .ज़्यादा कहती हैं। वे पूरी स्पष्टता से संकेत करती हैं कि इस सफलता के लिये आपने क्या किया था। एनेट इस तरह की बात कहती हैं, 'आपको याद है आपको फोन कंपनी के साथ कितनी मुश्किलें आयी थीं और एयर-ट्रेवल कार्ड हासिल करने में आपको कितनी दिक्क़तें आयी थीं ? अब आपको उस बात का फल मिल रहा है। आपकी छवि एक अच्छी बिज़नेसवुमैन की है। परंतु आपको इसे बनाये रखने के लिये सही क़दम उठाना था और आपने बिलकुल ऐसा ही किया। मुझे आप पर सचमुच गर्व है।' प्रायोर

कहती हैं, "यह प्रशंसा से अधिक है, यह दोहराने की प्रेरणा है।"

छड़ी और गाजर से आगे

ज़्यादातर लीडर्स अब यह समझ रहे हैं कि वे पूरी तरह से पुरस्कार और दंड पर निर्भर नहीं रह सकते तथा सर्वश्रेष्ठ प्रदर्शन की प्रेरणा देने के लिये उन्हें अन्य मनोवैज्ञानिक साधनों का सहारा लेना पड़ेगा। दरअसल, कई अध्ययनों के अनुसार गाजर की प्रभावशीलता बहुत सीमित है और बहुत ज़्यादा पुरस्कार देने से प्रेरणा कमज़ोर हो जाती है। जैसा एक मेजर लीग आउटफील्डर ने कहा था, "मुझे बेसबॉल खेलना पसंद था, जब तक कि मुझे इसके लिये पैसे नहीं मिलने लगे।" अगर लोग किसी काम में आंतरिक पुरस्कार पाते हैं (यानी कि वे काम करने के आनंद के लिये इसे करना पसंद करते हैं), तो बहुत ज़्यादा बाहरी पुरस्कार (जैसे कर्मचारियों के लिये तनख़्वाह की बढ़ोतरी या विद्यार्थियों के लिये कैंडी बार) आंतरिक प्रेरणा को कमज़ोर बना देंगे। विस्कॉन्सिन युनिवर्सिटी के रेमंड जे. व्लॉडकोवस्की ज़्यादा गाजर देकर किसी काम की सफलता को कम करने के ख़तरों के बारे में चेतावनी देते हैं। वे कहते हैं इसमें एक ख़तरा यह है कि विद्यार्थी "बाहरी प्रेरणा के आदी" हो जायेंगे और सीखने के लिये उन्हें हमेशा कुछ अतिरिक्त के प्रलोभन की आवश्यकता होगी।

दूसरी तरफ़, मौखिक तारीफ़ – अपने विद्यार्थियों या कर्मचारियों को इस बात का एहसास दिलाना कि आप उनके काम पर नज़र रखे हैं और इसकी क्वालिटी के बारे में सचेत हैं – का प्रभाव बहुत ज़्यादा सशक्त होता है। जब आप अच्छी क्वालिटी की तारीफ़ करते हैं, तो आप इस बात को सुनिश्चित कर देते हैं कि ऐसा प्रयास दोहराया जायेगा।

मैंने एक ऐसी मार्केटिंग कंपनी द्वारा अपनायी जाने वाली तकनीकों के अध्ययन में कुछ समय लगाया, जो 30 साल से भी कम समय पहले शुरू हुई थी। इसके मालिक अब भी इसके संस्थापक जे वान एन्डैल और रिच डे वॉस हैं। पिछले साल कंपनी ने एक बिलियन डॉलर से भी अधिक का सकल व्यापार किया। इतने कम समय में किसी संगठन ने इतनी ज़्यादा तरक्की कैसे कर ली? स्पष्ट रूप से इसके कई रहस्य होंगे, परंतु सबसे ज़्यादा आज़माया हुआ सिद्धांत यह है (और यह एक ऐसा सिद्धांत है जिसे कम सफल कंपनियाँ नज़रअंदाज़ कर देती हैं) कि वे अपने लोगों की उपलब्धियों का जश्न मनाने के लिये बहुत संकल्पवान हैं। ऐसी कंपनी में आप कोई थोड़ा भी अच्छा काम कर दें, तो यह हो ही नहीं सकता कि कोई उसे न देखे और उसकी तारीफ़ न करे। उदाहरण के लिये "फैमिली रियूनियन्स" में यानी बड़े होटलों के बॉलरूम में होने वाले वीकएंड समारोहों में, एक हज़ार डीलर पेप टॉक, सेमिनार और भाषण के लिये इकट्ठे होते हैं। परंतु इन समारोहों में जो सबसे महत्वपूर्ण चीज़ होती है वह है लंबा प्रतिष्ठा समारोह। कई तोहफ़े दिये जाते हैं और जब भी लोग स्टेज पर आते हैं तथा उनकी उपलब्धियों की घोषणा की जाती है, तो वहाँ बैठे लोग अपने पैरों पर खड़े होकर ख़ुशी से तालियाँ बजाते हैं। मैंने अब तक जितने भी समूहों को संबोधित किया है, उनमें सबसे ज़्यादा तालियाँ मुझे इसी समूह से मिली हैं, क्योंकि वे सोचते हैं कि एक-दूसरे की तारीफ़ करना महत्वपूर्ण है। कंपनी के मुखिया ऐसी मीटिंगों में अक्सर उपस्थित रहने को महत्वपूर्ण मानते हैं। रिच डे वॉस कहते हैं, "मेरा काम दुनिया के सबसे अच्छे कामों में से एक है, क्योंकि मैं अपना आधा समय देश भर में दूसरे लोगों को सम्मानित करने के लिये यात्रा करने में बिताता हूँ।"

आकार देना

ज़ाहिर है कि तारीफ़ ज़रूरत से ज़्यादा भी की जा सकती है, जब तक कि यह बेअसर और अर्थहीन न हो जाये। यह उतना ही बुरा है जितना ज़्यादा आलोचना या डाँट-डपट करना। मान लीजिये आप किसी घोड़े को एक घुटने पर झुकना सिखा रहे हैं। पहले तो प्रशिक्षण की प्रक्रिया के दौरान जब भी वह इस काम को सही तरीक़े से करता है, तो आप उसे भोजन देते हैं। परंतु एक बार जब यह आदत पड़ जाती है, तो पुरस्कार कभी-कभार ही दिया जाता है। माता-पिता और एक्ज़ीक्यूटिव्ज़ को आकार देने वाले इस सिद्धांत को याद रखना चाहिये। एक बार अच्छी आदतें स्थापित हो जाती हैं, तो हर बार किसी व्यक्ति की तारीफ़ करना हानिकारक है।

इस बिंदु पर एक और बात कही जाना चाहिये। कई बार किसी काम की प्रशंसा करने के बजाय हम उस काम के सिर्फ़ अंतिम परिणाम की प्रशंसा करके नुक़सान पहुँचा सकते हैं। उदाहरण के लिये यह संभव है कि अंत में बहुत ज़्यादा पुरस्कार दिये जाने पर किसी व्यक्ति का किसी चीज़ के प्रति प्रेम (जैसे सीखने के प्रति) कम हो जाये। हम इस संकट से बच सकते हैं बशर्ते हम कभी-कभार ही पुरस्कार की प्रेरणा का प्रयोग करें और प्रक्रिया तथा प्रॉडक्ट दोनों के लिये ही लोगों की सराहना करें। "जिस तरह से तुम कड़ी कोशिश करते हो, मैं उसकी सराहना करता हूँ," उस व्यक्ति के लिये हीरों के हार से कम नहीं होता, जो हताश है और सफलता के बारे में आश्वस्त नहीं है।

अंत में, हमें विश्वास होना चाहिये - ख़ास तौर पर बच्चों के मामले में - कि उन्हें करने के साथ-साथ सिर्फ़ होने के लिये भी प्रेम का अहसास हो। मेरे ऑफ़िस में एक व्यक्ति बैठकर सुबक रहा था।

उसकी शादी टूट गयी थी, क्योंकि वह वर्केहोलिक था। वह मेरे पास इसलिये आया था, क्योंकि वह काम के प्रति अपने पागलपन से मुक्ति पाना चाहता था। उसने कहा, "परंतु मैं अपने बचपन की बातें याद नहीं करना चाहता। मैं उन लोगों को सहन नहीं कर पाता, जो किसी मनोविश्लेषक के पास जाते हैं और वहाँ से लौटकर हर बात का दोष अपने माता-पिता को देने लगते हैं।" मैं सहमत हुआ कि माता-पिता को दोष देने से कोई फ़ायदा नहीं होता। परंतु मैंने यह स्पष्ट किया कि मनोचिकित्सा में हमें कई बार अपने बचपन की जाँच करने की ज़रूरत होती है, ताकि हमें यह पता चल सके कि हम अपनी वर्तमान आदतों तक कैसे पहुँचे। इसका लक्ष्य किसी व्यक्ति को दोष देना नहीं है, बल्कि यह पता लगाना है कि हम जहाँ हैं वहाँ तक कैसे पहुँचे, ताकि हम परिवर्तन के लिये सुधारक क़दम उठा सकें।

यह बात सुनकर उसने आह भरी और फिर अपने माता-पिता का वर्णन करना शुरू कर दिया। वे बहुत गंभीर क़िस्म के थे और उनके लिये कर्म सर्वश्रेष्ठ गुण था। उसने कहा, "मेरे माता-पिता ने मुझे कभी गले नहीं लगाया। वे सोचते थे कि बच्चों की ज़्यादा तारीफ़ करने से वे बिगड़ जाते हैं, इसलिये मेरी बहन और मुझे कभी दुलार नहीं मिला – उस समय को छोड़कर, जब हम कड़ी मेहनत करते थे। अगर मैं शनिवार को लॉन बहुत अच्छी तरह से तराशता था, तो मैं जानता था कि या तो मम्मी डैडी से कहेंगी या वे मम्मी से कहेंगे, 'आज हैरी ने लॉन में बहुत अच्छा काम किया है, है ना ?' मुझे लगता है कि बच्चे तारीफ़ सुनने के लिये कुछ भी कर सकते हैं, अगर वे उसके लिये उतने भूखे हों जितना कि मैं था। इसलिये मैं हर शनिवार को बार-बार घास तराशता था और मैं जब हाई स्कूल में था, तब पड़ोस के एक स्टोर में काम भी करता था। फिर जब मेरी शादी हुई तो मैंने सोचा कि मेरे जीवन में आयी यह नयी औरत भी कड़ी मेहनत करने के लिये मुझसे

उसी तरह प्रेम करेगी, जिस तरह कि दूसरी महत्वपूर्ण औरत किया करती थी। परंतु यहीं पर मैं ग़लत था। अगर मैं शाम को उसके पास बैठकर टी वी देखता तो उसे ज़्यादा अच्छा लगता, परंतु किसी तरह मुझे इस बात पर कभी यक़ीन नहीं हुआ।"

यह एक दुखद कहानी है। हम अपने बच्चों में इस तरह की ग़लत धारणाओं को रोक सकते हैं, अगर हम काम के पुरस्कार के अलावा भी उन्हें हमेशा कुछ प्रेम और प्रशंसा दें। उन्हें यह जानने की ज़रूरत है कि उनके व्यक्तित्व का भी कुछ मूल्य है। वे सिर्फ़ उसी हद तक मूल्यवान नहीं हैं, जिस हद तक वे हमारी अपेक्षाओं को पूरा करते हैं या हमारे बनाये नियमों का पालन करते हैं।

सुधार को देखना

चौकस लीडर हमेशा सकारात्मक परिवर्तन के चिन्हों की तलाश में रहेगा। इससे अधिक हतोत्साहित करने वाला कुछ नहीं है कि कड़ी मेहनत करके हम बदलें और हमारे सुपीरियर्स इस बदलाव को अनदेखा कर दें। अक्सर वे यह मान लेते हैं कि हममें वही बुरी आदतें या वही नज़रिये हैं, जो हममें पिछले महीने थे, जबकि दरअसल हम बिलकुल अलग हो सकते हैं।

ए. डब्ल्यू. बीवन ने मुझे एक मर्मस्पर्शी घटना बतायी। एक छोटी लड़की बहुत शैतानी करती थी और उसकी माँ को उसे बहुत डाँटना पड़ता था। परंतु एक दिन छोटी लड़की ने बहुत ज़्यादा ध्यान रखा और एक भी ऐसी ग़लत हरकत नहीं की, जिसकी वजह से उसे डाँट पड़े। उस रात जब माँ ने उसे बिस्तर पर लिटाया और वह सीढ़ियाँ उतरने लगी, तो उसने सुना कि लड़की सुबक रही थी। पीछे मुड़कर

उसने पाया कि उसका सिर तकिये में घुसा हुआ था। सुबकते-सुबकते लड़की ने पूछा, "क्या आज मैं बहुत अच्छी लड़की नहीं थी?" माँ ने कहा, "यह सवाल मेरे सीने में चाकू की तरह उतर गया। जब वह ग़लती करती थी, तो उसे सुधारने में तो मैं बिलकुल देर नहीं करती थी। लेकिन जब उसने अपना व्यवहार सुधारने की कोशिश की, तो मैंने इस तरफ़ ध्यान ही नहीं दिया। मैंने तारीफ़ में एक शब्द कहे बिना ही उसे बिस्तर पर सुला दिया।"

सफलता पर ध्यान एकाग्र करना

सर्वश्रेष्ठ प्रेरक जानते हैं कि सफलता को प्रतिष्ठा देने का एक कारण यह भी है कि इससे लोगों को सफल होने की अपनी तस्वीर पर ध्यान एकाग्र करने में मदद मिलती है और इस तरह के मानसिक कार्य से प्रदर्शन पर स्पष्ट प्रभाव पड़ता है।

आर्थर गॉर्डन उस शिकार के बारे में बताते हैं, जो उन्होंने दिसंबर की एक दोपहर को जॉर्जिया के जंगल में खेला :

क्रिसमस के लिये मुझे 20 गेज की सिंगल बैरल शॉटगन मिली और मैं जॉर्जिया का 13 साल का सबसे गर्वीला बच्चा बन गया। यही नहीं, ख़ुशक़िस्मती से अपने पहले शिकार में मैंने उस इकलौती चिड़िया को मार गिराया, जिस पर मैंने निशाना साधा था। मेरा दिल रोमांच और गर्व के मारे उछला पड़ रहा था।

दूसरा शिकार एक अलग कहानी था। मेरे साथ एक बुज़ुर्ग जज थे, जो मेरे पिताजी के दोस्त थे। वे एक जासूसी कुत्ते की तरह दिखते थे। उनका चेहरा भूरा और आँखें छोटी थीं। उनमें वह सहज सहनशीलता थी, जो मानव जाति के बारे में बुरे से बुरा जानने, परंतु इसके बावज़ूद

लोगों को पसंद करने से आती है। मुझे जज के साथ शिकार पर जाने में कुछ अंदेशा हो रहा था, क्योंकि मैं उनका सम्मान करता था और उन्हें ख़ुश करने के लिये बेताब था। लेकिन मैं सीधे अपमान के गर्त में जा गिरा।

हमें बहुत सी चिड़ियायें मिलीं और जज ने हर बार झुंड के उड़ने पर एक या दो चिड़ियाओं को मार गिराया। दूसरी तरफ़ मैं किसी का पंख भी नहीं छू पाया। मैंने हर तरीक़ा आज़माया : ऊपर निशाना लगाया, नीचे निशाना लगाया, जल्दी से, देर से। किसी चीज़ से कोई फ़र्क़ नहीं पड़ा। और जितनी बार मेरा निशाना चूका, मैं उतने ही ज़्यादा तनाव में आता गया।

फिर शिकार दिखाने वाले कुत्ते डॉक ने पेड़ों के झुरमुट में बैठी एक बटेर की ओर संकेत किया। वह जमी हुई थी, उसकी लंबी पूँछ कठोर थी। मेरे अंदर भी कुछ जम गया, क्योंकि मैं जानता था कि मैं एक बार फिर अपमानित होने वाला हूँ।

बहरहाल, इस बार मुझे आगे बढ़ाने के बजाय जज ने अपनी बंदूक को सावधानी से नीचे रखा। इसके बाद उन्होंने सुझाव दिया, "ज़रा एक मिनट ठहरो।"... फिर धीरे से उन्होंने कहा, "तुम्हारे डैडी ने मुझे बताया था कि तुमने जब पहली बार गोली चलायी थी, तो तुमने बटेर मार गिरायी थी। क्या यह सही है?"

"हाँ, सर," मैंने दुखी मन से कहा। "मैं सोचता हूँ, क़िस्मत की बात थी।"

"शायद," जज ने कहा। "परंतु उससे कोई फ़र्क़ नहीं पड़ता। क्या तुम्हें याद है कि यह किस तरह हुआ था? क्या तुम अपनी आँखें बंद करके उस तस्वीर को अपने दिमाग़ में देख सकते हो?"

मैंने हामी भरी, क्योंकि यह सच था। मैं उस तस्वीर की एक-एक बात याद कर सकता था : चिड़िया कैसे उड़ी थी, गोली कैसे चली थी, चिड़िया मेरे पैरों के पास कैसे टपकी थी, बंदूक सही निशाने पर हवा में थी, ख़ुशी का एहसास, प्रशंसा की गर्माहट...

जज ने आराम से कहा, "अब ठीक है। तुम बस यहाँ बैठो और उस निशाने को एक-दो बार याद कर लो। फिर वहाँ जाओ और उस चिड़िया पर निशाना साधो। मेरे या कुत्ते या किसी और चीज़ के बारे में मत सोचो। सिर्फ़ इस बारे में सोचो कि तुमने उस दिन कितना अच्छा निशाना लगाया था - और उसी तरह से यहाँ भी निशाना लगाओ।"

जब मैंने उनके कहे अनुसार काम किया, तो ऐसा लगा मानो मेरे अंदर की इंद्रियाँ बिलकुल ही अलग तरह से काम करने लगीं। बटेर बाहर निकली। बंदूक आराम से ऊपर उठी और विश्वास के साथ चली, मानो यह देख और सोच सकती हो। कुछ सेकंड बाद कुत्ता मेरे पैरों के पास खड़े होकर मुझे चिड़िया दे रहा था।

मैं आगे और निशाना लगाना चाहता था, परंतु जज ने अपनी बंदूक की गोलियाँ ख़ाली करते हुए कहा, "आज का शिकार ख़त्म हुआ, बेटे। तुम पूरी दोपहर असफलता पर ध्यान केंद्रित कर रहे थे। मैं चाहता हूँ कि तुम सफलता की तस्वीर को देखते हुए यहाँ से जाओ।"

गॉर्डन ने कहा, "इन दो वाक्यों में मुझे जो सलाह मिली है, वह अब तक की सुनी सबसे अच्छी सलाह है और आगे भी मुझे इससे अच्छी सलाह नहीं मिल सकती।"

जज ने गॉर्डन के लिये जो किया वह वैसा ही है, जैसा हम अक्सर साइकोथैरेपी में अपने मरीज़ों के लिये करने की कोशिश करते हैं। वे जब हमारे ऑफ़िसों में आते हैं, तो किसी हाल की असफलता

से आहत होते हैं। उनमें बहुत कम आत्मसम्मान होता है। वे महसूस करते हैं जैसे वे कोई काम सही नहीं कर सकते और दरअसल अपने बारे में इसी तरह के नकारात्मक सोच के कारण वे अपनी भविष्यवाणियाँ पूरी कर बैठते हैं। इसलिये इस प्रवृत्ति को उलटने के लिये हम उनसे कहते हैं कि वे पीछे मुड़ें और कुछ सफलताओं को याद करें। अगर वे बहुत हताश होते हैं तो कई बार उन्हें कुरेदना पड़ता है, तब जाकर वे ऐसे समय की तस्वीर देख पाते हैं जब वे अच्छी तरह काम करते थे। परंतु जब वे उस समय के बारे में बात करना शुरू करते हैं और अपने सर्वश्रेष्ठ स्वरूप के मानसिक टेप को चालू करते हैं, तो यह आश्चर्यजनक है कि वे स्पष्ट रूप से ऊपर उठ जाते हैं। वे अक्सर पिछली असफलताओं के बारे में इतना ज़्यादा चिंतन करते हैं कि वे अपने अच्छे वर्षों को भूल ही जाते हैं।

क्या हम बहुत ज़्यादा आत्म-विश्वास दे सकते हैं?

मिस्टर डेव ग्रांट बिज़नेस में कई सुपरवाइज़रों को अधिकतम प्रदर्शन के विषय पर सिखाते हैं। वे कहते हैं कि मैनेजर अक्सर सेमिनार के बाद आते हैं और कहते हैं, "देखिये, हम नहीं चाहते कि हमारे कर्मचारी अपने बारे में ज़्यादा अच्छा अनुभव करें या वे ऐसा सोचें कि उन्हें ज़्यादा तनख़्वाह या ज़्यादा बड़ी नौकरी मिलना चाहिये। कई बार उन्हें एक या दो क़दम नीचे धकेलने की ज़रूरत होती है और इससे क्या नुक़सान होगा, अगर हम कई बार ऐसा इंतज़ाम कर दें कि वे कभी-कभार असफल हो जायें।"

किसी भी संगठन को चलाने का यह एक दुखद रास्ता है – जैसे कर्मचारी बच्चे हों, जिनके बिगड़ने का ख़तरा हो। सर्वश्रेष्ठ लीडर्स विपरीत नीति अपनाते हैं। वे हरसंभव मदद करते हैं, ताकि उनके

लोग जो भी कर रहे हों, उसमें सफल हों और उनमें अधिक विश्वास आये। डब्ल्यू. सॉमरसेट मॉम ने कहा है, "यह एक प्रचलित परंतु ग़लत विचार है कि सफलता लोगों को घमंडी, अहंकारी और आत्म-संतुष्ट बनाकर बिगाड़ती है। इसके विपरीत सफलता लोगों को ज़्यादातर विनम्र, सहनशील और दृढ़ बनाती है। लोगों को कटु और क्रूर तो असफलता बनाती है।"

इसलिये हमारा काम यह है कि हम छोटी सफलताओं को उससे बड़ी सफलताओं में बदलने के लिये लोगों को प्रेरित करें। और इसमें सहयोग करने का एक तरीक़ा सातवें नियम का पालन करना है : उपलब्धि को पहचानें और उसकी सराहना करें।

"कुछ मातायें चूमती हैं और कुछ डाँटती हैं,
परन्तु वे सब की सब प्रेम करती हैं,
और ज़्यादातर मातायें एक साथ चूमती और डाँटती हैं।"

✹ *पर्ल एस. बक*

अध्याय नौ

कब प्रशंसा करें और कब डाँट लगायें

कई सकारात्मक चिंतक सोचते हैं कि लोगों से सफलता हासिल करवाने का इकलौता तरीक़ा प्रशंसा है। परंतु प्रशंसा प्रेरित करने के कई तरीक़ों में से एक है। इंसान बहुत जटिल होते हैं और बहुत सी जटिल प्रेरणाओं के समूह से प्रेरित होते हैं।

एक बार एक सेमिनार में मैंने एक प्रेरणादायी वक्ता को सुना। वे कह रहे थे कि लोगों को प्रेरित करने के सिर्फ़ दो तरीक़े होते हैं : या तो प्रेम द्वारा या फिर भय द्वारा। और उनका दावा था कि इकलौता प्रभावी तरीक़ा है प्रेम। यह सब बकवास है। पहली बात तो यह है कि हम प्रेम और भय के अलावा भी बहुत सी चीज़ों से प्रेरित होते हैं। दूसरी बात यह है कि भय लोगों से सर्वश्रेष्ठ तरीक़े से प्रदर्शन करवाने का काफ़ी प्रभावी तरीक़ा है। हमारी ज़िंदगी में हम हर दिन भय से प्रेरित होकर कई काम करते हैं। हम नौकरी में कई काम इसलिये नहीं करते, क्योंकि हमें नौकरी से निकाले जाने का डर होता है। हम ज़्यादा

तेज़ गति से गाड़ी नहीं चलाते, क्योंकि हमें पुलिस का डर होता है। ऐसी दुनिया की आशा करना भी मूर्खता है, जहाँ हम डर द्वारा प्रेरित न हों। और यह निरी मूर्खता है कि हम ऐसा परिवार बनाने की कोशिश करें, जिसमें हम किसी तरह के दंड का प्रयोग न करें या एक ऐसा ऑफ़िस बनाने के बारे में विचार करें, जिसमें हम कर्मचारियों को क़तई न डाँटें। हमें गाजर का प्रयोग छड़ी की तुलना में अधिक करना चाहिये, परंतु यह नहीं भूलना चाहिये कि छड़ी के भी लाभ होते हैं।

इसलिये लोगों को सर्वश्रेष्ठ बनाने का आठवाँ नियम यह है :

सकारात्मक और नकारात्मक प्रेरणा के मिश्रण का प्रयोग करें

जब जॉन वुडन यू सी एल ए में आये तो बास्केटबॉल टीम का पराजय का सीज़न हाल ही में ख़त्म हुआ था, जिसमें उन्होंने 12 मैच जीते थे और तेरह हारे थे। उन्होंने तत्काल टीम को नये सिरे से बनाना शुरू किया और कॉलेज के खेल-इतिहास में सबसे शानदार रिकॉर्ड बनाया। जब वुडन 1975 में रिटायर हुए, तो उन्होंने यू सी एल ए बास्केटबॉल टीम को 12 वर्षों में 10 बार नेशनल चैंपियन बनवा दिया, जो एक ऐसा रिकॉर्ड है जिसकी आज तक कोई बराबरी नहीं कर सका है। उन्हें "वेस्टवुड का जादूगर" कहा जाता था, क्योंकि वे लंबे और नाटे दोनों तरह के खिलाड़ियों के साथ जीत सकते थे। एक साल तो उनकी टीम प्रतियोगिता में सबसे नाटी टीम थी, परंतु इसके बाद भी इसने नेशनल चैंपियनशिप जीती।

दो शोध मनोवैज्ञानिकों रौलेन्ड जी. थोर्प और रोनाल्ड गैलिमूर ने 1974-75 के सीज़न के दौरान वुडन के कोचिंग के तरीक़ों का विस्तार से अध्ययन किया। वे अपने खिलाड़ियों से कैसे प्रैक्टिस

करवाते हैं, 15 प्रैक्टिस सेशन्स में यह देखने के बाद उन्होंने पाया कि कई व्यवहार-सुधारकों द्वारा बतायी जा रही तकनीकों के विपरीत वुडन के सिखाने के तरीक़ों में प्रशंसा एक गौण तत्व थी। शब्द और व्यवहार दोनों को मिलाकर उन्होंने सिर्फ़ 7 प्रतिशत सकारात्मक प्रेरणा दी। नकारात्मक वक्तव्य 14.6 प्रतिशत थे। वुडन जितना पुरस्कार देते थे, उससे दुगुना डाँटते थे।

परंतु वुडन के नकारात्मक वक्तव्यों की सटीकता को देखना महत्वपूर्ण है। शोधकर्ताओं ने इसे "डाँट/प्रशिक्षण" कहा। यानी कि वे अक्सर कहते थे, "इसे उस तरह मत करो, इसे इस तरह करो," और यह कहते समय वे सही तरीक़ा बताते थे। वुडन कभी नाजायज़ सख़्ती नहीं करते थे या बदला नहीं लेते थे। उन्होंने कभी शारीरिक दंड का प्रयोग नहीं किया, जैसे मैदान के चक्कर लगवाना, परंतु कई बार उनकी डाँट जान निकाल लेती थी : "मैं तुम लोगों को तीन साल से बता रहा हूँ कि जब तुम गेंद फेंको तो झुको मत! गेंद को सीने से फेंको!"

वुडन के उदाहरण से हमें नकारात्मक प्रेरणा के प्रयोग के बारे में कुछ बहुत स्पष्ट सुझाव मिल सकते हैं :

1. *सुनिश्चित कर लें कि आप उन्हें ग़लत व्यवहार से कतराना सिखा रहे हैं, स्वयं से कतराना नहीं सिखा रहे हैं।* वुडन हमेशा अपने खिलाड़ियों के साथ विश्वास और अपनेपन का रिश्ता रखते थे। वे उनसे अक्सर कहते थे कि उनके बच्चों के बाद वे ही उनके सबसे क़रीब हैं। इसी वजह से यह संभव हुआ कि वे मैदान में इतने सारे सुधार कर सके और इतनी ज़बर्दस्त डाँट लगा सके।

अगर हमारा स्टाफ़ अपने काम को करते समय हमारे ग़ुस्से से लगातार डरेगा, तो सफल प्रदर्शन नहीं कर पायेगा। उदाहरण के लिये हम यह चाहेंगे कि हमारे बच्चे हमसे डरने *के बजाय* कुछ कामों के

परिणामों से डरें। हम किसी बच्चे से अच्छे और निष्पक्ष तरीक़े से कह सकते हैं कि जीवन विकल्पों की एक श्रृंखला है, और जो विकल्प हम चुनते हैं, हमें उसके परिणाम मिलते हैं। असंतोषजनक नंबर आने से उन्हें कुछ अधिकार कम मिलेंगे और ग़लत व्यवहार के लिये उनकी स्वतंत्रताओं को कम कर दिया जायेगा। उनके लिये यह सबक़ जल्दी सीखना अनिवार्य है : अगर आप गर्म तवे को छूते हैं, तो आप जल जाते हैं। इसी तरह अगर आप ग़लत काम करते हैं, तो आपको उसके परिणाम झेलने पड़ते हैं।

यह तकनीक तानाशाह की तकनीक से पूरी तरह अलग है। कुछ लीडर्स बहुत ही गर्मदिमाग़ होते हैं और तर्कहीन प्रतिक्रिया देते हैं। अगर आपने उन्हें ग़ुस्सा किया, तो आप संकट में आ जाते हैं। वे प्रतिशोध लेते हैं। अगर आपने उन्हें निराश किया है, तो वे आपसे बदला लेने का हरसंभव प्रयास करते हैं। दूसरी तरफ़, अच्छे प्रेरक कठोर हो सकते हैं, परंतु वे हमेशा निष्पक्ष होते हैं। वे अपने सामने हमेशा आपकी तथा संगठन की भलाई रखते हैं। वे प्रतिशोध लेने में समय बर्बाद नहीं करते।

2. *अनचाहे व्यवहार के बाद तत्काल सुधार करें।* अगर पारंपरिक दंड की नीति के साथ कोई सबसे बड़ी गड़बड़ है, तो वह यह है कि दंड व्यवहार के बाद अक्सर इतनी देर से दिया जाता है कि इससे व्यवहार बदलने में कोई मदद नहीं मिलती। दरअसल कुछ शोधकर्ता दंड और नकारात्मक प्रेरणा में भेद करना चाहते हैं, क्योंकि दंड घटना के बहुत बाद आता है (कानूनी मामलों में तो घटना के कई साल बाद), जबकि नकारात्मक प्रेरणा तत्काल आती है। ज़्यादातर अध्ययन बताते हैं कि जब हम लोगों को सज़ा देते हैं, तो हम सिर्फ़ उनके व्यवहार का दमन करते हैं। और यह सिर्फ़ तभी तक प्रभावी होता है, जब तक हम वहाँ पर ज़्यादा दंड की धमकी देने के लिये मौज़ूद रहते हैं। जब हम

चले जाते हैं और पकड़े जाने का कोई ख़तरा नहीं होता, तो वह व्यवहार दुबारा लौट आता है।

इस तकनीक की तुलना वुडन की तकनीक से करके देखें। वे अक्सर डाँटते थे, परंतु वे ऐसा इतनी जल्दी करते थे कि व्यवहार उसी जगह पर बदल जाता था। उनकी डाँट/प्रशिक्षण तकनीक को बार-बार दोहराने से लोगों के व्यवहार का तरीक़ा ही बदल जाता था। वे सही काम करने की आदत डाल देते थे।

3. *ऐसा तरीक़ा बनायें, जो व्यवहार सुधरने के तुरंत बाद नकारात्मक प्रेरणा को रोक दे।* मान लीजिये आपका बच्चा ख़राब नंबरों के रिपोर्ट कार्ड को लेकर घर आता है। आप उसे सज़ा देने के लिये एक महीने तक उसका टी.वी. देखना बंद कर देते हैं। एक महीना लंबा समय होता है और अगला रिपोर्ट कार्ड आने में तो एक महीने से भी .ज्यादा समय लग जायेगा, इसलिये दंड इस समय बहुत प्रेरक नहीं होता। और अगर अगली बार रिपोर्ट कार्ड इससे भी बुरा आये, तब क्या होगा ? आम तौर पर हम यह नहीं कहते, "हूँ, दंड काम नहीं कर रहा है, हम कोई दूसरा तरीक़ा आज़माकर देखते हैं।" इसके बजाय हम दंड को बढ़ा देते हैं और इस बार हम उन्हें .ज्यादा लंबे समय तक सज़ा देते हैं। अगर कर्मचारियों पर धमकियों का असर नहीं हो रहा है, तो उनकी तनख़्वाह काट लो। अगर यह भी काम न करे, तो उन्हें सस्पेंड कर दो। यह एक दुष्चक्र बन जाता है और लगातार प्रभावहीन होता जाता है। जैसा विक्टर क्लाइन अपनी पुस्तक *हाऊ टु मेक युअर चाइल्ड ए विनर* में कहते हैं, "तीन दिन के बजाय तीस दिन तक बाइक या कार छीन लेना दस गुना .ज्यादा प्रभावी नहीं होता। दरअसल, यह आम तौर पर उलटे परिणाम देता है या उससे भी कम प्रभावी होता है। क्यों ? बाइक या कार के तीन दिन के नुक़सान से आपका संदेश बहुत सशक्त तरीक़े से जाता है। परंतु इसका मतलब है कि तीन दिनों

में आप उस वाहन का प्रयोग एक प्रभावी प्रतिरोधक या लीवर के रूप में दुबारा कर सकते हैं।"

अगर नकारात्मक प्रेरणा आवश्यक है, तो स्थिति को सुधारने के लिये सामने वाले के सामने एक योजना रखें। उदाहरण के लिये, क्लेअर 16 साल की एक अच्छी छात्रा थी, जिसे कई चीज़ों के लिये स्कूल से निकाला जाने वाला था - स्कूल से अनुपस्थित रहना, ख़राब नंबर लाना और अपनी माँ के साथ झगड़ना। वह घर से भाग जाने की धमकी दे रही थी, इसलिये उसकी माँ ने उससे पूरे पैसे छीन लिये, उसे फोन का उपयोग नहीं करने दिया और सज़ा के तौर पर डेटिंग पर जाने के अधिकार भी छीन लिये। परंतु स्थिति और बिगड़ गयी। यहाँ रही वह योजना, जिस पर माँ और पुत्री को काम करने के लिये राज़ी किया गया : अगर स्कूल से हर दिन यह चिट्ठी आये कि उसने सारी क्लासें अटेंड की हैं, तो क्लेयर को उस दिन टेलीफोन के प्रयोग की इजाज़त होगी; सप्ताह में चार चिट्ठियाँ आने पर वीकएंड की एक डेट पर जाने का अवसर मिलेगा और पाँच चिट्ठियों से दो डेट्स पर जाने का।

पहले तो माँ को इस योजना की सफलता के बारे में बहुत संदेह था, परंतु योजना अपेक्षा से कहीं अधिक सफल हुई। सबक़ यह था : जब क्लेयर को अधिकार छीनकर सज़ा दी गयी, तो उसमें कोई परिवर्तन नहीं हुआ, जब तक कि इन सुविधाओं को वापस हासिल करने की एक निश्चित योजना उसके सामने नहीं रखी गयी।

4. एक आख़िरी सुझाव। *अगर नकारात्मक प्रेरणा नियंत्रण सफल होता नहीं दिख रहा है, तो व्यवहार की अनुपस्थिति को आकार देने की कोशिश करें।* यानी कि अनिच्छित व्यवहार के बजाय किसी अन्य तरह के व्यवहार के लिये सकारात्मक प्रेरणा दें। करेन प्रायोर अपनी पुस्तक *डोन्ट शूट द डॉग* में बताती हैं कि उन्होंने टेलीफोन पर अपनी माँ का व्यवहार सुधारने में इस सिद्धांत का प्रयोग किस तरह

किया। उनकी माँ युवावस्था में एक आकर्षक तथा हँसमुख महिला थीं। परंतु जब वे नर्सिंग होम में बीमारों का जीवन जीने लगीं, तो टेलीफोन पर उनकी चर्चायें आम तौर पर और कई बार तो पूरी तरह से अपनी समस्याओं के बारे में होती थीं - दर्द, अकेलापन, पैसे की कमी। उनकी शिकायतें आँसुओं में बदल जाती थीं, और आँसू आरोपों में। यह चर्चायें इतनी अप्रिय हो गयीं कि प्रायोर इन फोन कॉलों से बचने लगीं।

प्रायोर ने फ़ैसला किया कि कोई बेहतर तरीक़ा अपनाना चाहिये। वे कॉल्स के दौरान अपने ख़ुद के व्यवहार पर ध्यान एकाग्र करने लगीं। जब भी उनकी माँ शिकायतें करने लगती थीं, तो वे फोन काटने के बजाय जान-बूझकर शिकायतों और आँसुओं के जवाब में "आह," "हूँ," और "अच्छा, अच्छा" कहकर उन्हें नज़रअंदाज़ करने लगीं। फिर वे शिकायत के अलावा हर चीज़ पर सकारात्मक प्रतिक्रिया देने लगीं - बच्चों के बारे में सवाल, नर्सिंग होम की ख़बर, मौसम, पुस्तकों या मित्रों के बारे में चर्चा। इन बातों के जवाब प्रायोर उत्साह से देने लगीं।

प्रायोर को हैरानी हुई कि 20 साल के संघर्ष के बाद आँसुओं और दुख तथा हँसी और बातचीत का अनुपात दो महीने में ही पलट गया। युवा, हँसमुख और रोचक माँ लौट आयी थीं।

क्या इस तरह का आकार देना धोखेबाज़ी है? उससे ज़्यादा तो नहीं, जो जॉन वुडन अपने खिलाड़ियों को कोचिंग देते समय कर रहे थे, या जिन तरीक़ों का इस्तेमाल हम हर दिन अपने आसपास के लोगों को प्रभावित करने के लिये करते हैं। जेम्स क्यू. विल्सन कहते हैं कि "प्रेम" बनाम "दंड" के गुणों के बारे में हमारी सारी चर्चा के बावज़ूद लोग सामान्य चर्चाओं से बदलते हैं, जिनमें हम "शब्दों, टोन, हावभाव और चेहरे के भाव से दूसरों के व्यवहार के प्रति सहमति या असहमति दर्शाते हैं।"

क्या अपराधबोध प्रेरणा देने का उचित साधन है ?

हम अब सबसे मुश्किल क्षेत्रों में से एक की ओर मुड़ते हैं। यह फ़ैसला करते समय सही संतुलन कैसे खोजें कि प्रेरित करने के लिये किन साधनों का प्रयोग करना है – अपराधबोध का सवाल। इस मुद्दे पर दो विपरीत विचार हैं : (1) यह दृष्टिकोण कि अपराधबोध कभी वैध नहीं होता, कि किसी को कोई काम करने के लिये कभी इस तरह की नकारात्मक शक्ति द्वारा प्रेरित नहीं किया जाना चाहिये; और (2) यह दृष्टिकोण कि अपराधबोध किसी काम को करवाने का सबसे प्रभावी तरीक़ा है, ख़ासकर बच्चों से।

आइये हम पहले दृष्टिकोण की जाँच करें। इस दृष्टिकोण वाले लोग यह वकालत करते हैं कि हमें "चाहिये" वाले सभी कामों से बचना चाहिये। पॉप मनोवैज्ञानिक हमेशा से कह रहे हैं कि लोग "मुझे करना चाहिये" के बजाय "मैं कर सकता हूँ" से काम करते हैं। वे इस बात का विरोध करते हैं, "आपको अपनी माँ को फोन करना चाहिये।"

यह एक ऐसा आदर्श है जिसकी धुन थोड़ी लुभावनी है – कि हम जीवन में किसी को प्रेरित करने के लिये नकारात्मक भावनाओं का प्रयोग कभी न करें। परंतु दरअसल, "चाहिये" के हिसाब से जीने में लाभ हैं और अपराधबोध दरअसल एक बहुत उचित भाव है। जब हम ग़लत काम करते हैं, तो हमें अपराधबोध महसूस होना ही चाहिये। इस अपराधबोध से प्रेरित होकर हम ग़लती सुधार सकते हैं और भविष्य में वही ग़लती करने से बच सकते हैं।

परंतु किसी लीडर के लिये अपराधबोध का अति प्रयोग करना बहुत ही आसान होता है। अल्पकाल में यह आसान भी होता है और प्रभावी भी। इसलिये माता-पिता अक्सर इस आलसी तरीक़े को अपना लेते हैं और अपने बच्चों को इस तरीक़े से नियंत्रित करते हैं। इस तरह

के व्यवहार के विनाशकारी प्रभाव को दर्शाने के लिये मैं उस मरीज़ का उदाहरण देना चाहूँगा, जो मेरे ऑफ़िस में हाल ही में आयी। पचास से ज़्यादा उम्र की एक हताश और सुस्त महिला। उसके दुख के कारणों की तलाश करते समय मैंने यह पाया कि वह अब भी डरी रहती है, क्योंकि उसकी माँ ने बचपन में उसका भावनात्मक शोषण किया था। यह इस तरह से हुआ था। अगर वह अपनी माँ को नाख़ुश करने वाला कोई भी काम करती थी, जैसे चोरी से फिल्म देखने चले जाना (उस घर में बहुत सख़्ती का माहौल था, जिसमें बहुत सी चीज़ों को करने की मनाही थी), तो उसकी माँ कभी नाराज़ नहीं होती थी, वह तो सिर्फ़ "आहत" होती थी और कई दिनों तक मुँह फुलाये रहती थी। मैंने अपनी मरीज़ से पूछा कि क्या वह अक्सर इस तरह के विद्रोही काम करती थी। उसने जवाब दिया, "अरे नहीं। जब मैं उन्हें चोट पहुँचाती थी, तो उसके बाद मुझे जो महसूस होता था, उन भावनाओं को मैं सहन नहीं कर पाती थी।" इस माँ ने आँसुओं का प्रयोग क्रूर तरीक़े से किया। मुँह फुलाने और रोने की डोरी से उसने बच्ची की भावनाओं को कठपुतली की तरह नचाया और यह अपराधबोध 40 साल बाद भी बना हुआ है।

यह महत्वपूर्ण है कि हम न्यूरॉटिक अपराधबोध और वैध अपराधबोध के अंतर को समझ लें, जैसा पॉल टूर्नियर अपनी शानदार पुस्तक *गिल्ट एंड ग्रेस* में समझाते हैं। वैध अपराधबोध इस ज्ञान से निकलता है कि हमने ग़लती की है। वैध अपराधबोध की वजह से हम अपनी दिशा सुधारने के लिये प्रवृत्त होते हैं। न्यूरॉटिक अपराधबोध वह है, जो सुधारक क़दमों को उठाने के बाद भी लंबे समय तक बना रहता है और यह रचनात्मक होने के बजाय विध्वंसात्मक होता है। हमें अपने बच्चों के साथ लुका-छुपी का खेल खेलने की कोई ज़रूरत नहीं है, क्योंकि इससे उनमें जीवन भर अपराधबोध बने रहने का डर रहेगा। परंतु जब हमारे बच्चे हमें निराश करें, तो हमें अपने भाव छुपाना भी नहीं चाहिये। महत्वपूर्ण अंतर यह है कि शोषण करने वाले माता-पिता

ग़ुस्से और आँसुओं का प्रयोग बच्चे को नियंत्रित करने के लिये करते हैं।

इसलिये आपको ख़ुद से यह सवाल पूछना चाहिये : क्या मैं सिर्फ़ बच्चे (या कर्मचारी) को सबक़ सिखाने के लिये ग़ुस्सा हो रहा हूँ या मुँह फुलाये हूँ या यह मेरी वास्तविक भावना है ? रिश्ता तब न्यूरॉटिक और शोषण का हो जाता है, जब हम अपने बच्चों को यह सिखाते हैं कि मम्मी या डैडी की भावनायें उनके काम करने का सबसे महत्वपूर्ण कारण हैं। इसके बजाय हमारा लक्ष्य उन्हें यह सिखाना होना चाहिये कि दुनिया में सही और ग़लत के कुछ नियम होते हैं और उन्हें परिणामों पर विचार करके अपने विकल्प सावधानी से चुनना चाहिये। और हमें इस तरह की बातें कहने से बचना चाहिये, "तुम किस तरह से यह काम कर सकती हो और अपनी माँ को इतनी चोट पहुँचा सकती हो ?"

टॉम एडवर्ड्स, जो उत्कृष्ट लेखक होने के अलावा जूनियर हाई स्टुडेंट्स के मास्टर टीचर भी थे, इस अंतर को इस तरह स्पष्ट करते हैं: "हमारा लक्ष्य लोगों को नियंत्रित करना नहीं है, बल्कि परिणामों को दिखाकर लोगों को चुनाव का विकल्प देना है। इस तरह से यह शोषण नहीं, बल्कि प्रेरणा बन जाती है।"

प्रेरणा के नकारात्मक साधनों के प्रयोग का सही तरीक़ा लीडर्स और मैनेजर्स के लिये कभी आसान सवाल नहीं रहा। नकारात्मक और सकारात्मक प्रेरणा का सही संतुलन क्या है ? हाल-फ़िलहाल हम इस बात पर सहमत हो जाते हैं कि तारीफ़ डाँट की तुलना में ज़्यादा होना चाहिये, और दीर्घकाल में डर और अपराधबोध की भावनाओं के प्रयोग के बारे में हमारा लक्ष्य ख़ुद की प्रसन्नता या अप्रसन्नता न होकर उच्च मूल्यों का आग्रह होना चाहिये।

"लोग मूर्खता की वजह से असफल नहीं होते, बल्कि इसलिये होते हैं क्योंकि उनमें पर्याप्त जोश नहीं होता।"

✵ *बर्ट स्ट्रदर्स*

अध्याय दस

जीतने की इच्छा

ज़्यादातर करोड़पतियों के लिये पैसे इकट्ठे करना अंत में एक खेल बन जाता है। वे पैसे की ज़रूरत की वजह से काम नहीं करते, बल्कि इसलिये करते हैं क्योंकि उन्हें प्रतियोगिता में मज़ा आता है, क्योंकि उन्हें बिज़नेस की दुनिया में अपनी योग्यतायें आज़माने में आनंद आता है।

हममें से ज़्यादातर में प्रतियोगिता की इच्छा जन्मजात होती है, वरना दुनिया को खेलों में इतना आनंद नहीं आता। और यह तथ्य लोगों को प्रेरित करने का एक बहुत ही प्रबल आधार है – साथ ही बहुत ख़तरनाक भी। सेल्स संगठन लगातार इस तकनीक का इस्तेमाल करते हैं – जब वे किसी नयी कार या वैकेशन ट्रिप या वार्षिक समारोह में प्रतिष्ठित पुरस्कार हेतु प्रतियोगितायें आयोजित करते हैं। प्राइमरी स्कूल में नये कम्प्यूटर के लिये चंदा इकट्ठा करना है, तो स्कूल को प्रेरित करने का सर्वश्रेष्ठ तरीक़ा है क्लासों के बीच प्रतियोगिता आयोजित करना और जहाँ तक संभव हो काँटे की टक्कर रखना। अगर हर दिन इकट्ठी होने वाली रक़म प्रमुखता से दर्शायी जाये,

ताकि हर शिक्षक और विद्यार्थी आँकड़ों को देख सके (और वे यह भी जानते हों कि सब लोग इन आँकड़ों को देख रहे हैं), तो उत्साह दीवानगी की हद तक बढ़ सकता है। पुरस्कार की रक़म उतनी महत्वपूर्ण नहीं होती, जितना कि प्रतियोगिता का रोमांच।

चार्ल्स श्वाब के पास एन्ड्रयू कारनेगी की सभी स्टील मिलों की देखरेख का ज़िम्मा था। एक बार उन्होंने देखा कि एक मिल के कर्मचारी लक्ष्य के हिसाब से उत्पादन नहीं कर रहे थे। मैनेजर ने श्वाब को बताया, "मैंने मज़दूरों को समझाया, प्रोत्साहित किया, उन्हें लालच भी दिया, डराया-धमकाया, नौकरी से निकालने का डर भी दिखाया। परंतु कोई फ़ायदा नहीं हुआ। वे किसी तरह पर्याप्त उत्पादन नहीं कर रहे हैं।"

चर्चा शाम को हो रही थी और रात वाली शिफ़्ट काम पर आने वाली थी। श्वाब ने मैनेजर से चॉक का एक टुकड़ा माँगा। फिर उन्होंने पास खड़े एक मज़दूर से पूछा, "आज तुम्हारी शिफ़्ट ने कितनी हीट्स कीं ?"

"छह।"

बिना कुछ कहे, श्वाब ने चॉक से फ़र्श पर बड़े अक्षरों में "6" लिख दिया और चले गये।

जब रात वाली शिफ़्ट काम पर आयी, तो उन्होंने "6" लिखा देखा और पूछा कि इसका क्या मतलब है।

दिन की शिफ़्ट के लोगों ने बताया, "आज बड़े बॉस आये थे। उन्होंने हमसे पूछा कि हमारी शिफ़्ट ने कितनी हीट्स कीं और हमने उन्हें बताया कि हमने 6 हीट्स की थीं। उन्होंने इसी को फ़र्श पर लिख दिया है।"

अगली सुबह जब श्वाब फिर से मिल पहुँचे, तो रात वाली शिफ़्ट ने “6” को मिटाकर उसकी जगह पर बड़े-बड़े अक्षरों में “7” लिख दिया था। जब दिन की शिफ़्ट के लोग अगली सुबह काम पर आये, तो उन्होंने देखा कि फ़र्श पर बड़े-बड़े अक्षरों में “7” लिखा हुआ है। अच्छा, तो नाइट शिफ़्ट वाले समझते हैं कि वे हमसे ज़्यादा योग्य हैं। उन्हें सबक़ सिखाना ही पड़ेगा। डे शिफ़्ट वालों ने उत्साह से काम किया और जब शाम को वे घर जाने लगे, तो जाते-जाते उन्होंने बड़े-बड़े अक्षरों में लिख दिया “10”। काम बहुत तेज़ी से होने लगा था।

कुछ ही समय में जिस मिल का उत्पादन पर्याप्त से बहुत कम हो रहा था, उसमें प्लांट की किसी और मिल से अधिक उत्पादन होने लगा। और इसका सिद्धांत क्या था ? श्वाब के शब्दों में ही इसे जानिये, “काम करवाने का तरीक़ा है : प्रतियोगिता को प्रेरित करना। प्रतियोगिता से मेरा मतलब पैसे कमाने वाली घटिया प्रतियोगिता से नहीं, बल्कि श्रेष्ठ होने की आकांक्षा से है।”

आदर्शवादी हमें बताने की कोशिश करेंगे कि जब हम लोगों की एक-दूसरे से प्रतियोगिता करवाते हैं, तो हम एक प्रकार का शोषण कर रहे हैं और आक्रामक भावना को प्रोत्साहित करने के बजाय हतोत्साहित किया जाना चाहिये। जैसा हम बाद में देखेंगे, क्रोध से उत्पन्न आक्रामकता सचमुच ख़तरनाक हो सकती है, परंतु सच तो यह है कि हम सब प्रकृति से प्रतियोगी हैं और इस तरह की भावना लोगों से ऐसे काम करवा सकती है, जो वे इसके बिना कभी नहीं कर पाते। खेल इस बात का एक अच्छा उदाहरण है। हर धावक, तैराक और फुटबॉल खिलाड़ी जानता है कि जब उसका मुक़ाबला दूसरों से होता है, तभी वह अपना सर्वश्रेष्ठ प्रदर्शन कर पाता है। तुलना, उत्कृष्टता और विजय की आकांक्षा उसे और उसके प्रदर्शन को ऊपर धकेलती है। स्कूल की प्रतिद्वंद्वितायें, किसी दूसरी कंपनी के साथ काँटे की टक्कर,

10 सर्वश्रेष्ठ कर्मचारियों की सूची – ये सभी सशक्त प्रेरणायें हैं।

इसलिये लोगों को सर्वश्रेष्ठ बनाने का नौवाँ नियम यह है :

थोड़ी सी प्रतियोगिता की इच्छा पैदा करें

मैंने *थोड़ी सी* इसलिये कहा है, क्योंकि प्रतियोगिता की सिर्फ़ सीमित उपयोगिता है। अगर फैक्टरी के कर्मचारियों में ज़रूरत से ज़्यादा प्रतियोगिता करवायी जाये, तो उन्हें लगेगा कि उनका शोषण हो रहा है और वे चिढ़ जायेंगे। इसके अलावा, अगर कर्मचारियों या विद्यार्थियों के बीच आक्रामकता का माहौल बन जाये, तो वे एक-दूसरे की पीठ में छुरा झोंकने लगेंगे। बहुत प्रतियोगी स्कूलों में विद्यार्थी दूसरों को सफल होने से रोकने के लिये रिज़र्व शेल्फ़ पर रखी अनिवार्य किताबें तक चुरा लेते हैं। बहरहाल इस तरह की अति के बावज़ूद इस बात को नहीं नकारा जा सकता कि स्वस्थ प्रतियोगिता महत्वपूर्ण होती है। ऐसी बातों से डरकर हमें प्रबल प्रयास करवाने के लिये तुलना या प्रतियोगिता के प्रयोग से कतराना नहीं चाहिये।

प्रतियोगिता पर एक नोबल पुरस्कार विजेता

सहयोग और प्रतियोगिता का आदर्श संतुलन अर्नो ए. पेन्जियास के काम में मिलता है, जिन्हें 1978 में भौतिकशास्त्र का साझा नोबल पुरस्कार मिला था। उन्हें यह पुरस्कार जिस खोज पर मिला था, उसे आज कॉस्मिक ब्लैकबॉडी रेडिऐशन कहा जाता है। वे अब बेल लेबोरेटरीज़ में रिसर्च के वाइस प्रेसिडेन्ट हैं। पेन्जियास का परिवार यहूदियों पर नाज़ियों के दमन के दौरान बाल-बाल बचा था। जब वे

लोग जनवरी 1940 के पहले सप्ताह में न्यूयॉर्क में उतरे, तो उनके लिये यह एक विदेशी और अपरिचित संसार था। उनके पिता आख़िरकार ब्रॉन्क्स में कई अपार्टमेंट इमारतों के सुपरिंटेंडेंट बन गये। इसके अलावा वे डम्ब वेटर्स से कचरा इकट्ठा करते थे और भट्टी में कोयला झोंकते थे। उनकी माँ वस्त्र उद्योग में काम करने लगीं।

पेन्जियास कहते हैं, "मुझे लगता है जूनियर हाई स्कूल में हर बच्चा दुखी रहता है। मेरे बोलने का लहज़ा विदेशी था। मैंने बच्चों के तौर-तरीक़े सचमुच कभी नहीं सीखे थे। जब तक मैं अच्छी तरह अँग्रेजी बोलने लायक हुआ, मैं खेलों में कमज़ोर हो गया।" हाई स्कूल में फिज़िक्स में उन्हें बहुत मुश्किलें आयीं, परंतु वे न्यूयॉर्क के सिटी कॉलेज जाने में कामयाब हो गये। कुछ हद तक इसका कारण यह था, क्योंकि जैसा वे कहते हैं, "क़ीमत सही थी," यानी कि यहाँ पर शिक्षण शुल्क नहीं लिया जाता था। एम आई टी ने उन्हें ग्रैजुएट स्कूल में लेने से मना कर दिया और उन्होंने कोलंबिया में नाम लिखवा लिया, जहाँ वे मुश्किल से बच पाये।

वे लगभग हर किसी को दाख़िल कर लेते थे... लोग अँग्रेजी की डिग्री लेकर आते थे। फिर वे आधी क्लास को फेल कर देते थे। वे लोगों से पागलों की तरह बर्ताव करते थे और फेल कर देते थे। किसी को भी कभी यह एहसास नहीं होता था कि वे लोगों का जीवन बर्बाद कर रहे थे। मुझे यह इंसानों की एक तरह की मशीनी, बेदिमाग़ी कुटाई-पिसाई लगी...

मैं अपनी पहली परीक्षा कभी नहीं भूल पाऊँगा। टाउनेस ने ऑप्टिक्स कोर्स पर पेपर बनाया था। इस खुली पुस्तक की परीक्षा में पाँच सवाल पूछे गये थे। मुझे उनमें से एक भी नहीं आता था। जब तक मैं

पाँचवें सवाल तक पहुँचा, मुझे ठंडा पसीना आने लगा। मैं परीक्षा हॉल में बैठा था और पहले चार सवालों से गुज़र चुका था। मैं उनमें से एक का भी जवाब नहीं दे सकता था - एक का भी नहीं। जब मैं पाँचवें सवाल पर पहुँचा, तो मैंने चारों तरफ़ देखा और यह पाया कि बाक़ी सब काम कर रहे हैं। मैंने ख़ुद से पूछा, "इस बात की कितनी संभावना है कि मैं इस कमरे में सबसे मूर्ख व्यक्ति हूँ?"... मुझे चौवन नंबर मिले और मैं क्लास में दूसरे नंबर पर आया। टाउनेस लेज़र्स के बारे में सोचना शुरू कर रहे थे। इसलिये वे ऑप्टिक्स के बारे में जानकारी चाहते थे और परीक्षा में उन्होंने ऐसी चीज़ें पूछीं, जिनमें उनकी रुचि थी।

पेन्जियास का दावा है कि उन्होंने बड़ी मुश्किल से ग्रैजुएशन कियाः "ऐसी दो चीज़ें थीं, जिनमें मैं अच्छा था। एक तो यह कि मुझमें चीज़ों को मशीनी संदर्भ में सुव्यवस्थित करने की, चीज़ें बनाने की योग्यता थी - और दूसरी बात यह थी कि मुझमें दर्द सहन करने की ज़बर्दस्त क्षमता पहले भी थी और आज भी है। यही वे दो चीज़ें थीं, जिन्होंने मुझे कोलंबिया से पार लगाया।"

क्या पेन्जियास को नोबल पुरस्कार मिला होता, अगर उन्होंने इससे पहले कोलंबिया जैसे प्रतियोगी माहौल में दर्द झेलना नहीं सीखा होता? यह कहना मुश्किल है। बहरहाल, यह बात तो तय है कि अब रिसर्च को स्वयं मार्गदर्शन देते समय उन्होंने प्रतियोगिता को समाप्त नहीं किया है। वे कहते हैं, "कोई भी मेरे सामने यह लक्ष्य नहीं रखता कि मुझे कितने पेटेंट करना है। परंतु दबाव चारों तरफ़ से रहता है - जापानियों का दबाव, जो हमारे साथ प्रतियोगिता कर रहे हैं। भीतरी

दबाव भी रहता है लाइटवेव डिपार्टमेंट, टर्मिनल डिपार्टमेंट, स्विचिंग डिपार्टमेंट - हर डिपार्टमेंट को मदद की ज़रूरत है और यह मदद जितनी जल्दी मिल सके, उतना ही बेहतर है। मैं स्वयं से और बाक़ी सबसे भी एक निश्चित मानदंड के अनुरूप प्रदर्शन की अपेक्षा रखता हूँ।" बेहद प्रेरित लोगों के लिये प्रतियोगिता हमेशा एक अनिवार्य तत्व रही है। परंतु लीडर की असली योग्यता तो यह जानने में है कि इसका सही मात्रा में प्रयोग कैसे किया जाये।

जब तुलना से उलटे परिणाम मिलते हैं

आलोचना करने के लिये तुलना करने और प्रेरित करने के लिये तुलना करने के बीच एक महीन विभाजक रेखा होती है। तुलना तब बुरी होती है, जब कोई पत्नी अपने पति से कहती है, "हमारे मोहल्ले में रहने वाला जैक दिन भर कड़ी मेहनत करके घर लौटता है। इसके बावज़ूद अपना घर पेंट करने में उसे थकान नहीं होती। जब वह ऐसा कर सकता है, तो तुम ऐसा क्यों नहीं कर सकते?" हममें से कइयों पर यह तकनीक बरसों से आज़मायी जाती रही है। हमारे माता-पिता कहते थे, "तुम अपनी बहन की तरह अच्छे नंबर क्यों नहीं ला सकते?" इस तरह के संदेश नकारात्मक होते हैं और हमें शक्ति देने के बजाय नीचा दिखाते हैं। अच्छी तरह से तुलना यूँ की जाती है, "देखो, टॉम, जब मैं देखती हूँ कि हमारे पड़ोसियों ने अपने आँगन को कितना बढ़िया कर लिया है, तो मेरी इच्छा होती है कि मैं भी बाहर निकलूँ और अपने आँगन को चमन बना दूँ। तुम्हारा क्या ख्याल है?" ऑफ़िस में लोगों ने युनाइटेड-वे नामक संस्था को किस तरह चंदा दिया, इस बात की सामान्य सूची भी लोगों को प्रेरित करने का एक सशक्त साधन बन सकती है। वे अपने दोस्तों के सामने अच्छा दिखना

चाहेंगे। अगर हमारा लक्ष्य उन्हें शर्मिंदा करना न होकर प्रेरित करना है, तो प्रतियोगिता के द्वारा हम यह स्वस्थ संदेश दे सकते हैं : अगर दूसरे ऐसा कर सकते हैं, तो हम भी कर सकते हैं। यह चंदा उगाहने का एक पुराना सिद्धांत है कि "आर्थिक प्रभाव नीचे की तरफ़ बहता है।" दूसरे शब्दों में, अच्छा चंदा उगाहने का अभियान सबसे पहले सबसे बड़े दानदाताओं से चंदा माँगता है, फिर उनसे निवेदन करता है कि वे अपने मित्रों को फोन करें। हो सकता है मित्र कम दान दे पायें, फिर भी जब उनका उदार मित्र उन्हें फोन करेगा, तो वे अपनी जेबों में ज़्यादा अच्छी तरह से हाथ डालेंगे। यह स्वस्थ प्रतियोगी भावना है। जब तक कोई हमें हमारी महान संभावनायें नहीं दिखाता, तब तक हम जितना करने में समर्थ होते हैं उससे बहुत कम कर पाते हैं।

क्रोध प्रेरणा के रूप में

हम अब एक ऐसी भावना की ओर मुड़ते हैं, जो प्रतियोगिता से जुड़ी हुई है, परंतु जो उस तीव्र आवेग के आगे तक जाती है : क्रोध। एक बार फिर, आदर्शवादी यह मान सकते हैं कि लोगों को प्रेरित करने का इकलौता तरीक़ा उनके कोमल व उदार भावों को जाग्रत करना है, परंतु सर्वश्रेष्ठ प्रेरक आम तौर पर लोगों का क्रोध भी जगाते हैं। क्यों ? क्योंकि जब हम क्रोधित होते हैं, तो हमारे भीतर प्रबल ऊर्जा जाग्रत हो जाती है और सतह पर आ जाती है। मार्टिन लूथर ने कहा था : "जब मैं ग़ुस्सा होता हूँ, तो मैं बेहतर तरीक़े से लिख सकता हूँ, प्रार्थना कर सकता हूँ और भाषण दे सकता हूँ, क्योंकि मेरा पूरा स्वभाव तीव्र हो जाता है, मेरी समझ पैनी हो जाती है और सारी सांसारिक चिंतायें तथा प्रलोभन काफ़ूर हो जाते हैं।" राष्ट्रीय व्यक्तित्व में सर्वश्रेष्ठ प्रदर्शन करवाने के लिये सही क्रोध की थोड़ी मात्रा ज़रूरी लगती है।

अमेरिका तब पैदा हुआ था, जब 56 देशभक्त इतने नाराज़ हो गये कि उन्होंने स्वाधीनता के घोषणापत्र पर हस्ताक्षर कर दिये। हम चाँद पर इंसान को इसलिये भेज पाये, क्योंकि स्पूतनिक ने हमें अंतरिक्ष में नंबर दो पर कर दिया था, जिस वजह से हम पागल हो गये थे।

यह प्रेरणादायी सिद्धांत ली आयाकोका के उदाहरण से अच्छी तरह स्पष्ट हो जायेगा, जब उन्हें *वॉल स्ट्रीट जरनल* पढ़कर क्रोध आया था। 1979 में इस जरनल ने एक चुभता हुआ संपादकीय प्रकाशित किया, जिसमें क्राइस्लर के ख़राब मैनेजमेंट की आलोचना करते हुए कहा गया था कि दिवालियेपन के नज़दीक खड़ी इस कंपनी को "सम्मान के साथ मरने" की अनुमति दी जाये।

आयाकोका ने इस कोटेशन से बहुत लाभ लिया। इससे अपना नुक़सान करने के बजाय या इसे नज़रअंदाज़ करने के बजाय और यह आशा करने के बजाय कि लोग इसे भूल जायेंगे, वे पलटे और उन्होंने इसके माध्यम से अपनी कंपनी के पक्ष में प्रबल सहानुभूति हासिल कर ली। उनके एक भाषण का एक हिस्सा यह है :

> ***द वॉल स्ट्रीट जरनल*** **ने मुझे सलाह दी थी कि क्राइस्लर कॉरपोरेशन को "सम्मान के साथ मरने" की अनुमति दी जाये। सच तो यह था कि हम लगभग दिवालिया थे। हमारे कारखाने औद्योगिक संग्रहालय थे। मिशिगन स्टेट फेयरग्राउन्ड्स हमारी अनबिकी कारों से भरे थे।**
>
> **मैं पागल हो गया ... हाईलैंड पार्क के मेरे सहयोगी पागल हो गये। क्राइस्लर के अमेरिका भर में फैले लाखों कर्मचारी पागल हो गये। हमारी लेबर यूनियनें, हमारे सप्लायर्स, हमारे कर्ज़दाता सब के सब पागल हो गये। हम इतने पागल हो गये कि हम एकत्रित हुए,**

हमने चीज़ों पर विचार-विमर्श किया और इकट्ठे काम करके हमने क्राइस्लर की हर गड़बड़ी को ठीक कर लिया।

हमने अपनी उत्पादकता दुगुनी कर ली। हमने अपनी फैक्टरियों का पुनरुद्धार किया। हमने क़ीमतें कम कीं। हमने अमेरिका की सबसे अच्छी क्वालिटी की कारें और ट्रक बनाना शुरू किया। संक्षेप में, हमने सब कुछ बदलकर रख दिया। आज हम कारें बेच रहे हैं और बहुत सा धन कमा रहे हैं... इस कहानी से एक शिक्षा मिलती है। जब अमेरिकी पागल हो जाते हैं, तो आश्चर्यजनक चीज़ें हो सकती हैं। मैं सोचता हूँ कि सही दिशा में किया गया थोड़ा सा ग़ुस्सा अमेरिका में फैली गड़बड़ियों को सुधार सकता है।

शायद ही कोई ऐसा होगा जिसे आयाकोका का भाषण सुनकर जोश न आया हो, क्योंकि इस तरह के भाषण में आपकी सहानुभूति और समर्थन पराजित होते दिख रहे व्यक्ति के साथ होते हैं।

जब क्रोध उचित हो

क्या बाइबल में क्रोध एक नकारात्मक शक्ति है? ओल्ड टेस्टामेंट में "क्रोध" या "क्रोधित" शब्द का प्रयोग लगभग 455 बार किया गया है और लगभग 375 बार इसका संबंध ईश्वर के क्रोध से है। ईसा मसीह धर्मशास्त्रियों और पाखंडियों पर क्रुद्ध थे। आम तौर पर धर्मग्रंथ जीवन को एक युद्ध के रूप में चित्रित करते हैं : हम बुरी ताक़तों, शैतान लोगों और शैतानी शक्तियों के विरुद्ध संघर्ष करते हैं।

सशक्त प्रेरणा देने वाला वक्ता श्रोताओं को प्रेरित करने के लिये समूचे मानवीय भावों का सहारा ले सकता है, और क्रोध उनमें से एक है। मार्क ट्वेन कहते थे कि भीड़ को बाँधने के लिये आपको उन्हें बदल-बदलकर आकर्षित और अपमानित करना चाहिये। अच्छे मंचीय वक्ता और कोच अपने श्रोताओं के सामने कभी-कभार क्रोध का प्रदर्शन भी करते हैं। यही नहीं, वे अपने साथियों में उसी तरह का क्रोध जगाते नज़र आते हैं, जिस तरह का क्रोध आयाकोका ने ***वॉल स्ट्रीट जरनल*** के बारे में अपने प्रसिद्ध भाषण में दिखाया था।

दुश्मन एक होने के लाभ

क्रोध और प्रतियोगी भाव को जगाने से एक और चीज़ होती है : इससे लोगों में एकता हो जाती है। किसी बड़े परिवार में डिनर की टेबल पर भाइयों में कितनी ही बहस होती हो, परंतु अगर कोई बाहरी व्यक्ति परिवार के किसी भी बच्चे की आलोचना करता है और यह तथ्य डिनर की टेबल पर सामने आता है, तो तत्काल एकता स्थापित हो जाती है। हो सकता है किसी धर्मसमुदाय में अंदरूनी संघर्ष हों, परंतु यदि इसे किसी साझे शत्रु से संघर्ष करने के लिये प्रेरित किया जा सके, तो यह तत्काल आंतरिक मतभेदों को भुला सकता है।

दरअसल चर्च इस बात का रोचक उदाहरण दे सकते हैं कि समूह का मनोबल किस तरह बनता और नष्ट होता है। प्रेम के बारे में हमारी धार्मिक चर्चा के बावज़ूद मैंने कभी किसी धर्मसमुदाय को तब तक सचमुच उत्साही नहीं देखा, जब तक कि उसे यह विश्वास न हो कि वह किसी साझे शत्रु के ख़िलाफ़ संघर्ष कर रहा है। अलग-अलग चर्चों के शत्रु अलग-अलग हो सकते हैं, परंतु यह अनिवार्य है कि विरोध करने के लिये किसी को खोजा जाये।

हमारे क्रोध को अनैतिक रूप से प्रज्वलित करना

हमें इस तथ्य को नज़रअंदाज़ नहीं करना चाहिये कि प्रोपैगंडा करने वाले लोग नफ़रत की आग को भड़का सकते हैं और तबाही फैला सकते हैं। युद्ध और ज़िंदा जलाना सामूहिक क्रोध के ही परिणाम हैं। हिटलर ने यहूदियों को बलि का बकरा बनाकर प्रबल शक्ति और एकता जाग्रत की थी। जिम जोन्स ने 912 लोगों को आत्महत्या करने के लिये प्रेरित किया, और उसने ऐसा कैसे किया? उसने अपने अनुयायियों के सामने एक भ्रामक तथा काल्पनिक संसार की रचना की, जिससे वे नफ़रत कर सकें। इन दोनों उदाहरणों में जो क्रोध जाग्रत किया गया था, वह ग़लत दिशा में ले जा रहा था।

इस तरह के ग़लत परिणामों से बचने के लिये हमें लोगों की प्रतियोगी भावनायें कभी-कभार ही उभारना चाहिये और अपने शत्रुओं का चुनाव सावधानी से करना चाहिये। नफ़रत ग़लत नहीं है, परंतु यह सही चीज़ों के विरोध में होना चाहिये : क्रूरता, स्वार्थ, धोखा, शोषण, असहाय लोगों पर ज़ुल्म। इसमें भी कुछ ग़लत नहीं है कि अगर लोग ग़ुस्सा हैं, तो उन्हें ज़्यादा कड़ी मेहनत के लिये प्रेरित किया जाये। शर्त यह है कि हम उनके क्रोध के लिये उचित सामग्री दें और लोगों को अपने पक्ष में लाने के लिये उनमें अपने भेदी नियुक्त न करें। हमारी दुनिया में पहले से ही इतने ज़्यादा अत्याचारी लोग हैं, इतना ज़्यादा अन्याय है, इतनी ज़्यादा गड़बड़ियाँ हैं जिन्हें ठीक किये जाने की ज़रूरत है, कि हमें अपनी नफ़रत के लिये नक़ली इंतज़ाम करने की कोई ज़रूरत नहीं है।

''जिसे हम समाज कहते हैं, वह दरअसल आपसी समझौतों का एक बड़ा नेटवर्क है।''

✹ *एस.आई. हायाकावा*

''यह आश्चर्यजनक है कि लोग कितना ज़्यादा कर सकते हैं, अगर वे इस बारे में चिंता न करें कि श्रेय किसे मिलेगा।''

✹ *सांड्रा स्विनी*

अध्याय ग्यारह

लोगों को आपस में सहयोग करने के लिये प्रेरित कैसे करें

यहाँ पर हम सामूहिक मनोबल के मायावी विषय पर चर्चा करेंगे। कुछ लीडर्स में ऐसा क्या होता है कि वे अपने समूह या परिवार को इस तरह से बनाने में समर्थ होते हैं कि उसमें हमेशा *प्रबल सामूहिक भावना* या एक-दूसरे के प्रति निष्ठा होती है? और ऐसा क्यों होता है कि व्यक्तिगत चर्चाओं में जो लीडर पर्याप्त प्रेरणादायी दिखते हैं, वे समूहों में हमेशा सफल नहीं हो पाते। उनके समूह में मतभेद तथा संघर्ष होते रहते हैं, इसलिये वे कभी कोई चीज़ सफलतापूर्वक नहीं करवा पाते।

जो लीडर सामूहिक मनोबल के सिद्धांत सीख सकता है, वह एक बहुत मूल्यवान व्यक्ति बन जाता है। अच्छी सामूहिक भावना से

लोग न केवल किसी काम को आधे समय में कर लेते हैं, बल्कि इससे नये लोग भी अंदर खिंचे चले आते हैं। उदाहरण के लिये, कुछ बेहद सफल चर्च ऐसे पादरियों द्वारा मार्गदर्शित होते हैं, जिनका व्यक्तित्व चुंबकीय नहीं होता। उनकी सफलता का कारण वह योग्यता है, जिसके द्वारा वे उत्साही और एकतापूर्ण धर्म समुदाय का निर्माण करते हैं। इस तरह के मामलों में लोग लीडर के बजाय सामूहिक भावना से शक्ति पाते हैं और एक उच्च ऊर्जा का माहौल बन जाता है। अच्छे लीडर सिर्फ़ अपने प्रति ही निष्ठा जाग्रत नहीं करते, जो हालाँकि महत्वपूर्ण है, परंतु पर्याप्त नहीं है। वे इससे भी आगे जाकर समूह में सामूहिक निष्ठा जाग्रत करते हैं। यह नितांत आवश्यक है कि संगठन में एक-दूसरे के प्रति निष्ठा विकसित की जाये।

लोगों को सर्वश्रेष्ठ बनाने का दसवाँ नियम यह है :

सहयोग को महत्व दें

सफल समूहों के संगठक एक मूलभूत मानवीय तथ्य के आधार पर काम करते हैं : ज़्यादातर लोग तब सबसे अच्छी तरह काम कर सकते हैं, जब वे कम से कम किसी एक व्यक्ति के साथ टीम बना लें। उदाहरण के लिये, आप उन पति-पत्नियों को ले लें जो इकट्ठे कुछ करते हैं। वे एक-दूसरे को प्रोत्साहित करते हैं और उनमें एकता होती है। मैंने जितने काम किये हैं, लेखन उनमें सबसे मुश्किल काम रहा है। और सच तो यह है कि अपनी पत्नी डियान के बिना मैं इसे कभी नहीं कर सकता था। मैं यह अध्याय सेंट एन्ड्रयूज़ प्रायरी में लिख रहा हूँ, जो लॉस एंजेलिस स्थित मेरे घर से 80 मील दूर एक बेनेडिक्टाइन रिट्रीट है। हालाँकि यहाँ का अद्‌भुत एकांत ज़बर्दस्त प्रेरणा देता है, जिस वजह से मैं कई दिनों तक अच्छी तरह लेखन कार्य कर सकता हूँ,

परंतु मैं यहाँ पर आधी रात को टाइप नहीं कर सकता था अगर मैं उस महिला के साथ क़रीबी रूप से जुड़ा हुआ महसूस नहीं करता, जो आज रात हमारे बिस्तर में अकेली सो रही है। वह वहाँ पर इसलिये अकेली नहीं है क्योंकि उसे एकांत अच्छा लगता है, बल्कि इसलिये है क्योंकि वह जानती है कि यह अध्याय पूरा करना और इसे डाक से इस सप्ताह भिजवाना मेरे लिये बेहद महत्वपूर्ण है। जब मेरे लेखन को प्रकाशक लगातार अस्वीकार कर रहे थे, उन हताशा के वर्षों में मैंने हार मान ली होती, अगर ख़ुशनुमा, आशावादी, विश्वास से भरी डियान ने मुझे विश्वास नहीं दिलाया होता। जब कई लोगों से मुक़ाबला होता है, तो एक व्यक्ति अक्सर हार जाता है। परंतु अगर दो लोग हों! तब तो कहानी ही अलग हो जाती है। अगर आप किसी ऐसे व्यक्ति को खोज सकें, जो आपकी खोज में आपके साथ शामिल हो जाये, तो आप अपनी क्षमताओं को दुगुना नहीं करते हैं, आप उन्हें कई गुना बढ़ा लेते हैं।

यही सिद्धांत वज़न कम करने, शराब छोड़ने या भाषा सीखने में भी लागू होता है - संख्या में शक्ति होती है। समूह में रहने से आपका संकल्प दृढ़ होता है और आपको बाधाओं को पार करने की शक्ति मिलती है।

जुड़ने की आवश्यकता

हर व्यक्ति में एक मूलभूत आवश्यकता होती है, जिसे इस विषय पर लिखी जाने वाली तकनीकी पुस्तकों में "संबद्धकारी प्रेरणा" कहा जाता है। हममें से हर एक मज़बूती से जुड़े लोगों के समूह का हिस्सा बनना पसंद करता है जहाँ हमें जाना जाये तथा स्वीकार किया जाये, जहाँ हम एक-दूसरे के प्रति निष्ठावान हों, और जहाँ हम जानते हों कि हमारे मुश्किल में पड़ने पर समूह के दूसरे सदस्य हमारा साथ देंगे। यह पुरानी कबीलाई भावना है। आदर्श रूप से ऐसा माहौल

परिवार में होता है, जहाँ लोग हमारी हर भूल को माफ़ कर देते हैं। जब परिवार में इस तरह की निष्ठा विकसित होती है, तो यह हो सकता है कि लोग कुछ समय के लिये राह भटक जायें, परंतु वे हमेशा लौट आते हैं। अगर इस तरह की निष्ठा कर्मचारियों के किसी समूह में विकसित हो जाती है, तो इससे भी इसी तरह का प्रबल जुड़ाव उत्पन्न होता है। किसी दूसरी कंपनी में ज्यादा पैसे की नौकरी मिल रही हो तो भी लोग आपके स्टाफ में बने रहेंगे, क्योंकि उनका नियोक्ता उनकी एक महत्वपूर्ण मनोवैज्ञानिक आवश्यकता पूरी कर रहा है - जुड़ने की आवश्यकता। हममें से कुछ लोग सोचते हैं कि हर एक की निष्ठा कंपनी के प्रति होती है, परंतु ऐसा नहीं होता। "कंपनी का आदमी" अब अतीत की बात हो गयी है, अगर इस तरह का आदमी कभी सचमुच रहा हो। कंपनी के प्रति कौन ज्यादा वफ़ादार रहा है ? परंतु उस अस्पष्ट समूह के साथ हमारे बहुत से बंधन अवश्य होते हैं जिनके साथ हमने काम किया है, उन परंपराओं के प्रति जिन्हें हमने क्वालिटी के लिये स्थापित किया है और उन युवा लोगों के लिये जो कंपनी में आये हैं और जिनके भविष्य इस बात पर निर्भर करते हैं कि हम इकट्ठे कितना निर्माण करते हैं।

निम्नलिखित पृष्ठ विस्तार से ऐसी विशेषताओं का उल्लेख करते हैं, जो ऊँचे मनोबल वाले संगठनों में होती हैं।

क्वालिटी कंट्रोल

सर्वश्रेष्ठ समूह अपने मानदंडों के लिये ख़ुद को हमेशा पूरी तरह ज़िम्मेदार मानते हैं। ख़राब लीडर्स यह ग़लती करते हैं कि वे क्वालिटी कंट्रोल के एकमात्र प्रहरी बन जाते हैं, जबकि अच्छे लीडर्स लोगों को प्रोत्साहित करते हैं कि वे उत्कृष्टता के लिये एक-दूसरे को जवाबदेह मानें।

यहाँ मैन्युफैक्चरिंग का एक उदाहरण दिया जा रहा है। एक मित्र ने कुछ साल पहले एक फाउंड्री ख़रीदी। उसने कहा, "कर्मचारियों का विश्लेषण करते समय मैंने पाया कि कुछ पुराने कर्मचारियों का एक गुट था, जो आपस में ही घुलता-मिलता था, परंतु दुकान में हमेशा उनका काम ही सबसे अच्छा होता था। जब वे कॉफी पीने के लिये इकट्ठे होते थे, तो वे एक-दूसरे को अपना काम दिखाते थे, ख़राब काम पर नाक-भौं सिकोड़ते थे और अच्छे काम की प्रशंसा करते थे।

"मैं इस समूह के साथ कोई छेड़छाड़ करने वाला नहीं था और लोगों को इधर-उधर नहीं करने वाला था, क्योंकि उनमें से हर एक को न सिर्फ़ अपने काम पर गर्व था, बल्कि वहाँ पर काम करने में एक अजीब सा सामूहिक गर्व भी था। महत्वपूर्ण बात यह थी कि वे अपने समूह के किसी व्यक्ति को असफल होने की अनुमति नहीं देते थे। आंतरिक प्रतियोगिता और निष्ठा के कारण वे बेहतर काम करते थे।" फाउंड्री के मालिक ने यह महत्वपूर्ण सबक़ सीख लिया था कि सामूहिक मनोबल का लाभ कैसे लिया जाये।

परिवार में इसी सिद्धांत का उदाहरण देखें। हाल ही में एक भोज-समारोह में मैं एक आकर्षक महिला के पास बैठा, जिसके छह बच्चे हार्वर्ड, स्टैनफोर्ड और वेलेज़्ली जैसे कॉलेजों में पढ़े थे। वे सब सफल थे और उनमें से कोई भी असफल नहीं था। मैंने उनसे पूछा, "आख़िर आपने उन्हें कैसे प्रेरित किया?"

उन्होंने हँसकर जवाब दिया, "हर कोई मुझसे यह सवाल पूछता है और मैं उलझन में पड़ जाती हूँ, क्योंकि मैं नहीं सोचती कि मैंने ज़्यादा कुछ किया था। उदाहरण के तौर पर, मैंने उनसे कभी होमवर्क करने के लिये नहीं कहा या जब वे ख़राब नंबर लेकर घर आते थे, तो मैंने उन्हें कभी नहीं डाँटा। वे एक-दूसरे को प्रेरित करते थे। उदाहरण के तौर पर मुझे वह दिन याद है जब हमारी एक पुत्री अपना रिपोर्ट कार्ड

लेकर घर आयी, जिसमें उसे अपेक्षा से कम नंबर आये थे। मैंने कुछ नहीं कहा और कार्ड किचन काउन्टर पर रख दिया। जब उसका बड़ा भाई घर आया, तो उसने कार्ड देखा, नाक-भौं सिकोड़ी, उसके कमरे में गया और उसे एक लंबा प्रेरणादायी लेक्चर दिया। मुझे पक्का पता नहीं है कि उसने क्या कहा, परंतु बाक़ी बातों के अलावा उसने अपनी बहन को यह विश्वास भी दिलाया कि कुछ ऐसे पारिवारिक मानदंड हैं जिनका पालन उसे करना चाहिये, और अगर वह अच्छा प्रदर्शन नहीं करती है, तो यह पूरे परिवार के लिये शर्म की बात होगी। यह अच्छा भाषण रहा होगा, क्योंकि उसने अगले रिपोर्ट कार्ड में अपने नंबर नाटकीय रूप से बढ़ा लिये थे। वह अपने भाई का बहुत सम्मान करती थी और उससे इतना ज़्यादा प्रेम करती थी कि उसकी सद्भावना हासिल करने के लिये वह कुछ भी कर सकती थी।"

इस माँ ने समझदारी का प्रदर्शन करते हुए ठीक वही किया था, जो हर अच्छा एक्ज़ीक्यूटिव करता है : उसने उत्कृष्टता के लिये एक सामूहिक मानदंड स्थापित कर दिया और फिर इसे बनाये रखने का ज़िम्मा समूह को सौंप दिया।

सब एक के लिये और एक सबके लिये

ऊँचे मनोबल वाले समूहों का दूसरा गुण यह है : हर व्यक्ति विश्वास करता है कि लीडर्स सामूहिक हित को सबसे ऊपर रख रहे हैं। किसी संगठन में उत्साहपूर्वक शामिल होने का फ़ैसला करते समय किसी व्यक्ति के दिमाग़ में हमेशा यह बड़ा सवाल होता है : क्या ये लीडर्स सिर्फ़ अपने हित के लिये काम कर रहे हैं, क्या ये अपने प्रोजेक्ट्स के लिये उत्साह बढ़ाने की कोशिश कर रहे हैं या फिर वे यह भी सुनिश्चित करेंगे कि यह काम हम सबके लिये लाभकारी हो ?

जिन कंपनियों में यह फिलॉसफ़ी काम करती है कि कर्मचारियों

से जितना ज़्यादा काम ले सकते हो, लो और उन्हें जितना कम दे सकते हो, दो, वहाँ नये कर्मचारी बहुत जल्दी सीखते हैं। ऐसी कंपनियों में मैनेजमेंट को नुक़सान पहुँचाने में उनकी अंतरात्मा उन्हें नहीं कचोटती और वे हर शाम को अपनी जेब में ऑफ़िस का सामान घर ले जाते हैं। इसके विपरीत, एन्ड्रयू कारनेगी इस सिद्धांत पर काम करते थे, "कोई आदमी दूसरों को अमीर बनाये बिना अमीर नहीं बन सकता," और उन्होंने उच्च मनोबल वाला एक ऐसा संगठन बनाया, जिससे वे सचमुच अमीर बन गये। अगर हम लोगों के समूह को विश्वास दिला सकें कि सब एक के लिये हैं और एक सब के लिये, तो समूह प्रबल ऊर्जा के साथ काम कर सकता है।

मल्टीनेशनल स्कलम्बरजर कंपनी के प्रमुख जीन रिबाऊ कहते हैं कि दुनिया में सफल होने का सर्वश्रेष्ठ तरीक़ा है "लोगों को यह विश्वास दिलाना, कि आपकी मदद करना उनके हित में है।" इस तरह की नीति बहुत शोषक हो सकती है अगर हम लोगों को यह विश्वास दिलाने की कोशिश करें कि हमारी मदद करना उनके हित में है, जबकि यह सच न हो। दूसरी तरफ़, अगर हम किसी प्रोजेक्ट में विश्वास करते हैं, अगर इसे पूरा करने के लिये हम सहयोग हासिल करने के लिये निष्ठावान हैं, और अगर हम अपने स्टाफ़ के साथ लाभ बाँटना चाहते हैं तो हमें उनसे यह बात बार-बार कहना चाहिये।

यही सिद्धांत पारिवारिक लीडरशिप पर भी लागू होता है। जब बच्चों को यह विश्वास होता है कि पारिवारिक नियम सिर्फ़ माता-पिता की सुविधा के लिये हैं, तो इससे उन्हें बहुत प्रेरणा नहीं मिलती। हो सकता है किसी लड़की को यह विश्वास हो कि उसकी माँ उससे अच्छा व्यवहार इसलिये करवाती है, ताकि माँ को अपनी सहेलियों के सामने नीचा न देखना पड़े। अगर बच्चों को यह विश्वास दिलाया जा सके कि परिवार हर एक के लाभ के लिये है और नियम इसलिये बनाये गये

हैं, ताकि सभी सदस्य सर्वश्रेष्ठ तरीक़े से काम कर सकें, तो वे इन नियमों के प्रति .ज्यादा सहानुभूतिपूर्ण होंगे। दृढ़ लीडरशिप - यहाँ तक कि तानाशाहीपूर्ण लीडरशिप भी - .ज्यादातर लोगों द्वारा सहन की जा सकती है, अगर यह स्पष्ट हो कि लीडर दिल से सबकी भलाई चाहता है।

अपनी पुस्तक ***अमेरिकन सीज़र*** में विलियम मैनचेस्टर उस उल्लेखनीय वफ़ादारी का विश्लेषण करने की कोशिश करते हैं, जो प्रथम विश्व युद्ध के दौरान कर्नल डगलस मैकआर्थर को अपने समूह से मिली। यु द्ध ख़त्म होने के बाद मैकआर्थर को सात सिल्वर स्टार्स, दो डिस्टिंग्विश्ड सर्विस क्रॉसेस और द डिस्टिंग्विश्ड सर्विस मेडल मिले। उन्हें यह मेडल कुछ हद तक उनकी बहादुरी के कारण मिले, परंतु उन्हें यह मेडल अपने समूह से इतनी प्रबल वफ़ादारी हासिल करने की उनकी योग्यता के कारण भी मिले। और उन्होंने ऐसा किस तरह से किया? यहाँ विलियम मैनचेस्टर की सूची है : "वे दूसरे सीनियर ऑफ़िसर्स की तुलना में अपने समूह की उम्र के क़रीब थे, वे उनकी मुश्किलों और ख़तरों को उनके साथ झेलते थे तथा वे बदले में उनसे प्रेम करते थे।" अंतिम वाक्य कुंजी है - "वे बदले में उनसे प्रेम करते थे।" अपने घमंड और भावनात्मक मुश्किलों के बावज़ूद मैकआर्थर में एक अच्छा गुण था, जिसने अपने आदमियों की भावनाओं को प्रज्वलित कर दिया : वे उनका दिल से .ख़्याल रखते थे। बेहद प्रेरित समूह जानते हैं कि उनका लीडर उनसे गहराई से प्रेम करता है और उनके प्रति हमेशा निष्ठावान रहेगा।

वायदे

सेंटर फॉर क्रिएटिव लीडरशिप, ग्रीन्सबोरो, नॉर्थ कैरोलिना ने हाल ही में 21 असफल एक्ज़ीक्यूटिव्ज़ का अध्ययन किया - वे सफल

लोग, जिनसे संगठन के शिखर पर पहुँचने की उम्मीद थी, परंतु जो अपने कैरियर में एक निश्चित जगह पर रुक गये या जिन्हें नौकरी से निकाल दिया गया या जिन्हें जल्दी रिटायरमेंट लेने के लिये मजबूर कर दिया गया। उनकी तुलना 20 "सफल लोगों" से की गयी - जो शिखर पर पहुँच गये थे।

शोधकर्ताओं ने पाया कि दोनों ही समूहों में आश्चर्यजनक समानतायें थीं। 41 एक्ज़ीक्यूटिव्ज़ में से हर एक में उल्लेखनीय शक्तियाँ थीं और हर एक में एक या अधिक महत्वपूर्ण कमज़ोरियाँ भी थीं। कोई व्यक्ति बहुत सी ग़लतियाँ करने के बाद भी, कई कमज़ोरियों के बाद भी सफलता के शिखर पर पहुँच सकता है। परंतु इन पराजित एक्ज़ीक्यूटिव्ज़ के क़रीबी अध्ययन ने दर्शाया कि उनमें से ज़्यादातर में कुछ निश्चित दोष बार-बार उभरे और ख़ास तौर पर उन्होंने जब एक ग़लती की, तो उसकी वजह से हमेशा उनका पतन हुआ। शोधकर्ताओं ने इसे "अक्षम्य पाप - विश्वास तोड़ना" कहा। यहाँ ईमानदारी का मतलब सामान्य ईमानदारी नहीं है। इसमें सतत और लगातार ईमानदारी शामिल है, जो कहती है कि "मैं बिलकुल वही करूँगा जो मैं कहता हूँ कि मैं करूँगा, जब मैं कहता हूँ कि मैं करूँगा। अगर मैं अपना मन बदलता हूँ तो मैं आपको पहले से ही बता दूँगा, ताकि आपको मेरे कामों से नुक़सान न हो।"

हममें से कई लोग बहुत से लोगों से बहुत से वायदे कर लेते हैं और कोई दूसरी चीज़ किसी समूह को इससे तीव्रता से हतोत्साहित नहीं करती। डाना कॉरपोरेशन के चीफ़ एक्ज़ीक्यूटिव ऑफ़िसर रीन मैकफरसन से जब उनके संगठन की अद्‌भुत सफलता के बारे में पूछा गया, तो उन्होंने कहाः "आप किसी कर्मचारी के साथ कैसा व्यवहार करते हैं, इस पर बाक़ी सभी कर्मचारी आँख गड़ाये रहते हैं। वे फ़ैसला करते हैं कि उस आधार पर वे आपमें और आपकी कंपनी में विश्वास

कर सकते हैं या नहीं।" कोई यह सोच सकता है कि किसी बड़े संगठन में मैनेजर्स कुछ कर्मचारियों के साथ निर्ममता से व्यवहार कर सकते हैं और किसी को पता नहीं चलेगा। परंतु ऐसा होता नहीं है। इस तरह का एक भी उदाहरण पूरे समूह के मनोबल को नष्ट कर सकता है। जैसा मैकफरसन कहते हैं, आप किस तरह अपने कर्मचारी के साथ व्यवहार कर रहे हैं, यह हर कर्मचारी देख रहा है और यह सोच रहा है कि उसके साथ भी इसी तरह का व्यवहार किया जायेगा।

वायदे तोड़ने पर परिवार में भी इसी तरह निगाह रखी जाती है। अगर कोई पिता अपने पुत्र से वायदा करता है कि 17 साल का होने पर वह उसके लिये कार ख़रीद देगा, परंतु ऐसा नहीं करता तो वह न सिर्फ़ अपने पुत्र के विश्वास को तोड़ता है, बल्कि वह परिवार की भावना को भी नष्ट करता है, क्योंकि परिवार के बाक़ी सदस्य इस दग़ाबाज़ी को देख रहे हैं। यह उचित है कि हम अतिरिक्त प्रयास करें और लोगों को दिखायें कि हम उनसे किये गये अपने वायदे निभाते हैं, वरना वे अपने उत्साह पर ब्रेक लगा लेंगे।

निष्पक्षता

एक और हतोत्साहित करने वाली नीति है - निष्पक्षता से पुरस्कार न देना। *इक्विटी थ्योरी* पर काफ़ी शोध किया जा चुका है, परंतु हर अच्छा लीडर यह बात अच्छी तरह जानता है : अगर लोगों को यह महसूस हो कि किसी दूसरे को अलग तरह से पुरस्कार या वेतन दिया जा रहा है, तो लोगों की प्रेरणा पूरी तरह से धराशायी हो सकती है।

1972 में श्मिट और मारवेल ने एक रोचक अध्ययन किया, जिसमें कर्मचारियों के समूहों को यह विकल्प दिया गया कि या तो वे

कम धन के लिये अकेले काम करें या फिर ज़्यादा धन के लिये किसी और व्यक्ति के साथ काम करें। इसमें पेंच यह था : हालाँकि दोनों को ही अधिक धन दिया जायेगा, परंतु इकट्ठे काम करने पर एक को उसी काम के लिये दूसरे से अधिक धन दिया जायेगा। यह भुगतान का असमान वितरण था और इस पक्षपात के कोई स्पष्ट कारण नहीं थे। *समूहों में से 40 प्रतिशत ने पक्षपातपूर्ण अधिक भुगतान को स्वीकार करने के बजाय कम धन के लिये काम करने का विकल्प चुना।* यह अध्ययन निष्पक्ष व्यवहार किये जाने की हमारी सशक्त आवश्यकता को नाटकीय रूप से रेखांकित करता है।

शायद यही कारण है कि शिक्षकों को तथाकथित मेरिट पे देना अमेरिका की शैक्षणिक असफलताओं से मुक्ति पाने का रास्ता नहीं है। आप इस तरह से लोगों को प्रेरित नहीं कर सकते कि आप किसी स्कूल में जायें और 15 प्रतिशत स्टाफ़ पर "मास्टर टीचर्स" का लेबल लगा दें। इससे वे तो प्रेरित हो सकते हैं, परंतु बाक़ी 85 प्रतिशत का क्या होगा, जिन पर यह लेबल नहीं लगता। अपनी ख़ुद की नौकरी के बारे में सोचिये। मान लीजिये कोई आपके ऑफ़िस में आये, हर एक के प्रदर्शन का मूल्यांकन करे और वही काम करने वाले 15 प्रतिशत कर्मचारियों पर "मास्टर वर्कर्स" का लेबल लगा दे और उन्हें बाक़ी सबसे 25 प्रतिशत ज़्यादा तनख़्वाह दे दे। क्या इससे उत्पादकता बढ़ेगी या घटेगी ? सवाल का जवाब इसी में छुपा है।

लेस्टर सी. थूरो बताते हैं कि उन्होंने दो अलग-अलग विश्वविद्यालयों के अर्थशास्त्र विभाग में पढ़ाया। दोनों ही अपने शोध के लिये प्रसिद्ध थे, परंतु एक अपने अच्छे शिक्षण के लिये प्रसिद्ध था, जबकि दूसरा अपने बुरे शिक्षण के लिये बदनाम था। प्रोफ़ेसरों को तनख़्वाह देने के तरीक़ों में कोई महत्वपूर्ण अंतर नहीं था। तनख़्वाहों के आकार में भी कोई अंतर नहीं था। उन्होंने फ़ैसला किया, "अच्छा

शिक्षण एक संस्था में इसलिये होता था, क्योंकि इसमें प्रबल सामूहिक मूल्य थे कि अच्छा शिक्षण आपकी पहली ज़िम्मेदारी थी और आपको इसके पुरस्कार स्वरूप अपने समकक्षों का सम्मान मिलेगा।" यदि शिक्षकों के साथ पक्षपात किया जाता, तो यह पूरा मूल्य नष्ट किया जा सकता था।

"अच्छे लोग" अक्सर इसी वजह से ख़राब बॉस साबित होते हैं। अगर आप कुछ लोगों के लिये नियम शिथिल करते हैं, तो इससे आपके स्टाफ़ में दुविधा उत्पन्न होती है और उसके मनोबल में कमी आती है। हर एक के साथ अच्छे संबंध बनाने की कोशिश में और कंपनी के नियम को अक्सर शिथिल करने के चक्कर में यह प्रतीत होता है कि आप सब कर्मचारियों के कल्याण के बजाय कुछ ख़ास लोगों के सुख की ज़्यादा परवाह करते हैं। यह प्रेरणा के एक मूलभूत सिद्धांत - निष्पक्षता - का अतिक्रमण करता है।

व्यक्ति का संरक्षण

अच्छे मनोबल का एक और तत्व उस विषय से क़रीबी रूप से जुड़ा है, जिस पर हम चर्चा कर रहे हैं : सदस्यों को यह पता होना चाहिये कि वे किसी समूह में ग़ुम नहीं जायेंगे। यहाँ पर विरोधाभास नज़र आता है। हम अपने आपको किसी ऐसे समूह में घुल-मिल जाने देंगे, जहाँ हमें यह विश्वास हो कि लीडर्स हमारी वैयक्तिकता को मूल्यवान समझेंगे। अगर हमें यह लगे कि लोग बड़े समूह के लिये काम करने में कुर्बान हो जायेंगे, तो समूह में रहने से हमें डर लगेगा।

जब ए. डब्ल्यू. क्लासेन बैंक ऑफ अमेरिका के प्रमुख थे, तो उनसे *हार्वर्ड बिज़नेस रिव्यू* ने पूछा कि वे क्लर्क से चीफ़ एक्ज़ीक्यूटिव ऑफ़िसर के पद तक कैसे पहुँचे। अपने ज्ञानवर्धक इंटरव्यू में क्लासेन

ने अपनी फ़र्म के साथियों के बारे में सच्चे प्रेम से बातें कीं, उन बुज़ुर्ग एक्ज़ीक्यूटिव्ज़ के बारे में, जिनसे उन्होंने गुर सीखे और छोटे स्तर के कर्मचारियों के बारे में भी। यह स्पष्ट था कि उनके लिये लोग महत्वपूर्ण थे।

इंटरव्यू के बाद यह बतलाया गया कि यह नीति कैसे काम करती है। यह बैंक ऑफ अमेरिका के एक ऐसे एक्ज़ीक्यूटिव की कहानी थी, जिसे ख़ुद पर बहुत गर्व था। वह 25 साल तक फ़र्म के लिये काम करता रहा, परंतु इसके बाद उसका प्रदर्शन कमज़ोर होने लगा। अब उसमें चिंगारी नहीं रह गयी थी और वह मेडिकल कारणों से लंबे समय तक अनुपस्थित रहने लगा। उसके सुपरवाइज़र्स ने फ़ैसला किया कि उसे कम चुनौतियाँ मिल रही थीं, इसलिये उन्होंने उसका ट्रांसफर एक बहुत व्यस्त शाखा में कर दिया। परंतु 30 दिन के भीतर ही उसकी पुरानी आदतें लौट आयीं। उसे वे ग्राहक भी याद नहीं रहते थे, जिनसे वह एक दिन पहले मिला था। यही नहीं, सीने के दर्द के कारण वह जल्दी घर भी चला जाता था।

डिस्ट्रिक्ट मैनेजर ने उससे पूछा कि कहीं उसकी बीमारी मनोदैहिक तो नहीं थी। उसने जवाब दिया, "हाँ, मुझे भी ऐसा ही लगता है। मेरा विश्वास कीजिये, मुझे दर्द बहुत ज़्यादा होता है। परंतु जब डॉक्टरों ने मेरी जाँच की, तो उन्हें कोई गड़बड़ी नहीं मिली।" उसके सुपीरियर्स ने उसे एक निचले स्तर का काम सौंपने का प्रस्ताव रखा, जिसमें दबाव और ज़िम्मेदारी दोनों ही कम थे, परंतु जिसमें उसे अपना पदनाम खोना पड़ता। उसने कहा, "परंतु मैं इसे स्वीकार नहीं कर सकता।" और उसके बॉस ने जवाब दिया, "मैं आपको दोष नहीं देता। अगर मैं आपकी जगह होता, तो मैं भी इसे स्वीकार नहीं करता।"

कई कंपनियों ने इस बिंदु पर हार मान ली होती और उस

आदमी को नौकरी से रिटायर कर दिया होता। परंतु बैंक ऑफ अमेरिका इस मुद्दे की तह तक गयी। जब ज़्यादा जाँच-पड़ताल की गयी, तो पता चला कि वह सिर्फ़ एक समय प्रेरित होता था - हर शाम को, जब वह एक परोपकारी संगठन में स्वयंसेवी के रूप में काम करता था। उसकी पत्नी उसके कपड़े तैयार रखती थी और जब वह नौकरी से घर लौटता था तो वह फटाफट अपने दूसरे ऑफ़िस पहुँच जाता था, जहाँ वह कई घंटों तक ख़ुशी-ख़ुशी काम करता था। बैंक को इस बात का श्रेय दिया जाना चाहिये कि उसने उस स्वयंसेवी कार्य का अवलोकन किया और यह खोजा कि उसे किस काम से प्रेरणा मिलती है। जब यह पता चल गया, तो उन्होंने अपनी कंपनी में भी उसी तरह का पद खोजकर उसे वहाँ नियुक्त कर दिया। आख़िर, दो साल तक यह नया काम करने के बाद वह सुखी और सफल है। डिस्ट्रिक्ट मैनेजर ने कहा, "यह बहुत ज़बर्दस्त अनुभव था कि कोई व्यक्ति, जो ख़ुद से और अपने कैरियर से इतना निराश हो, इस समस्या का सामना कर सके और इसे पार कर सके। हम सब इसे पार कर गये। सच कहा जाये तो यह एक ज़बर्दस्त भावना थी।"

क्लासेन का समूह जानता था कि अगर आप इस तरह के एक कर्मचारी को बचाते हैं, तो इसके परिणाम एक व्यक्ति से आगे तक जायेंगे। कई दूसरे कर्मचारी देख रहे हैं और यह जानना चाहते हैं कि क्या आपकी कंपनी में व्यक्ति का सचमुच कोई महत्व है।

आनंद

उच्च मनोबल वाले संगठनों का अंतिम गुण यह है कि वे अपने समूह के साथ रहने में आनंद का अनुभव करते हैं। बहुत बार माता-पिता या मैनेजर यह ग़लती करते हैं कि वे इस तरह की बात

कह देते हैं, "अच्छा, अब हँसी-मज़ाक़ बहुत हो गया, अब हम काम शुरू करते हैं," जबकि सर्वश्रेष्ठ काम तभी किया जा सकता है, जब हम उसका आनंद लें। थॉमस ए. एडिसन को एक बार एक संजीदा स्टॉकहोल्डर का पत्र मिला, जिसमें उसने लिखा था, "आपकी कंपनी के एक वाइस-प्रेसिडेंट को अपने पद की गरिमा का कोई एहसास नहीं है। उसे यह एहसास भी नहीं है कि वह आप जैसे व्यक्ति के साथ जुड़ा है। मुझे कई बार बताया गया है कि उसकी हँसी उसके दरवाज़े के बाहर सुनाई देती है और पूरे ऑफ़िस में गूँजती रहती है।"

एडिसन ने इस पत्र को वाइस-प्रेसिडेंट के पास भेजा और इसे एक हँसते, ख़ुश फ्रायर (धर्मगुरु) की मढ़ी हुई तस्वीर पर चिपका दिया। उन्होंने लिखा था, "इस तस्वीर को प्रवेश हॉल में टाँग दो। ऑफ़िस में हर एक को इसकी तरफ़ देखने दो। इसे लगातार यह याद दिलाने दो कि आनंद की मानसिकता और मानवीय आधार के बिना अच्छा बिज़नेस कभी नहीं हो सकता।"

एक बार मैं एक कमेटी से चर्चा कर रहा था। मैंने जितने भी समूह देखे थे, यह कमेटी उन सबसे .ज्यादा हँसी-मज़ाक़ कर रही थी। वे सप्ताह में कम से कम एक बार काफ़ी देर के लिये एकत्रित होते थे और हालाँकि वे बहुत अलग-अलग तरह के लोग थे, परंतु वे बिना तनाव और .ज्यादा उत्साह के साथ इकट्ठे काम करते थे। मैं समझता हूँ कि रहस्य उनकी हँसी में छुपा था। चेयरमैन हैरी ग्रिफिन ने इस समूह को इसकी शुरुआत से ही इस तरह बनाया था। उनकी फिलॉसफ़ी थी : "यह काम पूरा करने के लिये हम सैकड़ों घंटे साथ रहने वाले हैं। हमारे पास यह विकल्प है कि या तो हम अपने दाँत किटकिटा सकते हैं और जितनी जल्दी हो सके इस काम से छुटकारा पाने की कोशिश कर सकते हैं, ताकि बीच में कोई फ़ालतू समय बर्बाद न हो। या फिर हम यह विकल्प चुन सकते हैं कि जब भी हम मिलें, तो हर बार इसका

आनंद उठाने का फ़ैसला करें। मैं तो आनंद के पक्ष में वोट देता हूँ।" इसका मतलब यह नहीं है कि उन्होंने समय बर्बाद किया, परंतु वे अपनी मीटिंगों में हमेशा हँसते रहे, एक-दूसरे से प्रेमपूर्ण नोंक-झोंक करते रहे। इसका परिणाम यह हुआ कि उनमें एक अद्‌भुत समूह भावना विकसित हो गयी, जिसकी वजह से वे उस काम को लक्ष्य से कई महीने पहले ही पूरा कर पाये।

लोग जितना चाहते हैं, उतना कभी नहीं हँस पाते, उतना कभी आनंद नहीं ले पाते। इसलिये अगर आप अपनी क्लास, टीम या कमेटी को इस तरह बनायें, ताकि अक्सर वहाँ पर हँसी का माहौल रहे, तो लोग आपके समूह में शामिल होने के लिये हल्ला मचाने लगेंगे।

हमें हँसी-मज़ाक़ करते-करते काम करने के लिये रचा गया है। एन सुलिवन एक कड़ी टीचर थीं और हेलन केलर के प्रति उनका नजरिया बहुत सख़्त अनुशासन का था। वे यह काम सफलतापूर्वक कैसे कर पायीं, क्या इसलिये क्योंकि उनकी युवा विद्यार्थी बहुत उत्साही थी ? कुछ हद तक ऐसा इसलिये हुआ, क्योंकि उन्होंने हँसी और खेल को पढ़ाई और काम के अनुशासन के साथ जोड़ा। जब उन दोनों ने अपनी उँगलियों से शब्द संप्रेषित करना सीख लिया, तो उसके तत्काल बाद एन ने हेलन को खेलना सिखाया। मिस केलर कहती हैं, "जब से मैं बहरी हुई थी, तब से मैं हँसी नहीं थी। एक दिन वे ख़ुशी से हँसती हुई मेरे कमरे में आयीं। उन्होंने मेरा हाथ अपने दमकते चेहरे पर रखा और मेरी हथेली पर लिखा 'हँसी।' फिर उन्होंने मुझे गुदगुदी की, जिससे मैं हँसने लगी और पूरे परिवार का दिल ख़ुश हो गया। इसके बाद वे मुझे उछलकूद करना सिखाने लगीं - झूलना, कलाबाज़ियाँ, कूदना, रस्सी कूदना - हर काम और उसकी स्पेलिंग। कुछ दिनों में मैं एक बिलकुल नयी बच्ची बन गयी, जो टीचर की उँगली की स्पेलिंग की जादूगरी के माध्यम से नयी खोजें कर रही थी।"

समूह भावना बनाने के लिये कदम

अब तक हमने कुछ ऐसे गुणों पर विचार किया है जो सर्वश्रेष्ठ समूहों में होते हैं : क्वालिटी कंट्रोल, आपसी वफ़ादारी, ईमानदारी, निष्पक्षता, यह विश्वास कि सदस्यों को व्यक्तियों के रूप में महत्व दिया जायेगा और आनंद। अब हम कुछ विशिष्ट तकनीकों की ओर मुड़ते हैं, जिनका प्रयोग एक लीडर टीम भावना को बढ़ाने के लिये कर सकता है।

1. ***सहयोग को पुरस्कार दें।*** कुछ संगठन इस तरह बने होते हैं, ताकि यदि आप अच्छे परिणाम देने वाले समूह में हैं, तो आपको कुछ नहीं मिलता। यही नहीं इन संगठनों में यह भी होता है कि अगर आप व्यक्तिगत उपलब्धियों को बढ़ाने के लिये दूसरों की सफलता को धराशायी कर देते हैं, तो आपकी तारीफ़ होती है। स्पष्ट रूप से इस तरह की नीति पीठ में छुरा मारने और कम मनोबल के माहौल को आमंत्रित करती है। अगर सिर्फ़ कंपनी के प्रमुख अभिनेताओं को ही प्रशंसा मिलेगी, तो इसके परिणामस्वरूप आपका संगठन ज़्यादा प्रमुख अभिनेता उत्पन्न करेगा। अगर टीम के खिलाड़ियों को पुरस्कृत किया जाता है, तो आपका संगठन बहुत से सहयोगी उत्पन्न करेगा।

2. ***सामूहिक मनोबल की ज़िम्मेदारी समूह पर छोड़ दें।*** अधिकारियों के दबाव की तुलना में पियर प्रेशर या साथियों का दबाव हमेशा ज़्यादा सफल होता है, इसलिये अपनी कमेटी या परिवार के लोगों को यह बता दें कि सही माहौल बनाना भी उनके काम का एक हिस्सा है। इस तरह से हर व्यक्ति मनोबल के स्तर के बारे में जवाबदेह होता है। संक्षेप में, आप उन्हें प्रेरक होना सिखा देते हैं।

3. ***ऐसे अवसरों की योजना बनायें जब लोग इकट्ठे बाहर***

जा सकें। जब आप लोगों के किसी समूह को उनके सामान्य माहौल से दूर ले जाते हैं, तो एक अजीब चीज़ होती है। वे ज़्यादा रचनात्मक हो जाते हैं, नये विचारों के प्रति ज़्यादा ग्रहणशील हो जाते हैं और तत्काल एक-दूसरे के साथ प्रबल बंधन बना लेते हैं। इसलिये अच्छे लीडर्स अक्सर अपने समूह को एक या दो दिन के लिये किसी ऐसी जगह पर ले जाते हैं, जहाँ वे नियमित दिनचर्या की बाधाओं से दूर रहकर अपने रिश्तों को मज़बूत बना सकें। मैं अक्सर किसी हिल स्टेशन पर जाकर लॉ या अकाउंटिंग पार्टनर्स की मीटिंग को संबोधित करता हूँ, क्योंकि फ़र्म ने समझदारी से कुछ दिनों तक अपने समूह को एक ऐसी जगह इकट्ठा कर लिया है, जहाँ वे अपने लक्ष्यों और समस्याओं पर विचार-विमर्श करते हैं और एक-दूसरे के साथ बेहतर तालमेल बनाते हैं। अगर सेल्स संगठन अपने समूह को एक उत्साही समूह के रूप में सुदृढ़ करना चाहते हैं, तो वे उन्हें किसी होटल या वीकएंड को मीटिंगों में आमंत्रित करते हैं। यहाँ जब वे अपने प्रदर्शन के बारे में बात करते हैं या ऊर्जावान ग्रुप सेशन में शामिल होते हैं, तो उनमें एक ऐसी मित्रता विकसित होती है, जो ऑफ़िस में एक-दूसरे के साथ छुटपुट संपर्क में विकसित नहीं हो सकती थी। चूँकि वे इस तरह से इकट्ठे होते हैं कि उन्हें बाक़ी लोगों के साथ बात करने का अवसर नहीं मिलता और उन्हें कोई निराशावादी आवाज़ नीचे नहीं गिराती, इसलिये उनकी ऊर्जा बर्बाद होने के बजाय सिर्फ़ एक तरफ़ ही लगती है।

4. ***संप्रेषण को अधिक महत्व दें।*** अक्सर जब कोई समूह टूटता है और लोग एक-दूसरे से लड़ना शुरू करते हैं, तो ऐसा ग़लतफ़हमियों और लापरवाही के छोटे-छोटे कामों की वजह से होता है, जो बड़ी शिकायतों में बदल जाते हैं। अगले अध्याय में मैं आंतरिक संघर्ष को ख़त्म करने के कुछ तरीक़े सुझाऊँगा, परंतु इसे ख़त्म करने

का एक शुरुआती रास्ता यह सुनिश्चित करना है कि सदस्यों के बीच में चर्चा के नियमित अवसर हों। उदाहरण के तौर पर, परिवार में बहुत .ज्यादा संप्रेषण की ज़रूरत है। किचन काउंटर पर चिट्ठियाँ छोड़ जाना एक सामान्य शिष्टाचार है, जिसमें आप पूरे परिवार को बताते हैं कि आप कहाँ गये हैं और आप कब वापस आयेंगे। इस तरह की आदतें छोटी-छोटी हैं, परंतु वे दूसरों के साथ मधुर संबंध बनाने में बहुत योगदान देती हैं।

हममें से कई लोग बिज़नेस मीटिंगों और कमेटी की मीटिंगों से नफ़रत करते हैं, परंतु चाहे हम उन्हें कितना ही नापसंद करें और चाहे वे कई बार कितनी ही कम परिणाम देती दिखें, यह बहुत महत्वपूर्ण है कि लोगों को अपनी गतिविधियों, सवाल पूछने, और एक-दूसरे के बारे में भावी योजनाओं की जाँच करने के बारे में चर्चा का अवसर मिले। कोई और चीज़ हमें किसी समूह से इतनी .ज्यादा तेज़ी से दूर नहीं ले जाती, जितनी कि यह बात कि दूसरे सदस्यों को किसी विषय में पहले से जानकारी दे दी गयी है, जबकि हमें अँधेरे में रखा गया है। संगठन तब तड़कते हैं, जब सूचना मूल रूप से अफ़वाह द्वारा फैलती है, क्योंकि अफ़वाह कुख्यात रूप से भेदभाव करती है - कुछ लोगों को जानकारी मिल जायेगी और कुछ लोगों को नहीं मिल पायेगी, और जो लोग अँधेरे में रहेंगे वे निश्चित रूप से असंतुष्ट रहेंगे।

दोस्ती के द्वारा मैनेजमेंट

बच्चों के लालन-पालन की तरह मैनेजमेंट भी तब सर्वश्रेष्ठ होता है, जब यह सहयोग पर आधारित हो। इस सिद्धांत का संदेहवादी वक्तव्य है, "आप क्या जानते हैं, यह महत्वपूर्ण नहीं है; महत्वपूर्ण तो

यह है कि आप किसे जानते हैं।" परंतु दोनों ही बातें महत्वपूर्ण हैं - यह भी कि आप क्या जानते हैं और यह भी कि आप किसे जानते हैं। हम बिज़नेस उस व्यक्ति के साथ करना चाहते हैं जिसमें ज्ञान हो, जो विश्वसनीय हो, जिसके साथ काम करना आनंददायक हो। हम विश्वास पर आधारित रिश्ता बनाते हैं, जहाँ हम एक-दूसरे की मदद करते हैं और जानकारी का आदान-प्रदान करते हैं। बरसों तक ऐसा होने के बाद यह रिश्ता हर एक के लिये लाभकारी होता है। डैलस के प्रसिद्ध बिज़नेसमैन जॉन स्टेमन्स से जब बिज़नेस की सलाह माँगी गयी, तो उन्होंने कहाः "ऐसे कुछ लोगों को खोजिये जो नये हों, जो अपने क्षेत्र में सफल होने जा रहे हों, चाहे वह क्षेत्र कोई भी हो - ऐसे लोग जिन पर आप भरोसा कर सकें। फिर इकट्ठे बूढ़े हों।" कई लोग इस सिद्धांत को जाने बिना पूरी ज़िंदगी गुजार देते हैं। वे यह मान लेते हैं कि जीवन में उनकी सफलता या असफलता उनके ख़ुद के कामों का परिणाम है, जबकि दरअसल इसका बहुत सा हिस्सा इसलिये है, क्योंकि दूसरों ने उनके काम में या तो उनका समर्थन किया है या फिर समर्थन नहीं किया है।

समूह की वफ़ादारी अंधी निष्ठा नहीं होती। यह अयोग्यता को बढ़ावा नहीं देती। न ही यह पूर्वाग्रह का अंधापन है, जो मानता है कि हमारे छोटे समूह के सिवाय हर आदमी ग़लत है। इसके बजाय यह खुली आँखों से प्रकट किया गया आभार है कि हमारे समूह के भीतर के लोगों में भी असफलतायें हो सकती हैं, परंतु चूँकि हम एक समूह हैं और चूँकि हमारी आपसी निष्ठा का इतिहास है, इसलिये हम एक-दूसरे का समर्थन करते हैं। यह हमारा समझौता है।

"क्रोध करो, परंतु पाप मत करो;
सूरज को कभी अपने क्रोध पर ढलने मत दो।"

✸ *सेंट पॉल*

अध्याय बारह

लगातार मुश्किलें पैदा करने वालों से कैसे निबटें

कुछ व्यक्ति संक्रामक उत्साह से पूर्ण होते हैं। वे प्रेरक भाषण देना बख़ूबी जानते हैं। परंतु जब उनका सामना संगठन में मुश्किलें पैदा करने वाले आदमी से होता है, तो वे उस स्थिति से निबटने में असमर्थ होते हैं। यह दुर्भाग्यपूर्ण है कि सिर्फ़ एक विस्फोटक व्यक्ति किसी संगठन की केमिस्ट्री को बर्बाद कर सकता है और पूरा उत्साह आपके देखते-देखते काफ़ूर हो सकता है।

इसलिये लोगों को सर्वश्रेष्ठ बनाने का ग्यारहवाँ नियम यह है :

समूह में तूफ़ानों के लिये तैयार रहें

कुछ लोग यह मानते हैं कि मुश्किलें पैदा करने वालों से निबटने का इकलौता तरीक़ा यह है कि उन्हें निकालकर दूसरे लोगों को नियुक्त

कर लिया जाये। परंतु मुश्किलें पैदा करने वाले व्यक्तियों से बचने का यह तरीक़ा सफल तरीक़ा नहीं कहा जा सकता। अगर हम उनसे निबटना नहीं सीखते, तो हम ज़िंदगी भर कठिन स्थितियों से भागते ही रहेंगे। जब डॉ. डेविड कोवी युवा पादरी थे, तो वे लॉस एंजेलिस में एक चर्च के प्रमुख थे। इस चर्च का विकास तेज़ी से हो रहा था और यह काफ़ी अच्छी स्थिति में था, परंतु गवर्निंग बोर्ड में एक ऐसा आदमी था, जो नकारात्मक चिंतक होने के साथ ही बहुत कटु आलोचक भी था। आख़िरकार स्थिति इतनी बुरी हो गयी कि डॉ. कोवी ने इस्तीफ़ा दे दिया और कान्सस सिटी में एक दूसरे चर्च में पादरी बन गये। उन्होंने अफ़सोस के साथ बताया, "जिस सप्ताह मैं अपने नये चर्च में आया, उसी सप्ताह मैं लीडर्स से मिलने के लिये बोर्ड मीटिंग में गया, और वहाँ कॉन्फ्रेंस टेबल पर वही आदमी बैठा हुआ था!"

कोवी सही थे। ऐसे लोगों के चेहरे और नाम अलग हो सकते हैं, परंतु चाहे हम कहीं भी जायें, मुश्किलें पैदा करने वाले लोग हमारा इंतज़ार कर रहे हैं। मुश्किल व्यक्तियों का सामना करने से भागने में कोई फ़ायदा नहीं होता।

रॉबर्ट अपडेग्राफ ने नौकरी के बारे में कई साल पहले लिखा थाः

किसी आदमी को हर दिन, हर घंटे अपनी नौकरी की समस्याओं के प्रति कृतज्ञ होना चाहिये : समस्यायें कम से कम उसे आधी तनख़्वाह देती हैं। क्योंकि अगर कोई समस्या ही न हो, तो उस व्यक्ति को जितनी तनख़्वाह मिल रही है, उससे आधी या एक तिहाई तनख़्वाह में किसी दूसरे व्यक्ति को आसानी से नौकरी पर रखा जा सकता है। अगर उसे ज़्यादा बड़ा काम और ज़्यादा बेहतर तनख़्वाह चाहिये, तो उसे ज़्यादा मुश्किलों की खोज करना चाहिये और उन्हें परास्त करना सीखना

चाहिये। जब वह समस्याओं और मुश्किलों से जूझने में समर्थ हो जाता है, तो ज़्यादा बड़ा काम आम तौर पर उसकी ओर खिंचा चला आता है और अक्सर उसे ढूँढ़ता हुआ आता है। यह ख़ास तौर पर तब सच होता है, जब वह व्यक्ति हर काम को सुखद रूप से करने का गुण विकसित कर ले, जिसमें आसानी और विश्वास की झलक हो। यही वह विशेष गुण है, जो आम तौर पर तनख़्वाह को बढ़ाता है और इसे विकसित करना लगभग हर व्यक्ति के लिये संभव है।

विद्रोह से निबटना

एक समस्या है जिसके लिये हर लीडर को तैयार रहने की ज़रूरत है। सत्ता या अधिकारी के ख़िलाफ़ विद्रोह करना अनुयायी की स्वाभाविक प्रवृत्ति होती है। ज़्यादातर लोगों में एक रोचक विरोधाभास होता है : वे एक डाइनैमिक लीडर चाहते हैं, जो उन्हें प्रेरित कर सके, परंतु वे उस व्यक्ति के प्रति शत्रुतापूर्ण भी होते हैं, जो उनकी क़िस्मत के ऊपर नियंत्रण रखता है। इसलिये जब आपके द्वारा प्रस्तुत हर विचार नकार दिया जाये और समूह आपके सभी रचनात्मक प्रयासों का विरोध करता दिखे, तो समझ जायें कि यह लीडर की शक्ति को सीमित करने की स्वाभाविक समूह-भावना से अधिक कुछ नहीं है। यह वह विद्रोह होता है जो बच्चे अपने माता-पिता के ख़िलाफ़ महसूस करते हैं, विद्यार्थी अपने शिक्षकों के प्रति महसूस करते हैं और सभी कर्मचारी किसी न किसी वक़्त अपने बॉस के प्रति महसूस करते हैं। हम जितना ऊपर उठेंगे, हममें प्रशंसा और क्रोध का मिश्रण उतना ही ज़्यादा होगा।

ज़ाहिर है, किसी गंभीर विद्रोह से बचने का एक तरीक़ा तो यह है कि अपने आसपास कमज़ोर लोगों को रखें और हर चीज़ को अपने कड़े नियंत्रण में रखें। परंतु यह जीने का एक मुश्किल तरीक़ा है और जब संगठन पर्याप्त बड़ा होता है, तो आख़िरकार आप दूसरों को अपने काम या ज़िम्मेदारियाँ सौंपने के लिये विवश होंगे। जब आप ऐसा करते हैं, तो यह तय है कि संघर्ष उत्पन्न होगा। दूसरी चीज़ों के अलावा, आपके पास ऐसे कर्मचारी होंगे जिनमें आपसे .ज्यादा विकसित गुण होंगे, जो किसी विषय में आपसे .ज्यादा जानते होंगे और जिनकी बात आपको कई बार मानना होगी। ये सहयोगी जितने .ज्यादा सशक्त होंगे, वे आपकी उतनी ही ज़्यादा आलोचना करेंगे और आपके ऑफ़िस में चिंगारियाँ छोड़ेंगे। परंतु इस तरह का तनाव हमेशा बुरा नहीं होता। सर्वश्रेष्ठ लीडर्स इन समस्याओं को आमंत्रित करने के इच्छुक रहते हैं, ताकि उनका स्टाफ़ सबसे सशक्त स्टाफ़ हो। इसका मतलब यह है कि वे अपनी कार्बन कॉपी नहीं चाहते, बल्कि ऐसे स्वतंत्र और रचनात्मक चिंतक चाहते हैं जिनके अपने विचार हों और जो इतने पर्याप्त सशक्त हों कि वे अपने नीचे के लोगों का नेतृत्व कर सकें। यस बॉस वाले लोगों को चुनने के साथ समस्या यह है कि वे दूसरों का नेतृत्व करने में कभी सक्षम नहीं होंगे। आपका लक्ष्य ऐसे लीडर्स तैयार करना है, जो आपके लिये आपका काम कर सकें और दूसरी चीज़ों तक बढ़ने में आपको समर्थ बना सकें। इस प्रक्रिया में आपको थोड़ा-बहुत चिड़चिड़ापन झेलना पड़ सकता है।

रोशनदान के द्वारा निकास

लीडर बनने का एक हिस्सा यह है कि आपको दूसरे लोगों की शिकायतों को सुनने और दूर करने के लिये पर्याप्त ऊर्जा ख़र्च करना

चाहिये। यह अपना समय बिताने का सबसे सुखी तरीक़ा नहीं है, परंतु अच्छी तरह से कार्य करने वाले समूह के लोगों को यह अवसर मिलना चाहिये कि वे अपने सिस्टम से शिकायतें बाहर कर सकें। अगर आप ख़ुद को यह याद दिलायेंगे कि यह सामूहिक एकता को प्रेरित रखने का एक तरीक़ा है, तो यह वेन्टिलेशन आपके लिये असहनीय बोझ नहीं बनेगा। हमें लोगों का सकारात्मक सोच वाला समूह चाहिये, जिसमें पीठ पीछे की आलोचना व नकारात्मक संप्रेषण न हो। यह एक ही तरीक़े से संभव है, यानी लीडर को इस ज़हर का बड़ा हिस्सा ख़ुद झेलने के लिये तत्पर रहना चाहिये। ऐसा करने का उपाय यह है कि संभावित मुश्किलें पैदा करने वाले लोगों को एकांत में बुलाकर उनकी बात सुनी जाये। असंतुष्ट कर्मचारियों का ग़ुस्सा निकलना तो तय है, परंतु ज़्यादा स्मार्ट तरीक़ा यह है कि इस ग़ुस्से को ऊपर की तरफ़ यानी अपनी ओर दिशा दी जाये। अगर आप ऐसा नहीं करेंगे, तो यह ग़ुस्सा स्टाफ़ में नीचे की तरफ़ दूसरे लोगों में फैलेगा, क्योंकि इस तरह की एक चिंगारी अक्सर दावानल में बदल जाती है। संगठन चाहे चार लोगों का परिवार हो या एक लाख लोगों की कंपनी, उसमें उत्साह के ऊँचे स्तर को बनाये रखने का इकलौता तरीक़ा शिकायतों के लिये समुचित निराकरण स्थल बनाना है।

अपने समूह के आपसी संघर्ष सुलझाना

कई बार, लोगों की शिकायतें आपकी लीडरशिप के बारे में नहीं होंगी, बल्कि समूह के दूसरे लोगों के बारे में होंगी। सबसे आसान स्तर पर इसे उस परिवार में देखा जा सकता है, जहाँ भाई-बहन लड़ते हैं और आपसे फ़ैसला करने का आग्रह करते हैं। समझदार माता-पिता और लीडर जानते हैं कि कब हस्तक्षेप करें और कब लोगों को अपनी

समस्यायें खुद सुलझाने दें। ऐसा कोई अचूक नियम नहीं है, परंतु अगर आप प्रमुख हैं तो आपको समय-समय पर रेफरी की भूमिका निभाना पड़ेगी। अगर आप संगठन में बहुत लंबे समय तक संघर्ष को चलने की अनुमति देते हैं, तो यह मूर्खता ही होगी। कुछ धर्मसमुदायों में कभी कोई काम सफलतापूर्वक नहीं हो पाता, क्योंकि पादरी हर एक को ख़ुश करने की कोशिश करता है और मतभेदों से दूर बना रहता है। जो बॉस कहता है, "मैं आप लोगों के झगड़ों के बारे में नहीं सुनना चाहता - इसे आप लोग आपस में ही सुलझायें," वह दरअसल मुश्किलों को न्यौता देता है। कई बार आपको स्थिति में दख़ल देना चाहिये, दोनों पक्षों को समझौते के लिये प्रेरित करना चाहिये, फिर समझौते पर अपना पूरा वज़न देना चाहिये। अच्छा प्रेरक कोशिश करता है कि कोई भी संगठन से दूर न जाये, परंतु किसी भी हालत में वह किसी भी तरह के झगड़े को संगठन पर विपरीत प्रभाव डालने की अनुमति नहीं देता।

शाश्वत मुश्किलें पैदा करने वाले से निबटना

अब हम माता-पिताओं और लीडर्स की मुश्किलों के बारे में बात करते हैं। वे मुश्किलें जो उन्हें उस आदमी से आती हैं, जो हमेशा मुश्किलें पैदा करता है और अड़ंगे लगाता है। इस तरह के व्यक्ति हर समूह में रहते हैं और जब तक आप मुश्किलें पैदा करने वाले से निबटने में दक्ष न हो जायें, तब तक आप किसी समुदाय को बहुत लंबे समय तक प्रेरित नहीं रख सकते। यहाँ कुछ सुझाव दिये जा रहे हैं :

1. ***थोड़े-बहुत उलझन भरे व्यवहार की स्वतंत्रता दें।*** मैनेजमेंट सेमिनारों और सेल्स कन्वेन्शन्स में मैं हमेशा यह सुझाव देता हूँ कि लोग अपने रिश्तों में अस्थायी पागलपन को स्थान दें। न्यूरॉसिस (उन्माद) और साइकोसिस (मनोविकार) के बीच की सीमायें उतनी

स्पष्ट नहीं हैं, जितना कुछ मनोवैज्ञानिक हमें यक़ीन दिलाते हैं और सामान्य से सामान्य लोग भी कभी-कभार अतार्किकता की सीमा को लाँघ जाते हैं। इसलिये अगर हम तूफ़ानों का सामना करने योजना बना लेते हैं, तो हमें बहुत मदद मिलेगी।

2. ***संघर्ष के सही कारण जानने की कोशिश करें।*** सही कारण हमेशा आसानी से नहीं दिखते। जे. पी. मॉर्गन ने कहा था, "किसी आदमी के पास कोई काम करने के दो कारण होते हैं - एक अच्छा कारण और दूसरा असली कारण।" अगर आप थोड़ी तहकीक़ात करेंगे, तो वास्तविक शिकायतों को सुना जा सकता है और संभवतः दूर भी किया जा सकता है।

3. ***तय करें कि वह व्यक्ति कितना विध्वंसक है।*** यह भी आसानी से स्पष्ट नहीं होगा। कई लोगों की विद्रोही छवि होती है, परंतु दरअसल उनका समूह उनसे बहुत प्यार करता है। समूह यह मानता है कि वे जायज़ बातों की शिकायत कर रहे हैं और उनकी ईमानदारी के लिये उनका सम्मान किया जाना चाहिये। अगर आप ऐसे व्यक्तियों को हटाने की कोशिश करेंगे, तो समूह उनकी रक्षा करने की जी-जान से कोशिश करेगा। हो सकता है आपको यह पता चलने में बहुत देर हो जाये कि वे समूह के कई लोगों की अनकही नकारात्मक भावनाओं को अभिव्यक्त कर रहे थे।

4. ***मदद माँगें।*** जॉन कर्टन कॉलिन्स सलाह देते हैं, "जब आप किसी चीज़ को मदद के रूप में माँग सकते हों, तो अधिकार के रूप में उसका दावा न करें।" अगर आप सलाह या सहयोग माँगेंगे, तो कई बार तो सख़्त से सख़्त और असहयोगी से असहयोगी कर्मचारी भी पिघल जायेगा। जब आप भावुकतापूर्ण प्रेरक भाषण देते हैं, तो उन्हें यह शक हो सकता है कि आप उनका शोषण करने की कोशिश कर

रहे हैं। परंतु अगर आप चुपचाप उनके पास जायें और कहें, "हमारे समूह का मनोबल मुश्किल में है और इसे सुधारने में मुझे ज़्यादा सफलता नहीं मिल रही है। स्पष्ट रूप से आप ऐसे व्यक्ति हैं जिसकी बात समूह सुनता है। मैं सोच रहा हूँ कि क्या आप इस बारे में मेरी कुछ मदद कर सकते हैं।" तो हो सकता है यह पहली बार हो, जब उससे ऐसा आग्रह किया गया हो।

5. ***किसी व्यक्ति के योगदान को तौलें।*** अगर यह पता चलता है कि वह व्यक्ति विध्वंसक है और मनोबल नष्ट कर रहा है, तो अगला सवाल यह होना चाहिये : इस व्यक्ति का योगदान कितना मूल्यवान है? कुछ विद्रोही हमेशा स्वतंत्र रहेंगे और उनसे संबंधों में हमेशा मुश्किलें आयेंगी, परंतु उनकी सफलता उनके द्वारा उत्पन्न मुश्किलों की तुलना में काफ़ी अधिक होती है। यह ख़ास तौर पर उन क्षेत्रों में सही है, जहाँ स्वतंत्र कार्य किसी संगठन की सफलता के केंद्र में हो। कुछ उदाहरणों में प्रदर्शन - न कि आज्ञापालन - महत्वपूर्ण होता है और विद्रोही सितारे को पकड़कर रखे जाने की ज़रूरत होती है।

विलियम जेम्स ने कहा था कि जीनियस का सार यह जानना है कि किसे नज़रअंदाज़ किया जाये। एक बड़ी युनिवर्सिटी के प्रेसिडेंट लिखते हैं :

> **यह मेरा काम है कि मैं फर्स्ट रेट टीचर्स के पढ़ाने को संभव बनाऊँ। यह महत्वपूर्ण नहीं है कि वे मेरे या अपने सहयोगियों के साथ अच्छे तालमेल से काम करते हैं। जो सचमुच अच्छे टीचर्स होते हैं, उनमें से बहुत कम ऐसा करते हैं। निश्चित रूप से हमारे पास समस्याग्रस्त शिक्षकों का समूह है, परंतु वे पढ़ाते कितना ख़ूब हैं।**

इस तरह की नीति हर संगठन में काम नहीं करेगी, परंतु यह एक ऐसा नियम है, जिसे जहाँ भी संभव हो लागू करना चाहिये।

6. ***अगर समस्या गंभीर हो, तो व्यक्ति को हटा दें।*** ऐसा लग सकता है जैसे यह उस बात के विरोध में है, जो मैंने अभी हाल कही है कि आप कुछ विद्रोहों को नज़रअंदाज़ कर दें। परंतु आप इस अंतर पर ध्यान दें। एक स्थिति में आप किसी अनियमितता को इसलिये नज़रअंदाज़ कर देते हैं, क्योंकि यह रचनात्मकता के हित में है। दूसरी स्थिति में आप समस्या से इसलिये बचते हैं, क्योंकि आपको संघर्ष की स्थिति पसंद नहीं है। वो लीडर कमज़ोर होता है जो मनोबल को नष्ट होने देता है और समूह के काम को बरबाद होने देता है, क्योंकि वह दंड देने, डाँटने, और यहाँ तक कि नौकरी से निकालने से डरता है। कई बार आपको क़दम उठाना पड़ता है, चाहे इससे समूह छोटा ही क्यों न हो जाये।

7. ***मुश्किलें पैदा करने वालों के साथ अपने समस्त व्यवहार में उस व्यक्ति के सर्वश्रेष्ठ पहलू के प्रति आग्रह कीजिये।*** गर्मागर्म बहस के दौरान हम दुर्भाग्य से अपनी भावनाओं को स्थायी मान लेते हैं, जबकि ऐसी स्थिति में हम सबसे अच्छी बात यह कह सकते हैं, "सैम, मैं तुम्हें लंबे समय से जानता हूँ - इतने लंबे समय से कि मैं जानता हूँ आज तुम अपने सर्वश्रेष्ठ स्वरूप में नहीं बोल रहे हो, इसलिये मैं सुझाव देता हूँ कि आज हम बात को यहीं पर रोक दें। हम दोनों थके हुए हैं, इसलिये क्यों न हम इस चर्चा के बारे में भूल जायें और कल सुबह दुबारा चर्चा शुरू करें ?" यह मानना कि सामने वाला बुरा आदमी नहीं है, बल्कि आज उसका दिन बुरा है, कुछ रिश्तों में जादू कर सकता है। सेंट पॉल ने टिमोथी को सलाह दी थी "अपनी फटकार में नरम रहो।" अगर अधिकांश लोग इस सलाह पर अमल करें, तो कई रिश्तों को सुधारा जा सकता है। हममें से ज़्यादातर लोगों

ने बिज़नेस पार्टनरशिपों को टूटते और विवाहों को बिखरते देखा है, क्योंकि किसी ने ज़्यादा जल्दी ही कुछ कह दिया था, जबकि स्थिति सामान्य होने के लिये सिर्फ़ एक रात की अच्छी नींद या एक वीकएंड की छुट्टियों की ही ज़रूरत थी।

ज़ाहिर है, हम उस मूलभूत सिद्धांत पर लौट आये हैं, जो हमने इस पुस्तक के शुरू में बताया था : अगर हम अपने स्टाफ़ के बारे में सर्वश्रेष्ठ आशा करेंगे, तो वे उस आशा के अनुरूप व्यवहार करने की पूरी कोशिश करेंगे। हमारे सामने आश्चर्यजनक अवसर यह है कि हम सामने वाले व्यक्ति के जिस पहलू को चाहें, उस पहलू को सामने ला सकते हैं। इसका यह मतलब है कि हम अपने सामने मुश्किलें पैदा करने वाले लोगों के तार्किक और सफल स्वरूप को भी सामने ला सकते हैं।

"बिना उत्साह के कुछ महान या नया नहीं किया जा सकता। उत्साह वह फ्लाई व्हील है, जो आपकी आरा मशीन को लकड़ी की गांठों के पार ले जाता है। समस्त मानवता में थोड़ा अतिरेक आवश्यक तत्व प्रतीत होता है।"

✹ *डॉ. हार्वे कुशिंग*

अध्याय तेरह

प्रेरक व्यक्तित्व

अब हम लीडर के जादू (charisma) के बारे में बात करेंगे। कुछ लोगों के व्यक्तित्व और चरित्र में ऐसा क्या होता है, जिससे वे दूसरों को प्रेरित करने में समर्थ होते हैं ? स्पष्ट रूप से इसके लिये आकर्षक चेहरा, महँगी शिक्षा या ऊँचे घर में पैदा होने की ज़रूरत नहीं होती, क्योंकि जब हम उन लीडर्स को देखते हैं जिन्होंने हमारी पूर्ण क्षमता को उजागर किया है, तो हम यह पाते हैं कि उनमें से बहुत कम के पास यह लाभ थे। सफल लीडर बनने के लिये सिर्फ़ दो चीज़ों की ज़रूरत होती है : (1) लोग किस वजह से कार्य करते हैं, इस बात का सही ज्ञान; और (2) दूसरों में रोमांच और ऊर्जा का संचार करने की भावना।

दूसरा गुण भी पहले गुण जितनी ही आसानी से विकसित किया जा सकता है, परंतु दुर्भाग्य से इसे बहुत जल्दी खोया भी जा सकता है। दूसरे शब्दों में यह आंतरिक व्यक्तित्त्व का तत्त्व होता है और इसकी नियमित देखभाल की ज़रूरत होती है। इसलिये लोगों को सर्वश्रेष्ठ बनाने का अंतिम नियम यह है :

ख़ुद की प्रेरणा को ऊँचा बनाये रखने के लिये क़दम उठायें

कुछ लोग कम उम्र में ही समूह के लीडर बन जाते हैं, परंतु वे बड़े होकर अपने शुरुआती वायदे को पूरा करने में असफल रहते हैं। दूसरी तरफ़, कुछ लोग शुरुआती वर्षों में अकेले होते हैं, परंतु बाद में वे बहुत सशक्त और सफल लीडर्स बन सकते हैं। निस्संदेह यह कुछ हद तक उस आत्मशक्ति की वजह से होता है, जिसे उन्होंने उन एकाकी वर्षों में विकसित किया है।

स्वतंत्रता लीडर के जादू का एक तत्व है

दरअसल, इस बारे में बहुत से प्रमाण इकट्ठे किये जा सकते हैं कि सभी महान लीडर्स अकेले होते हैं। कुछ लोग जो सोचते हैं उसके विपरीत, यह ज़रूरी नहीं है कि उत्कृष्ट प्रेरक बहिर्मुखी और पीठ ठोंकने वाले हों। इसके बजाय, वे अक्सर बहुत सा समय अकेले में बिताते हैं – सोचने और योजना बनाने में।

नेतृत्व करने के लिये स्वतंत्र बने रहना परम आवश्यक है।

मनोवैज्ञानिक नैथेनियल ब्रांडेन ने कहा है :

> **नयी रीति चलाने और सृजन करने वाले ऐसे व्यक्ति होते हैं, जो अकेलेपन की स्थिति को औसत व्यक्ति से अधिक मात्रा में स्वीकार कर सकते हैं। वे अपने ख़ुद के सपने का पीछा करने के बहुत इच्छुक रहते हैं, चाहे इस वजह से वे मानवीय समुदाय की मुख्य धारा से दूर चले जायें। अनजानी जगहें उन्हें नहीं डरातीं - या उतनी नहीं डरातीं, जितनी उनके आसपास के लोगों को डराती हैं। यह उनकी शक्ति के रहस्यों में से एक है। जिसे हम "जीनियस" कहते हैं, वह बहुत हद तक साहस और जोखिम लेने से जुड़ा हुआ है।**

इसलिये नेतृत्व करने के लिये "लोगों में से एक" बनने का प्रयास करना एक ग़लती है। अगर हम फ़्लोरेंस नाइटिंगेल, चर्चिल, नेपोलियन, डे गॉल, मार्टिन लूथर और मदर टेरेसा जैसे लोगों के व्यक्तित्वों का परीक्षण करें, तो हम इस निष्कर्ष से नहीं बच सकते कि यह लोग बहुत अजीब और विलक्षण थे। और कुछ हद तक उनके अजीब और विलक्षण होने की वजह से उन्हें लीडर्स बनने में मदद मिली।

लीडरशिप के जादू के विकास के लिये कुछ हद तक एकांत की आवश्यकता होती है। टॉम जे. फाट्जो जूनियर ने 500 डॉलर के निवेश को दौलत में तब बदला, जब वे लगभग तीस साल के थे और फिर उन्होंने हाउस्टोनियान की स्थापना की, जो व्यक्तिगत नवीनीकरण का केंद्र है। वे इसे नितांत आवश्यक मानते हैं कि हर सप्ताह एक दिन दौड़ने और पूरी तरह अकेले रहने में बितायें, आम तौर पर अपने बीच

हाउस में, ताकि वे ख़ुद को यह विश्वास दिला सकें कि उन्होंने अपने जीवन को सादा बना लिया है और वे अपने लक्ष्यों की तरफ़ आगे बढ़ गये हैं। कार्ल सैंडबर्ग ने लिंकन के बारे में यह अनुमान लगाया था कि उनकी महानता कुछ हद तक जंगलों में बिताये गये वर्षों से आयी थी, जब उनके साथ सिर्फ़ उनकी कुल्हाड़ी थी।

ईसा मसीह के जीवन में एकांत के दौर आये थे। न्यू टेस्टामेंट बताती है कि उपचार और उपदेश के व्यस्त दिन से पहले "सुबह, सूरज उगने के बहुत पहले वे उठे और एक वीरान स्थान पर गये और वहाँ उन्होंने प्रार्थना की।"

बाद में उसी सुबह जब पीटर ने ईसा मसीह को प्रार्थना करते पाया, तो पीटर ने उनका अभिवादन करते हुए एक रोचक वाक्य कहा : "मालिक, सब लोग आपको खोज रहे हैं।" यह एक अजीब विरोधाभास है : जो स्वतंत्र लोग नियमित रूप से अपने आपको भीड़ से अलग कर लेते हैं, अक्सर ऐसे होंगे जिनके पीछे भीड़ सबसे ज़्यादा आना चाहती है।

प्रेरक स्वप्नदर्शी के रूप में

कई लोग सोचते हैं कि सशक्त लीडर का युग अब चला गया है और जापानी मैनेजमेंट का मॉडल अब स्थापित हो गया है, जिसमें सब लोग समान हो जाते हैं और लीडर की वैयक्तिकता न्यूनतम हो जाती है। जापानियों से कई बहुमूल्य सबक़ सीखना चाहिये, परंतु कम से कम पश्चिम में अधिकांश लोग ऐसे बहादुर लीडर्स की तलाश में हैं, जो लक्ष्य निर्धारित करें, निर्णय लें, और फिर अपने आसपास के लोगों में सपने का संचार करें।

अप्रैल 1961 में एक गर्म शुक्रवार की रात को जॉन एफ. कैनेडी ने केबिनेट रूम में अपने सबसे क़रीबी सलाहकारों को इकट्ठा किया, ताकि सोवियत संघ की अंतरिक्ष चुनौती पर विचार किया जा सके। सिर्फ़ दो दिन पहले यूरी गैगरिन अंतरिक्ष में जाने वाले पहले मानव बने थे। कैनेडी उस वक्त 43 साल के थे, परंतु वे 30 साल के दिखते थे। उनका वैज्ञानिक ज्ञान बहुत सीमित था, परंतु उन्होंने तकनीशियनों की बातें सुनीं, जिन्होंने 10 साल की 40 बिलियन डॉलर की ऐसी रेस का वर्णन किया, जिसमें इस बात की गारंटी नहीं थी कि अमेरिका सबसे पहले चाँद पर पहुँच जायेगा। किसी बच्चे की तरह कैनेडी ने अपना पैर केबिनेट टेबल की नोंक पर रखा, अपने जूते के ढीले रबर सोल के साथ छेड़छाड़ करते रहे, अपने बालों में हाथ फिराया और अपने जबड़े को कसते हुए मीटिंग ख़त्म की।

पंद्रह मिनट बाद उन्होंने यह शब्द बाहर भिजवाये, "हम चाँद पर जा रहे हैं।" ***टाइम*** के संवाददाता ह्यू सिडी उस शाम को याद करते हुए कहते हैं :

> **यह सैनिक अनिवार्यता नहीं थी। इस तरह के प्रयास के लिये जनता या काँग्रेस का भी प्रबल आग्रह नहीं था। कैनेडी के दिमाग़ में ही कुछ ख़ास हुआ था। शायद उनके अंदर के कवि ने भविष्य की झलक देख ली थी या फिर प्रजाति की संभावनाओं के प्रति उनके अंदर की आइरिश संघर्षशीलता जाग गयी थी। हम तो इतना जानते हैं कि जॉन कैनेडी ने अंततः उन कुछ मिनटों में यह फ़ैसला कर लिया था कि वे देश को एक ऐसी शांतिपूर्ण और रचनात्मक यात्रा पर ले जायेंगे, जिस तरह की यात्रायें दुनिया में कभी नहीं देखी गयीं।**

अच्छे प्रेरक इस तरह के बहादुरीपूर्ण तरीक़े से सोचने और कार्य करने के इच्छुक रहते हैं। वे समूह के सामने लंबे लक्ष्य निर्धारित करने के भी इच्छुक रहते हैं। और चूँकि बहुत कम लोग ऐसे होते हैं जो बड़ा सोचने का जोखिम लेंगे, जो असफलता के अपमान का जोखिम लेंगे, इसलिये जो व्यक्ति ऐसा करने की हिम्मत करेगा, उसके पास हमेशा अनुयायी होंगे। गेटे ने कहा था, "चाहे आप जो भी सपना देखें, आप उसे साकार कर सकते हैं, बस उसे शुरू कर दें। बहादुरी में प्रतिभा, शक्ति और जादू होता है।"

ज़ाहिर है हम सब ऐसे लोगों को जानते हैं जो बड़ी-बड़ी बातें करते हैं, परंतु इससे ज़्यादा कुछ नहीं करते। अनुपयोगी आदर्शवादी नाम की एक ऐसी चीज़ भी होती है, जो बड़ी-बड़ी योजनायें बनाने में इतना व्यस्त रहता है कि उसके पास रास्ते के छोटे लक्ष्यों के बारे में सोचने का समय नहीं होता। अगर दिवास्वप्न देखना कड़ी मेहनत से बचने का बहाना बन जाये, तो यह बुरी बात है। यहीं पर फ़र्क़ है : सफल लीडर बहादुरी से सपना देखता है, बड़ी तस्वीर को हमेशा दिमाग़ में रखता है, परंतु वह वहाँ तक जाने वाली सीढ़ियों पर मेहनत करने का इच्छुक भी होता है, क्योंकि वे सीढ़ियाँ सफलता के लिये आवश्यक हैं। उदाहरण के तौर पर कैनेडी सिर्फ़ खोखले वक्ता नहीं थे। उन्होंने लक्ष्य निर्धारित करने और उन्हें हासिल करने की अपनी योग्यता साबित कर दी थी। पहले तो उनका लक्ष्य था हाउस ऑफ रिप्रज़ेन्टेटिव्ज़ के लिये और फिर सीनेट के लिये चुना जाना। वे एक ऐसे व्यक्ति थे, जिन्होंने अपने मुँह के साथ अपने पैरों का भी प्रयोग किया था। जब इस तरह का आदमी बड़े सपनों के बारे में बोलता है, तो लोग सुनते हैं।

बड़ा सोचने और बड़े सपने देखने की योग्यता का गुण कोई असामान्य गुण नहीं है। हममें से ज़्यादातर लोग नियमित रूप से यह

करते हैं। ख़ास तौर पर बचपन में हम सब महान उपलब्धियों की फंतासियाँ बुनते हैं। निस्संदेह यह भी एक कारण था कि ईसामसीह हमेशा चाहते थे कि हम छोटे बच्चों की तरह बन जायें, क्योंकि बच्चों में दिवास्वप्न देखने की आदत होती है। उनका मस्तिष्क किसी पिक्चर स्क्रीन की तरह होता है, जिस पर वे लगातार महान सफलताओं की तस्वीरें देखते हैं।

ईसा मसीह ने बच्चों की जिस योग्यता की सराहना की है, वह किसी बिज़नेसमैन में भी उतनी ही प्रशंसनीय है, जैसे वाल्ट डिज़नी, जो कुछ हद तक इसलिये सफल थे, क्योंकि उन्होंने बच्चे की तरह सोचना कभी बंद नहीं किया। माइक वैन्स बताते हैं कि डिज़नीलैंड पूरा होने के कुछ ही समय बाद किसी ने कहा, "कितनी बुरी बात है कि वाल्ट डिज़नी इसे देखने के लिये ज़िंदा नहीं रह पाये।" वैन्स ने पलटकर जवाब दियाः "उन्होंने इसे देख लिया था – इसीलिये यह यहाँ है!" सच बात है, सर्वश्रेष्ठ लीडर्स और सबसे सशक्त प्रेरक वही होते हैं, जिनमें भविष्य में घटने वाली महान चीज़ों के सपने देखने की लगभग अदमनीय योग्यता होती है और वे सपनों को पूरे विस्तार से घटित होते देखते हैं।

सपने को शब्दों में व्यक्त करना

लीडरशिप के जादू का यह एक और तत्व है – अपने सपने के बारे में बात करने की योग्यता। हालाँकि हममें से अधिकांश लोग सपने देखने के तो इच्छुक होते हैं, परंतु हम सभी अपने सपने दूसरों को सुनाने के इच्छुक नहीं होते। हम सोचते हैं कि अपनी संडे स्कूल क्लास को अपनी संख्या दुगुनी करने की चुनौती दें या अपनी कंपनी के विस्तार की योजना का सुझाव दें, परंतु फिर हमें निराशावादियों और

सपना तोड़ने वालों की याद आ जाती है, जो आपत्ति करेंगे और हमें बतायेंगे कि यह काम नहीं किया जा सकता। हम दूसरे लोगों के सामने असफल होने की संभावना के बारे में सोचते हैं। इसलिये हम अपने सपनों के बारे में बात नहीं करते। और यह बात तो तय है, अगर हम उन्हें अपने तक ही रखेंगे, तो हमारी योजनायें शायद कभी पूरी न हो पायें। बाद में अतीत पर विचार करते समय हम ख़ुश होंगे कि हम ख़ामोश रहे।

परंतु कोई महान उपलब्धि तब तक हासिल नहीं हुई, जब तक किसी व्यक्ति ने किसी विचार को दूसरों के सामने रखने का जोखिम नहीं लिया, जिस पर दूसरे हँस सकते थे। जब प्रेरक अपने सपनों को अपने संभावित समर्थकों के सामने बताते हैं, तो वे हमेशा विस्तार और उत्साह से वर्णन करते हैं। लिंडन जॉनसन, विंस्टन चर्चिल और ली आयाकोका जैसे भिन्न लीडर्स में एक चीज़ साझी थी- बातें करने की मनमोहक योग्यता। कुछ लोग संकोची हो सकते हैं, परंतु जब अवसर आता है तो वे अपने सपनों को विस्तार से व्यक्त कर सकते हैं।

सफल प्रेरक औसत व्यक्ति की तुलना में बहुत ज़्यादा बोलता है। हम सबने इस बारे में लंबे व्याख्यान सुने हैं कि हमें ज़्यादा सुनना और कम बोलना चाहिये। और यह भी सच है कि बहुत कम बोलने के बावज़ूद कई कंपनी प्रमुख अपने संगठन का सफलतापूर्वक नेतृत्व करते हैं। परंतु वे मैनेजर हैं, तैयार या प्रेरित करने वाले नहीं हैं। उनकी सफलता उनकी संगठनात्मक योग्यता की वजह से है, जो एक भिन्न विषय है।

प्रेरक वक्ता उत्साह उत्पन्न करता है। एल्डस हक्स्ले कहते हैं कि इस उत्साह की "गहनता कहे जाने वाले शब्दों की तार्किकता पर या सुझाये गये उद्देश्य की अच्छाई पर भी निर्भर नहीं करती, बल्कि

वक्ता द्वारा शब्दों का रोमांचक प्रयोग करने की योग्यता पर पूरी तरह निर्भर करती है।"

शब्द बेहद सशक्त माध्यम हैं। फ्रैंकलिन डी. रूज़वेल्ट की सफलता का अधिकांश हिस्सा उनकी इस योग्यता के कारण था कि वे अपने सपनों को साररूप में वाक्यांश या स्लोगन में व्यक्त करते थे और यह स्लोगन हमारे राष्ट्रीय जीवन का एक अभिन्न हिस्सा बन गये। गाँधी और मार्टिन लूथर किंग जूनियर दोनों जानते थे कि अगर कोई लंबे समय तक बोलता है, तो शब्दों में एक ऊपर उठाने वाली, लगभग मंत्रमुग्ध करने वाली शक्ति होती है। हममें से.ज्यादातर ने इस बात को सैकड़ों बार महसूस किया होगा – जब हमने किसी को जनता के सामने या आमने-सामने की चर्चा में बोलते हुए सुना हो और फिर उनके शब्दों की ध्वनि और उनके प्रवाह के वज़न से अंततः हम सहमत हो गये थे।

अगर आप अपने संदेश को पर्याप्त लोगों तक पहुँचाने के इच्छुक हों, तो आप कई अनुयायी बना सकते हैं। उन बहुत से लोगों के बारे में सोचकर न घबरायें, जो इसे स्वीकार नहीं करेंगे। इसके बजाय आप अपना विचार चुन लें और इसे अगले संभावित ग्राहक के सामने प्रस्तुत करें। आख़िरकार, पर्याप्त लोगों के सामने पर्याप्त प्रस्तुतियाँ देने से कुछ लोग उत्साहित हो जाते हैं, वे काफ़िले में एक-एक करके शामिल हो जाते हैं और जल्दी ही एक आंदोलन शुरू हो जाता है। एक कहावत है कि *शब्द सस्ते होते हैं*, परंतु यह भी सच है कि शब्दों का सही प्रयोग आपके अनुयायियों में एक ऐसी वस्तु जगा सकता है, जिसे ख़रीदना असंभव है : सीने की आग।

आलोचना की अवहेलना करने की योग्यता

आलोचना झेलना कभी किसी के लिये आसान नहीं होता, परंतु

अगर किसी को लोगों का प्रेरक बनना है, तो उसके लिये आलोचना के ख़िलाफ़ चमड़ी मोटी करना लगभग पूरी तरह अनिवार्य है। जनता निश्चित रूप से हर महत्वपूर्ण योजना के बारे में नकारात्मक बातें कहेगी और अच्छा लीडर हमेशा इस तरह के अदूरदर्शी चिंतन के लिये तैयार रहेगा।

मैं यह सलाह नहीं दे रहा हूँ कि आप दंभी बन जायें या दूसरों की सलाह सुनने के प्रति अनिच्छुक रहें। आलोचना का सामना करने का एक तरीक़ा तो यह है कि आपमें अपने विश्वासों का साहस हो। और दूसरा तरीक़ा यह है कि आप उन दंभी व्यक्तियों की तरह व्यवहार करने लगें, जो थोड़ा ऊँचा पद पाते ही यह सोचने लगते हैं कि वे अब आलोचना से परे हैं। इन दोनों के बीच की विभाजक रेखा बहुत महीन है। ग्रीक दुखांत नाटककार इसे *हुब्रीस* (दंभ) कहते थे और यह अब भी लोगों को धूल चटाता है। चाहे कोई कितना ही ऊँचा उठ जाये, हर व्यक्ति को कुछ लोगों के प्रति जवाबदेह होना चाहिये और समझदार लीडर्स के पास हमेशा कुछ सहयोगी होते हैं, जो उन्हें यह बता देंगे कि वे कब मूर्खता करने जा रहे हैं।

इस आदर्श संतुलन का अब्राहम लिंकन से अच्छा उदाहरण नहीं हो सकता। ईस्टर्न प्रेस ने उन पर बुरी तरह हमला किया और संवेदनशील तथा समझदार होने के नाते उन्होंने अपने आलोचकों को नज़रअंदाज़ नहीं किया। परंतु वे जानते थे कि अगर उन्होंने सबको ख़ुश करने की कोशिश की, तो वे कमज़ोर हो जायेंगे। इसलिये उन्होंने यह लिखकर भिजवा दिया :

मेरी जितनी आलोचना होती है, अगर मैं उसको पढ़ने की भी कोशिश करूँ (उसका जवाब देने की बात तो रहने ही दें), तो मैं दूसरा कोई काम कर ही नहीं

पाऊँगा। मैं अपनी तरफ़ से सबसे अच्छा काम करता हूँ और सबसे अच्छे तरीक़े से करता हूँ। मैं जो सर्वश्रेष्ठ कर सकता हूँ, वह करता हूँ। और मैं ऐसा अंत तक करता रहूँगा।

कुछ स्थितियों में अधिकांश महान प्रेरक अल्पमत में होते हैं और उनके साथ एक भी व्यक्ति नहीं होता। जो भी ईसा मसीह की जीवनियों को ध्यान से पढ़ेगा, वह इस बात से अवश्य प्रभावित होगा कि उन्होंने कितने अकेले रहकर अपना संदेश दिया। लोग उन्हें समझ नहीं पाये, वे उनके प्रति वफ़ादार नहीं रह पाये और आख़िरकार उन्होंने उनका साथ छोड़ दिया। परंतु ईसा मसीह ने लगातार लगन से अपना चेहरा आगे की दिशा में रखा और दुनिया में आये किसी भी अन्य व्यक्ति से ज़्यादा हासिल किया।

उत्साह की शक्ति

लीडरशिप के जादू का एक और तत्व है। इसे गहनता, दीवानापन या उत्साह कई नामों से पुकारा जाता है। आप चाहे इसे जो भी कहें, यह बात तो तय है कि यह गुण हर प्रभावी प्रेरक में रहता है। यह लीडर्स अपनी योजनाओं में ज़बर्दस्त ऊर्जा के साथ जुट जाते हैं। जनता व्यक्तित्व के इस गुण को जल्दी ही पहचान लेती है और लोग इसकी तरफ़ तत्काल ध्यान देते हैं। इमर्सन ने कहा था, "दुनिया के इतिहास में हर महान और प्रबल आंदोलन उत्साह की विजय है।" और एन सी आर के पूर्व सेल्स मैनेजर ने इसे इस तरह से कहा था : "जीनियस का सार उत्साह है। वह सेल्समैन जो उत्साह के साथ आगे बढ़ता है, चाहे यह ज़रूरत से ज़्यादा हो, उत्साहहीन सेल्समैन से बेहतर

होता है। मैं गीजर को ठंडा करना पसंद करूँगा, बजाय किसी कीचड़ भरे गड्ढे से शुरू करने के।"

सफलता के ग्रंथों की एक घिसी-पिटी कहावत है कि उत्साह संक्रामक होता है और आप लोगों के समूह को तब तक उत्साहित नहीं कर सकते, जब तक कि आप स्वयं उत्साहित न हों। इस तरह की सलाह से कुछ लीडर्स यह सोच सकते हैं कि उन्हें हमेशा ख़ुशनुमा चेहरा रखना चाहिये और यह सोचकर वे हमेशा ख़ुश दिखने की कोशिश करते हैं। परंतु इस तरह के व्यवहार का नक़लीपन जल्दी ही समझ में आ जाता है। और कोई भी ऐसे लीडर के पीछे नहीं चलना चाहेगा, जो सिर्फ़ ऊपर से ख़ुश दिखता हो या जिसका नक़ली उत्साह स्पष्ट दिखता हो। मैंने पाया है कि महान लीडर्स कई बार नाराज़ भी होते हैं और कई बार वे हताश तथा दुखी भी होते हैं। कम से कम एक बार ईसा मसीह ने अपने सबसे क़रीबी सहयोगियों से कहा था कि वे "मौत की हद तक दुख से भरे हुए हैं।"

इसलिये लीडर के रूप में सफल होने के लिये आपको हमेशा हँसते रहने की ज़रूरत नहीं है। परंतु आपके पास अपने लक्ष्यों और समूह के प्रति सशक्त निष्ठा होना ही चाहिये। जब दूसरों का दिल कमज़ोर हो रहा हो, तब आपमें चलते रहने का हौसला होना चाहिये और जब तक काम नहीं होता, तब तक छड़ी फेंक देना चाहिये।

प्रेरक के लिये आत्म-नवीनीकरण

इस अध्याय में हम यह कह रहे हैं कि लीडरशिप के जादू का मुद्दा योग्यता के बजाय नज़रिये से ज़्यादा जुड़ा हुआ है। यह हमें इस बिंदु की ओर ले आता है कि प्रेरक लीडर के लिये नियमित

आत्म-नवीनीकरण आवश्यक है। अगर यह सच है कि लीडरशिप में सफलता के लिये आपके उत्साह की मात्रा अनिवार्य तत्व है, तो आपकी सबसे ऊँची प्राथमिकता अपनी प्रेरणा का मैनेजमेंट होना चाहिये।

प्रेरक किस तरह प्रेरित होता है ? यहाँ पाँच सुझाव दिये जा रहे हैं:

1. **सफल व सकारात्मक लोगों से जुड़ें। कई मामलों में आपको उन निराशावादी लोगों से ख़ुद को दूर रखने की ज़रूरत हो सकती है, जो आपको नीचे खींचते हैं। कम से कम आपको ऐसे लोगों के साथ काफ़ी समय गुज़ारना ही चाहिये, जो आपको प्रेरित करते हैं, जो आपके चिंतन को प्रेरित करते हैं, जो आपके सपने को हवा देते हैं और सपना देखने की आपकी क्षमता को विस्तार देते हैं। पैट्रिशिया फ्रिप के शब्दों में, "अगर आप सफल होने के लिये संकल्पवान हों, तो सफलता की मानसिकता वाले लोगों के साथ जुड़ना बहुत महत्वपूर्ण है।"**

2. **अपने दिमाग़ में आने वाले विचारों की सावधानी से निगरानी करें, क्योंकि जैसा कम्प्यूटर के लोग कहते हैं, "कचरा अंदर, कचरा बाहर।" अगर आप जो सोचते हैं वह बनते हैं और अगर आप अपने दिमाग़ में बहुत सा कचरा और फालतू चीज़ें भरते रहते हैं, तो इस बात की संभावना कम है कि आप उतने प्रबल प्रेरक बन सकते हैं, जितने आप बनना चाहते हैं। हो सकता है आपको टी वी देखना बंद करना पड़े। यह भी हो सकता है कि आप कम समाचार देखें और इसके बजाय**

महान पुस्तकें पढ़ें और बाइबल के सशक्त विचारों पर चिंतन करें। अभिनेत्री हेलन हेस ने कहा था, "हम कवियों, दार्शनिकों और नाटककारों पर विश्वास करते हैं ... कि हम जिन विचारों की खोज करते हैं वे उन्हें सामने लायेंगे। वे हमें ऐसी शक्ति और मरहम देते हैं, जो हमें अपने आप में नहीं मिल सकती। जब भी मैं महसूस करती हूँ कि मेरा साहस कम हो रहा है, तो मैं उनकी तरफ़ भागकर जाती हूँ। वे मुझे स्वीकृति की समझदारी देते हैं, आगे बढ़ते रहने की इच्छा और नमनीयता देते हैं।"

3. उस ज्ञान की दौलत का लाभ लें, जो अब सस्ते ऑडियो कैसेटों में उपलब्ध है। टेप्स के बारे में अद्भुत बात यह है कि उन्हें सुनते समय आप न सिर्फ़ महान लोगों के विचार प्राप्त करते हैं, बल्कि आप आमने-सामने की मुलाक़ात के बाद की सबसे अच्छी चीज़ प्राप्त करते हैं। उनकी आवाज़ सुनकर आपको उन व्यक्तियों, उनकी ऊर्जा और उत्साह के संपर्क में आने का एक अवसर मिलता है। इसलिये रेडियो की लगातार बकवास सुनने के बजाय कार चलाते समय या इंतज़ार करते समय प्रेरक और सफल लोगों के टेप सुनें, जिनकी कहानियाँ आपके मूड को ऊपर उठा देंगी। युनिवर्सिटी ऑफ सदर्न कैलिफोर्निया में किये गये एक अध्ययन के अनुसार, अगर आप किसी उपनगरीय क्षेत्र में रहते हैं और हर साल 12,000 मील की यात्रा करते हैं, तो तीन साल के समय में आप दो साल के कॉलेज लेक्चर के बराबर समय हासिल कर सकते हैं।

4. क्लासों और सेमिनारों में भाग लें। सैकड़ों मील की

यात्रा और सैकड़ों डॉलर ख़र्च करके प्रतिभाशाली लोगों द्वारा सिखाये जा रहे कोर्स में भाग लेना महत्वपूर्ण है, ताकि आप दूसरे अति प्रेरित व्यक्तियों के संपर्क में आ सकें। आज का सेमिनार सर्किट मध्ययुगीन ट्रैवलिंग युनिवर्सिटी के समतुल्य है और वहाँ उत्कृष्ट शिक्षा प्राप्त करना संभव है।

5. एक जरनल रखें, जिसमें आप अपने लक्ष्य लिख लें और अपनी आध्यात्मिक यात्रा का रिकॉर्ड रखें। एक अच्छा जरनल डायरी से बहुत अलग होता है। आप वे घटनायें नहीं लिख रहे हैं, जो आपके साथ दिन भर के दौरान बाहर घटी हैं। इसके बजाय आप अपनी आत्मा की गतिविधियों को देखते और रिकॉर्ड करते हैं। अगर यह लगातार किया जाता है, तो सकारात्मक स्वप्न और लक्ष्य निश्चित रूप से अचेतन से ऊपर उठ जायेंगे। फ्रायड अचेतन के बारे में ज़रा निराशावादी थे। वे सोचते थे कि साइकोथेरैपी में अचेतन को खोला जाना चाहिये। उनके हिसाब से अचेतन की सामग्री को हवा दिखाने की ज़रूरत थी, परंतु उनके लिये यह सेप्टिक टैंक के ढक्कन खोलने जैसा था - अंदर हर तरह की गंदगी और भयानक सामग्री भरी थी। दूसरी तरफ़ कार्ल युंग इस बारे में ज़्यादा आशावादी थे कि हम अपने गहनतम स्तर पर क्या हैं। उनका विश्वास था कि जब हम अपने अचेतन को खोलते हैं, तो हमें वहाँ कुछ गड़बड़ी मिल सकती है और कुछ गंदगी भी, परंतु हमारा गहनतम आत्म ही समस्त महान कला का स्रोत है। युंग का विचार था कि यह समस्त सुंदर और रचनात्मक वस्तुओं का स्रोत है और यही वह बिंदु है, जिस पर हम ईश्वर से साक्षात्कार करते हैं। अगर युंग

सही हैं, तो अपनी प्रेरणा को ऊँचा बनाये रखने के अचूक तरीक़ों में से एक यह है कि हम अपने अचेतन और चेतन मस्तिष्कों के बीच के गलियारे को खुला रखें।

अंत में, प्रेरक लीडरशिप देने की योग्यता आत्मा का एक आंतरिक गुण है। इसमें ऐसे लोगों की ज़रूरत होती है, जो इमर्सन के महान वाक्य के अनुसार, "अस्तित्व की गहराइयों से जीते हैं।" और इस तरह की आध्यात्मिकता हममें अचानक नहीं आ जाती। यह लगातार अध्ययन और नियमित विकास से धीरे-धीरे हासिल होती है।

"प्रेम एक शाश्वत मौसमी फल है और
हर हाथ की पहुँच के भीतर है।"

❋ *मदर टेरेसा*

अध्याय चौदह

दूसरों के विकास में मदद करना जीवन का महानतम आनंद क्यों है

हमारा ऑफ़िस एक मेडिकल बिल्डिंग की सबसे ऊपरी मंज़िल पर है। जब मैं अपॉइंटमेंट्स के बीच अपनी खिड़की से बाहर देखता हूँ, तो मैं आम तौर पर अक्सर मरीज़ों के स्वास्थ्य लाभ के बारे में विचार करता हूँ और ख़ास तौर पर उन सहायक व्यवसायों में सक्रिय लोगों पर विचार करता हूँ, जिनके साथ मैं काम करता हूँ। उनमें से कई डॉक्टर, शिक्षक और सामाजिक कार्यकर्ता हैं, जो परेशान हैं और अपने काम के बोझ तले दबा महसूस करते हैं। वे कहते हैं कि दुनिया में इतने सारे ज़रूरतमंद लोग हैं, इतनी सारी समस्यायें हैं कि जब वे एक मरीज़ को ठीक करते हैं, तो उसकी जगह एक दर्जन नये मरीज़ आ जाते हैं।

जब प्रशांत महासागर में तूफ़ान आता है, तो कभी-कभार मौसम के कारण समुद्री हवा अंदर धरती की तरफ़ आती है और मेरी खिड़की के पास से गुज़रती है। मेरे मरीज़ भी तूफ़ानों से भागे हुए हैं। उनका आदर्शवाद धराशायी हो चुका है और अब उन्हें इस बात का

विश्वास नहीं है कि वे सचमुच किसी की मदद कर सकते हैं। जैसा कि एक धर्मगुरु ने दुख भरे स्वर में कहा, "जब मैं पादरी बना, तो यह सोच रहा था कि मैं दुनिया को बचाऊँगा, इन सब लोगों को बचाऊँगा। परंतु यह बहुत समय पहले की बात है। अब मैं बहुत निराशावादी हो गया हूँ और यह नहीं सोचता कि किसी आदमी के रहने या करने से कोई ज़्यादा फ़र्क़ पड़ सकता है। आज मेरा लक्ष्य बहुत आसान है : मैं अब सिर्फ़ ज़िंदा बचे रहना चाहता हूँ।"

समकालीन भाषा के अनुसार यह लोग आशाओं के जलने से पीड़ित हैं। उन्होंने मानव जाति में अपनी आस्था खो दी है। लोगों की मदद करने की उनकी पुरानी आशा और दुख कम करने की उनकी इच्छा की जगह अब निराशावाद ने ले ली है और उन्हें अब भी यह विश्वास नहीं है कि वे ईश्वर में भरोसा कर सकते हैं।

जब इस तरह की कुछ चर्चाओं के बाद मेरे ऑफ़िस में निराशा आ जाती है, तो मेरा मस्तिष्क ताज़गी के लिये युद्ध में डूबे स्वीडन की ओर चला जाता है। मैं वहाँ पर रहने वाले एक बैपटिस्ट मशीनमैन की कहानी को याद कर लेता हूँ, जिसका नाम जोहान एरिकसन था। हालाँकि जोहान और मैं कभी नहीं मिले, परंतु मुझे लगता है कि मैं उन्हें अच्छी तरह जानता हूँ, क्योंकि उनकी बेटी डैग्नी स्वेन्सन कई सालों तक मेरी ऑफ़िस मैनेजर थीं।

1939 में ट्रेन भर-भर के यहूदी बच्चे स्वीडन में आ रहे थे। ये लड़के-लड़कियाँ - जिनमें से कुछ तो सिर्फ़ तीन या चार साल की उम्र के थे - जब ट्रेन में से उतरते थे, तो उनके हाथ में कुछ नहीं होता था। सिर्फ़ उनके गलों में बड़े टैग बँधे होते थे, जिसमें उनके गृहनगर का नाम, उनका नाम और उनकी उम्र लिखी थी। वे दुबले और पीले थे; उनकी आँखें बड़ी, धँसी हुईं और भूरी थीं। उनकी दुख भरी निगाह से यह साफ़ हो जाता था कि उन्होंने ऐसी चीज़ों को देख और भोग लिया था, जो उनकी उम्र से बहुत बड़ी थीं - ऐसे अत्याचार, जो ज़्यादातर लोग अपने पूरे जीवन में कभी नहीं देख पायेंगे।

स्वीडिश परिवार बच्चों को "युद्ध के दौरान" अपने घरों में रख रहे थे, परंतु कुछ को यह ग़लतफ़हमी थी कि युद्ध बहुत कम समय तक चलेगा। एक स्वीडनवासी, जिसने अपना दरवाज़ा खोला, जोहान एरिकसन था। उसने ख़ुद दुख को क़रीब से देखा था। 28 साल की उम्र में उसकी पत्नी मर गयी थी और वह चार बच्चों के साथ रह गया था। अब वह अधेड़ हो चुका था और उसके अधिकांश बच्चे उससे दूर रहने लगे थे। परंतु जब उसे यह पता चला कि एक डरे हुए नौ साल के बच्चे रॉल्फ को घर की ज़रूरत है, तो उसने युवाओं जैसी प्रतिक्रिया की। और इस तरह एक छोटा यहूदी बच्चा एक कठोर स्वीडिश बैपटिस्ट के घर में अपना जीवन बिताने लगा। पहले तो जब भी दरवाज़ा खटखटाया जाता था या बाहर तेज़ आवाज़ें होती थीं, तो धँसी आँखों वाला यह लड़का अलमारी में छुप जाता था और अपना सिर ढँक लेता था, परंतु एरिकसन के घर में उसे ऊष्मा तथा प्रेम मिला और उसका वज़न बढ़ने लगा। उसकी आँखों का सूनापन ख़त्म होने लगा और अंततः उसने हँसना भी शुरू कर दिया।

जब नाज़ियों का आक्रमण नज़दीक आता दिखा, तो मशीन शॉप में साथियों ने जोहान से कहा, "जब हिटलर आयेगा, तो तुम्हारे घर में रहने वाले यहूदी बच्चे की वजह से तुम मुश्किल में फँस जाओगे। वे आयेंगे और उसे ले जायेंगे।" आम तौर पर नम्र जोहान ने जबड़ा कसते हुए कहा, "जब तक मैं ज़िंदा हूँ, वे उसे कभी नहीं ले जा पायेंगे।" और अजीब बात यह है कि जोहान अपने साथी बैपटिस्टों के सामने भी रॉल्फ के बारे में उतना ही सुरक्षात्मक रहा। जब चर्च के सदस्यों ने यह कहा कि वह बच्चे के धर्मपरिवर्तन का प्रयास करे, तो जोहान का जबड़ा एक बार फिर कस गया। स्वीडन की सरकार ने शरणार्थी संगठन से वायदा किया था कि शरणार्थी बच्चों का धर्म अक्षुण्ण रखा जायेगा। हालाँकि जोहान छोटे रॉल्फ को अपने परिवार के साथ चर्च ले जाता था, परंतु उसने अतिरिक्त प्रयास किये कि बच्चा यहूदी परंपरा सीखे और सही उम्र का होने पर वह *बार मिट्ज़वाह* का समारोह मनाने के लिये तैयार था। जब युद्ध समाप्त हुआ, तो जोहान

रॉल्फ के माता-पिता को उनका बेटा लौटाना चाहता था, जिसे उसने उसी तरह से पाला था, जिस तरह वे ख़ुद उसे पालते।

परंतु जब युद्ध समाप्त हुआ, तो रॉल्फ का परिवार कभी एक नहीं हो पाया। रॉल्फ के माता-पिता यूरोप में कहीं करोड़ों अन्य लोगों के साथ मर गये थे या मार डाले गये थे। उसके माता-पिता के पत्र काफ़ी रुक-रुक कर आ रहे थे और फिर एक दिन एक लिफ़ाफ़ा आया, जिसमें डाकखाने की मोहर नहीं लगी थी। इसके अंदर एक फटाफट लिखी गयी चिट्ठी थी, जिसमें लिखा था कि अब रॉल्फ को उनकी कोई चिट्ठी नहीं मिलेगी और उसे उस स्वीडिश परिवार को कभी नहीं भूलना चाहिये, जिसने उसके लिये कितना कुछ किया था।

और रॉल्फ यह कभी नहीं भूला। वह बड़ा हुआ और स्टॉकहोम गया, जहाँ वह बिज़नेस में सफल होने लगा। परंतु उन शुरुआती सालों के सदमे और विस्थापन ने शायद देर से अपना असर दिखाया और एक दिन रॉल्फ का दिमाग़ चल गया। रिश्तेदारों ने जोहान एरिकसन को बताया कि उसने अपना फ़र्ज पूरा कर दिया है। अधिकारी उससे यह अनुमति चाहते थे कि इस युवक को पागलख़ाने में भर्ती कर दिया जाये, क्योंकि वह ख़तरनाक लग रहा था। परंतु जोहान यह सुनने को तैयार नहीं था। उसने सिर्फ़ इतना कहा, "वह यहाँ का है। यही उसका घर है।" और इस तरह रॉल्फ अमेल के उस छोटे शहर में लौट आया और शांत व दृढ़ जोहान ने उसे दुबारा अपने पास रखा। एक साल तक जोहान ने उसकी देखभाल की, जब तक कि उसका दिमाग़ दुबारा स्थिर और शांत नहीं हो गया।

उसके बाद रॉल्फ के जीवन में तुलनात्मक रूप से कम मुश्किलें आयीं। उसने शादी की, बच्चे पाले, अपनी ख़ुद की कंपनी स्थापित की और बहुत अमीर बन गया। परंतु वह उस आदमी को कभी नहीं भूला, जिसने उसे बिना शर्त के बचपन में इतना प्रेम दिया था। जोहान के लिये कितनी ही अच्छाई की जाये, कम थी। और जब बूढ़ा आदमी ज़्यादा कमज़ोर हो गया, तो उनके बीच का बंधन और भी सुदृढ़ हो

गया। जब जोहान बीमार होता था या उसे उसकी ज़रूरत होती थी, तो रॉल्फ बिना विचार किये स्वीडन के पार ट्रेन में बैठ जाता था और बचे हुए वीकएंड को उस आदमी के साथ बिताता था, जो उसके लिये पिता की तरह था। और जब जोहान अपनी मृत्युशैया पर था, तो सभी बच्चे जल्दी से घर की तरफ़ रवाना हुए, परंतु सब जानते थे कि कौन सबसे पहले पहुँचेगा - रॉल्फ।

जब भी मैं अपने साथी थेरेपिस्ट्स के संदेह और निराशा को महसूस करता हूँ, तो मेरा मस्तिष्क अक्सर जोहान और रॉल्फ की कहानी की तरफ़ मुड़ता है। इसका कारण यह हैः अगर जोहान एरिकसन ने अपने लंबे जीवन में और कोई महत्वपूर्ण काम न भी किया हो, तो भी निश्चित रूप से एक ऐसे बच्चे को आश्रय देने के लिये जीना महत्वपूर्ण था। जब हमें लोगों के साथ अपने काम में हताशा मिले, तो यह महत्वपूर्ण है कि हम पीछे हटें और ख़ुद को याद दिलायें कि दुनिया में इससे अच्छा कोई काम नहीं है कि किसी दूसरे इंसान की सहायता की जाये या सफल होने में किसी और की मदद की जाये।

शक्ति - इसका उपयोग और दुरुपयोग

जब हम बड़े हो जाते हैं, तो दुर्भाग्य से हमारे शुरुआती वर्षों के आदर्शवाद को भूल जाना आसान होता है। हम एक सुरक्षित संसार में ज़्यादा अंदर चले जाते हैं और अपने लाभ के लिये शक्ति का प्रयोग करना सीखकर अपने आसपास के लोगों का शोषण करने लगते हैं। शक्ति के इस शोषक प्रयोग में हमारी मदद करने के लिये बहुत सी पुस्तकें मौज़ूद हैं। ***विनिंग थ्रू इन्टिमिडेशन, हाऊ टु गेट द अपर हैंड और गेटिंग योअर वे*** जैसी पुस्तकों की लाखों प्रतियाँ "मैं पहले" की फिलॉसफ़ी वाले इन दशकों में बिक चुकी हैं। यह बहुत संभव है कि हम अपने आसपास के लोगों को सिर्फ़ उपयोग की वस्तुओं के रूप में देखना शुरू कर दें - ऐसे रोबोट जिनके मूल्य को हम धन, शक्ति या दोनों में बदल सकते हों।

परंतु ऐसी पुस्तकों से हटकर अमेरिकन टेलीफोन एंड टेलीग्राफ के मैनेजमेंट रिसर्च के रिटायर्ड डायरेक्टर रॉबर्ट के. ग्रीनलीफ की एक विचारपूर्ण पुस्तक अभी आयी है। ग्रीनलीफ का शोध दर्शाता है कि क्रूर तथा स्वार्थी शोषक लंबे समय तक कभी सफल नहीं हो पाता। ग्रीनलीफ की पुस्तक का शीर्षक अपने आप में मार्गदर्शन देता है : ***सर्वेन्ट लीडरशिप : ए जर्नी इनटू द नेचर ऑफ लेजिटिमेट पॉवर एंड ग्रेटनेस***। ग्रीनलीफ का तर्क है कि "पिरामिड की चोटी पर अकेला मुखिया बनना असामान्य और भ्रष्ट करने वाला है... जब कोई पिरामिड की चोटी पर पहुँच जाता है, तो उस व्यक्ति के पास सहकर्मी नहीं होते, सिर्फ़ अधीनस्थ होते हैं।"

पिरामिड के वैकल्पिक मॉडल को सुझाने में ग्रीनलीफ ज़्यादा वक़्त बर्बाद नहीं करते। इसके बजाय वे लीडर के नज़रिये के बारे में बात करते हैं और प्रबल तर्क देते हैं कि सत्ताधारी व्यक्तियों को सेवक का नज़रिया रखना चाहिये। सर्वश्रेष्ठ बिज़नेसमैनों ने हमेशा इस अवधारणा के महत्व को जाना है। जब ए. डब्ल्यू. क्लॉसेन बैंक ऑफ अमेरिका के प्रमुख बने, तो उन्होंने मज़ाक़ करते हुए कहा कि वे अपना 60 प्रतिशत समय योजना बनाने में लगाते हैं, 60 प्रतिशत समय लोगों के साथ बिताते हैं और बचे हुए समय बाक़ी के काम करते हैं। वैज्ञानिक प्रगति के वर्तमान युग में यह भूलना बहुत आसान है कि हमारी असफलता या सफलता बहुत हद तक इस बात से तय होगी कि हम सर्वश्रेष्ठ ढंग से काम करने में दूसरे लोगों की कितनी मदद और सहयोग करते हैं। जब ज़ोल्टन मर्सजेई डाऊ केमिकल छोड़कर ऑक्सिडेन्टल पेट्रोलियम के प्रेसिडेंट बने, तो उन्होंने एक पूर्व डाऊ सहकर्मी को पर्सनेल डायरेक्टर के रूप में रखा। जॉब प्लेसमेंट में घोषणा करते हुए उन्होंने अपनी प्राथमिकताओं के बारे में एक प्रभावी बात कही : "रॉन मेरी फिलॉसफ़ी को मानता है कि बिज़नेस लोगों से बनता है। टेक्नोलॉजी दूसरे नंबर पर आती है।"

दूसरे लोगों के विकास में मदद करने के पुरस्कारों, दूसरे लोगों को सफलता सिखाने के सुख और उत्साह से भरे संगठन बनाने के रोमांच का कोई विकल्प नहीं है; एक ऐसा संगठन, जिसमें सहकर्मी एक-दूसरे का उत्साह बढ़ाते हों। इस तरह की योगदान देने वाली लीडरशिप पूरी तरह नयी नहीं है। जब ईसा मसीह ने अपने शिष्यों को निर्देश दिये कि उन्हें किस शैली की लीडरशिप का परिचय देना होगा, तो उन्होंने यह चेतावनी दी कि वे वर्तमान राजनीतिक आकाओं की तरह दूसरों पर हुकूमत न करें। इसके बजाय उन्होंने कहा कि उनके शिष्य सबसे पीछे रहकर, "सबके सेवक" बनकर महानता हासिल करने में समर्थ होंगे। उन्होंने स्पष्ट किया, "मनुष्य यहाँ पर सेवा करवाने नहीं, बल्कि सेवा करने के लिये आया है।"

हाल ही की घटना है। मैं मॉन्टेरे, कैलिफोर्निया में मेडिकल कॉन्फ्रेंस में अपना भाषण देने आया था। परंतु भाषण देने से पहले मैं डॉ. आर्थर टैन्गाको से मिला, जो फिलिपीन्स में पैदा हुए थे और एक औसत, मध्यवर्गीय परिवार में बड़े हुए थे। यह सामान्य होता अगर आर्थर ख़ुद भी औसत ज़िंदगी जीते, सिवाय इसके कि वे जिस प्राथमिक शाला में गये थे, वहाँ उन्हें फादर इयान मैडिगन मिल गये। मैडिगन एक मुक्तिदाता धर्मगुरु थे, जो आयरलैंड के थे। उनकी हँसी ज़बर्दस्त थी और उनकी आँखों में चमक थी। मैडिगन ने छोटे बच्चे में रुचि ली। "मैं नहीं जानता कि मैं कहाँ होता, अगर फादर मैडिगन ने मुझ पर ध्यान नहीं दिया होता और मेरी संभावनाओं के बारे में मुझसे चर्चा न की होती," डॉ. टैन्गाको कहते हैं। इसलिये दो साल पहले डॉ. टैन्गाको ने एक महत्वपूर्ण तीर्थयात्रा की। इस समय तक बूढ़े धर्मगुरु रिटायर होकर अपने जन्मस्थान लौट चुके थे। इसलिये डॉ. टैन्गाको और उनकी पत्नी वहाँ तक यात्रा करके उस अशक्त और वृद्ध व्यक्ति से मिलने गये। डॉ. टैन्गाको कहते हैं, "मैं सिर्फ़ उन्हें इतना बताना चाहता था कि मैं उनका कितना कृतज्ञ था। इस तरह के टीचर के प्रभाव को जितना महत्व दिया जाये, कम है।"

लोगों की संभावना

बूढ़ा आइरिश धर्मगुरु ईसा मसीह का कट्टर अनुयायी था, न सिर्फ़ सेवक की अपनी भूमिका में, बल्कि अपने नज़रिये के लिये भी। युवक से बात करते समय उसने एक और ईसाई गुण देखा, जिस पर हम इस पुस्तक में चर्चा करते आ रहे हैं : मानव जाति की संभावनाओं के बारे में प्रबल आशावाद। सहायता करने वाले व्यवसायों में इतने प्रचलित निराशावाद का एक दुखद पहलू यह है कि आम तौर पर लोगों के बारे में हमारा दृष्टिकोण संदेहपूर्ण और काला होता है। जब किसी का पाला मुश्किलों में फँसे लोगों और ज़रूरतमंदों के साथ पड़ता है, तो वह इस सोच के जाल में फँस सकता है कि लोग अपने दुख से उबरना नहीं चाहते और वे परजीवी बनना चाहते हैं।

इस तरह की संदेहपूर्ण व सुरक्षात्मक मुद्रा अनावश्यक है। किसी ने एक होटल के मैनेजर से पूछा कि उसके कितने ग्राहक उसे धोखा देकर भाग जाते हैं। "अरे, एक प्रतिशत के एक चौथाई," उसने कहा। अगर यह अनुपात दस प्रतिशत होता, तो समाज गंभीर मुश्किल में होता। क़िस्तों में सामान ख़रीदना, सामान्य चेक काटना और स्वीकार करना असंभव होता। अगर यह अनुपात 25 प्रतिशत होता, तो समाज में विस्फोट हो जाता। सत्य तो यह है कि हम ज़्यादातर लोगों पर विश्वास कर सकते हैं।

बाइबल के साथ अद्भुत बात यह है कि यह पूरी तरह आशावादी नज़रिया नहीं रखती कि हर चीज़ सुंदर है और चीज़ें हमेशा अंत में सही होंगी। त्रासदी, दुख और अमानवीयता का सचमुच अस्तित्व है। दुनिया को देखने का वह नज़रिया सही कैसे होगा, जो उस पहलू को नज़रअंदाज़ कर दे, जिसे मेलविल ने "चीज़ों का कालापन" कहा है। इस सबके बावज़ूद बाइबल का यह दृष्टिकोण है कि पुरुष और महिलायें ईश्वर की श्रेष्ठ रचनायें हैं। हमारी आत्म-केंद्रीयता अक्सर उस रचना को विकृत कर देती है, परंतु लोगों में ईश्वर की दी

गयी गरिमा और अच्छाई रहती है। भजनकर्ता का विचार है, "मनुष्य में ऐसा क्या है, जो आप उसका इतना ध्यान रखते हैं ? आपने उसे ईश्वर से थोड़ा ही कम बनाया है, और आपने उसे शोहरत तथा सम्मान का मुकुट पहनाया है।"

किसी ने कहा है कि कोई अपंगों की तरफ़ देखकर पूछ सकता है, "ईश्वर ने आख़िर अंधेपन और बहरेपन की इजाज़त क्यों दी है ?" या फिर आप हेलन केलर की तरफ़ देख सकते हैं और उनकी महान भावना, प्रेम तथा सफलता को देख सकते हैं। जब हेलन केलर को ग्लासगो युनिवर्सिटी में मानद लॉ डिग्री दी गयी, तो उन्होंने प्रतिक्रिया में कहा, "महोदय, यह इस बात का प्रतीक है कि मौन और अँधेरा अमर मानवीय आत्मा की प्रगति को नहीं रोक सकते।" इसके बाद आप यह कहने के लिये विवश होते हैं कि दुनिया में इस तरह की महानता को बनाने वाला ईश्वर सचमुच महान होगा।

सेवा की महिमा

अगर यह सच है कि लोग विकास कर सकते हैं, अपनी क्षमताओं को बढ़ा सकते हैं,.ज्यादा ऊँचा कूद सकते हैं,.ज्यादा तेज़ दौड़ सकते हैं और महान संगीत की रचना कर सकते हैं, तो इसका मतलब है कि चरम लीडरशिप सेवक-लीडरशिप है, जहाँ हम ऐसे अनुयायी बनायेंगे जो हमसे आगे निकल जायें। धावक कोच बनेंगे और दूसरे एथलीटों को प्रशिक्षित करेंगे, जो उनके बनाये रिकॉर्ड तोड़ेंगे। एक्ज़ीक्यूटिव्ज़ ऐसे अधीनस्थों को नौकरी देंगे और उन्हें इतनी अच्छी तरह प्रेरित करेंगे कि वे उनके सुपीरियर बन सकें।

लीडर्स के विकास के इस तरह के दृष्टिकोण को स्वीकार करना आसान नहीं होता। जब कुछ लोग चोटी पर पहुँचते हैं, तो वे सीढ़ी को भी अपने ही साथ ऊपर खींच लेते हैं। वे युवाओं की महत्त्वाकांक्षा को सहन नहीं कर पाते और वे हर अधीनस्थ को संभावित प्रतिद्वंद्वी के

रूप में देखते हैं। इस तरह के एक्ज़ीक्यूटिव्ज़ अपने संगठनों को अपने नाखूनों से पकड़कर लटके रहते हैं और अपने वारिसों को तैयार करने के बजाय उनका पूरा ध्यान प्रतिद्वंद्वियों को दूर भगाने पर ही रहता है। यह नेतृत्व करने का एक मूर्खतापूर्ण तरीक़ा है, क्योंकि वे हमेशा एक पीढ़ी के भीतर ही बर्बाद हो जायेंगे।

अपनी प्रैक्टिस में मैंने अकसर ऐसे माता-पिता देखे हैं जिनके बच्चे जब अपनी स्वतंत्रता का ऐलान करते हैं, तो वे अपने बच्चों से प्रतिद्वंद्विता और संघर्ष करने लगते हैं। परंतु जब कोई पुत्र अपने पिता को यह दिखाने की कोशिश करता है कि उसमें .ज्यादा ताक़त है, तो यह न सिर्फ़ स्वस्थ प्रतियोगिता है बल्कि यह अपने पिता को ख़ुश करने की इच्छा भी है। बरसों तक पालने और सिखाने का प्रतिदान देने की इच्छा भी है। टेक्सॉस के खेत में बड़े होते समय मैं आज भी ख़ुश होकर वह समय याद कर सकता हूँ, जब मैं बीज से भरे बोरों को उठाने में अपने पिता की शक्ति की बराबरी करने लगा। इसके बाद जब मैंने ऐसी चीज़ें उठाना शुरू कर दिया जो उनके लिये .ज्यादा भारी थीं, तब भी वे पराजित महसूस नहीं कर रहे थे। प्रतियोगिता का विरोध करने के बजाय उन्हें स्पष्ट रूप से मुझ पर गर्व हुआ। चौड़ी मुस्कराहट के साथ वे माँ को डिनर टेबल पर बताते थे कि उसके बेटे में कितनी ताक़त आ गयी है। मैं उन घटनाओं को ख़ुशी के साथ इसलिये याद कर सकता हूँ, क्योंकि यह सबसे अच्छी लीडरशिप का उदाहरण है - ऐसी लीडरशिप, जो अपने नीचे के लोगों के बारे में सर्वश्रेष्ठ विश्वास करती है, जो नीचे हाथ डालकर उन्हें अपने पास तक खींचती है और उन्हें .ज्यादा ऊँचाई तक पहुँचाने का प्रयास करती है।

जब हम इसे अपने बच्चों में देखते हैं, तो यह देखना रोचक है कि पीढ़ियों के इस टकराव में कितनी भावनात्मक गहनता हो सकती है। पिछली गर्मियों में एक दिन मेरी पुत्री ने लॉस एंजेलिस के चिल्डरन्स हॉस्पिटल से फोन किया। पूरी दोपहर वह अपने 21 महीने के बच्चे क्रिस्टोफर के साथ टेस्ट करवाने के लिये इमरजेन्सी रूम में थी। उसने

सुबकते हुए कहा, "वे उसे भर्ती कर रहे हैं। उनका विचार है कि उसे मेनिंजाइटिस हो गया है।"

हम भागते हुए अस्पताल पहुँचे और उनकी खोज में एक मंज़िल से दूसरी मंज़िल तक गये। जब हमने उसे एक लंबे गलियारे के दूसरे छोर पर देखा, तो वह दृश्य मेरे दिमाग़ में एक अमिट तस्वीर की तरह रहेगा, जो जीवन में कभी धुँधली नहीं हो सकती। शेरॉन क्रिस्टोफर को गोद में लिये थी। क्रिस्टोफर बेहोश था। उसके पैर और बाँहें तूफ़ान के बाद पेड़ की धराशायी शाखाओं की तरह लटक रहे थे। उसके हाथ-पैर की उँगलियाँ नीली थीं। उसकी दादी एक तरफ़ चल रही थीं, बॉटल को इतना ऊँचा पकड़े हुए, ताकि उनके चलते समय भी बच्चे को दवा मिलती रहे और दूसरी तरफ़ एक नर्स थी जो हाथ में चार्ट लिये थी। जब मैंने उस छोटे समूह को हमारी तरफ़ तेज़ी से आते देखा, तो प्रेम, वफ़ादारी, डर, अंतरंगता और सुरक्षा करने वाली भावना जैसे मूलभूत भाव एक क्षण में इकट्ठे घुल-मिल गये। परंतु सबसे गहन यह जागरूकता थी कि इन सालों के बाद, हम माता-पिता थे और स्थिति सँभाल रहे थे, अब मेरी बेटी इस ज़िम्मेदारी को सँभाल रही थी। अब वह फ़ैसला कर रही थी तथा अपने बच्चों की देखभाल कर रही थी और मैं वहाँ पर मूलतः सिर्फ़ एक दर्शक था।

हम वहाँ कई सप्ताह तक रहे, जब तक कि क्रिस्टोफर ठीक नहीं हो गया। इस दौरान मैंने देखा कि हॉस्पिटल में भर्ती अपने पुत्र के प्रति मेरी पुत्री की निष्ठा 24 घंटे की थी। मैं उसके अंदर के प्रबल मातृत्त्व भाव को देखकर हतप्रभ रह गया कि वह आवश्यकता पड़ने पर अपने बच्चे के प्रति नम्र हो सकती थी और ज़रूरत पड़ने पर मादा भालू की तरह अपने बच्चे की रक्षा करने हेतु खूँखार और सुरक्षात्मक भी हो सकती थी। यह वही शेरॉन थी, जो कुछ समय पहले तक इतनी छोटी, उलझे बालों वाली शरारती बच्ची थी। यह वही शेरॉन थी, जिसका वयस्क जीवन कई बार बहुत दिशाहीन और इधर-उधर भटकने वाला था। परंतु अब उसमें प्रबल एकाग्रता और संकल्प था कि उसका बच्चा

ज़िंदा रहेगा, उसे सर्वश्रेष्ठ डॉक्टरी मदद मिलेगी और जब भी वह जागेगा तो इस बात से नहीं डरेगा कि उसकी माँ घर चली गयी है। मेरी छोटी बच्ची अपने बच्चे को जीवित रखने के लिये इतनी संकल्पवान थी कि उसने लगभग उस शुरुआती आर-पार की लड़ाई में उसे मरने से शब्दशः बचाया।

जब मैं यह दृश्य देख रहा था, तो इससे मुझे एक निर्देशात्मक सूत्र वाक्य मिला, जो लीडरशिप के बारे में मूलभूत तथ्य है : जब हम अपने अनुयायियों का भला चाहते हैं, जब हम सेवा करवाने के बजाय सेवा करना चाहते हैं, तभी हम सर्वश्रेष्ठ नेतृत्व करते हैं। बच्चे के प्रति माता-पिता की निष्ठा - उन्हें सुरक्षा देने और उन्हें घोंसले से बाहर धक्का देने का मिश्रण - लीडरशिप का सार है और यह शोषण किये बिना प्रेरित करने का सर्वश्रेष्ठ उदाहरण है।

दरअसल, जब बाइबल के शुरुआती लेखकों ने उस रिश्ते का वर्णन करने के लिये कोई साम्य खोजा, जो ईश्वर और सृष्टि के बीच में था, तो उन्होंने इसी रिश्ते को चुना। ईश्वर हमारा स्वर्ग का पिता था : प्रेम करने वाला, प्रेरित करने वाला, सुरक्षा देने वाला और सिखाने वाला पिता।

चिंतातुर पिता, आदर्शवादी शिक्षक, उत्साहित एक्ज़ीक्यूटिव के लिये यह हमेशा आसान नहीं होता कि वे अपने अनुयायियों के प्रति सहनशील हों। जो लोग हमारे घरों या ऑफ़िसों में रहते हैं, वे कई बार हमसे कम महत्वाकांक्षी होते हैं, हमसे कम आत्मविश्वासी होते हैं, हमसे कम प्रतिभावान होते हैं। हमारी ही तरह वे भी अच्छाई और बुराई के मिश्रण होते हैं। परंतु अगर हम आगे बढ़ सकें और उनके भीतर छुपे सर्वश्रेष्ठ स्वरूप को बाहर निकाल सकें - तो हम भी विन्स लॉम्बार्डी की तरह उन्हें 10 प्रतिशत अतिरिक्त प्रदर्शन करने की चुनौती दे सकते हैं। वे दुनिया में किसी दूसरे की तुलना में हमारे लिये ज्यादा कड़ी मेहनत करेंगे और वे कई अद्‌भुत काम कर दिखायेंगे। यह अतिरिक्त 10 प्रतिशत वह अंतर हो सकता है, जिससे आप मैच जीत सकते हैं।